楽天記

furui yoshikichi
古井由吉

講談社文芸文庫

目次

楽天記

息子

長い旅から戻ると、息子が家に帰っていた。たっぷりとした太編みの毛糸の物を着込んで、白髪《しらが》のだいぶになった頭をうつむけ、父親の留守中に二階の隅《すみ》にあたる勉強部屋の、昔のままの坐卓《ざたく》に向かってもう半年も居るように落着いていた。遠くで大工仕事の音が立って日足は障子に傾いたが、朝から続いた晴天の匂《にお》いが黄ばんだ美濃紙《みのがみ》からふくらんで、晩秋ながら日の永そうな背つきに見えた。

「小春日和《びより》だねえ」とその背が先に声をかけてきた。「今夜は家《うち》で飯を喰《く》うの」

「目を悪くするぞ。こんな暮れ方までうつむきこんで本など読んでいては」と父親はまず咎《とが》めた。

それから、「お前、妻子を持つ身で……」

そこまで言って口をつぐんだ。階段の薄暗がりから風が足もとの廊下を伝った。おおよその経緯は知りながら、黙って見すごして来たはずだった。

「あれは片づいたよ」と息子は面《おもて》をあげた。そして閉《た》てたままの障子の端へ、遠くを眺《なが》める目をやった。

「そう、あれでとにかく、片づいたんだねえ」やがて一人でうなづいた。その横顔が父親の目にもすっかり片づいた様子に映って、ついうなづき返しそうになり、親として無責任な反応にまた口をつぐまされた。翳《かげ》りがないと言うよりは、妙に薄い瞳《ひとみ》の色だった。白眼《しろめ》との境の輪郭も淡くて、かすかな蒼味《あおみ》を帯び、病みあがりとも病みなずみとも、感じ分けがつかない。そのまま、ちょうど赤々と障子を照らした夕日へ、まぶしさに苦しむでもなく、潤《うる》むようでもなく、瞼《まぶた》をゆるりとひらききりにしていた。

「かれこれ二年も、暗い所を出たり入ったり、うつし心のろくにつかぬ時期もあったけれど、近頃《ちかごろ》はかえって元気だよ」

「しかし、先々、どうするつもりだ」

「迷惑はかけずに済むだろうと思う。あの家には、これでも長年貯《たくわ》えてきたものをしっかりまとめて譲り渡してきた。この家にも少々のものは置かせてもらった。一切合財始末して見て、我ながらひとかどの蓄財家だったとわかったよ。身の振り方はおいおい自分に相談するから」

その点ではたしかに俺《おれ》よりもよほど心掛けのよろしい男だったと父親は認めぬわけにはいかなかった。そのとたんに、まだ及び腰ながら、同輩どうしの、残念の言葉が摺《す》り寄った。

「わびしいことを言うなよ。これから折角、男盛りに向かう年ではないか。何をやろうにも、金のいくらでも欲しい頃だろう。人にたいしても、世にたいしても、とにかく出張っている責任があるようなものだろうが」

息子は横目をちらりとやったきり、笑って答えなかった。皮肉も自嘲《じちょう》も洗いながされた、またしても、悟り澄ました笑みだった。赤い光に染まった顔の、眉毛《まゆげ》までがひとすじづつ淡い茶に透けて見えた。眉のあたりの地肌《じはだ》も白っぽく褪《あ》せている。やがて障子の日影がふっと拭《ぬぐ》い取られたのを待ち受けた間合いで、「デッド」と息をついた。さらに「デェーッド」とことさらな抑揚をつけて、若い者の生半可な韜晦《とうかい》かと思ったら、生真面目《きまじめ》な口調で後を続けた。

「何もかも遠のいた。失《う》せていく手ごたえに、懸命に追っつけるほどに、狂っていった。狂うことによって、追っつけていた。それでもあの頃は、窮地にあっても、人には信頼された時期だった。そこを乗っ越して、正直、草臥《くたび》れはてた。病院にも通ってみた。まわりの者を得心させるために入院も繰り返したが、じつはもう狂う気力も、必要もなくなっていた。困りはてて、ある時、自分はもう死んだようなものなので、とつぶやいた。ただそう言ってみたまでのことだ。そうしたら、声が返ってきた。まわりこそ、人も世も、お前にたいして、とうに死んでいるのだ、と。これもただ、勝手にそう思ったまでのこと、死んだと言うのが不穏当なら、たがいに無効になった、とそれぐらいでいい。たがいに閑散、でもいい。とにかく、それきり静かになった。風景がすっきりと目に映ってきた。物の音も懐《なつ》かしく聞える。人心地《ひとごこち》がついた」

「何を言ってるんだ」と父親は喉《のど》の奥で呻《うめ》きかけたのをゆるい息へ抜いた。むこうの辻《つじ》の辺で豆腐屋の喇叭《らっぱ》の声がやや迫って、軒の下を小走りに離れた履物の音が、路上の埃《ほこり》を巻きあげる風の吹き出しを思わせた。

「かりそめにもそんな了見でいると、世間からこぼれて、ほんとうに死んでしまうぞ。お前は悟ったふうでも、そのしわよせは誰が背負いこむ。親たちは得心づくでも、子はどうなる」

穏やかに、もはや姑息《こそく》のようにたしなめたつもりが、声に歯ぎしりのなごりがまじり、それがまたおのずと暗い情をしぼりあげてくるようで、部屋の内へまっすぐ踏みこんであの分不相応に澄んだ顔の、横つらを思いきり張りつけてやりたい、おそらく抵抗もせずにいるのを叩《たた》きに叩きつのる、その老醜の鬼気をすでに間近にうかべながら、あれは手のかからぬ子だった、と哀《かな》しみの中へつと惹《ひ》きこまれた。早くから分別づかせたのが不憫《ふびん》だった、と無残な因果でも眺めるように、冷えきった廊下に立ちつくした。

「ほんとうに、死んでしまうぞ」と、すっかり蒼くなった障子の前から障子よりも蒼い背をこちらへ向けて静まりこんだ息子へ、また半端《はんぱ》な言葉を訴えかけた。

「飯はきちんと喰っているのか。ひもじくはないか」とたずねた。

　これが仔細《しさい》ながらすべて夢だった。第一に、柿原《かきはら》は五十の坂を幾つか越した現在まで、息子というものを持たない。そんなものを夢に見たためしもなかった。第二に、二階の隅に居た男はかれこれ四十の厄年《やくどし》にかかる頃だと、部屋をのぞいた時にすでに柿原は年を数えていた。第三に柿原の現在の家は、障子も廊下も軒らしいものもあるにはあり、柿原の部屋の窓は細い脇路《わきみち》を見おろしているが、四角四面に固めた十一階建ての集合住宅の内の、玄関から厠《かわや》まで平坦《フラット》な、全体が二階の住まいである。戸外からは表情のある物音もろくに入らない。息子の居た家は見るからに安普請《やすぶしん》の、時代もかかった二階家で、風が走りはじめると外の羽目板から内の天井裏のあたりまで、あちこちがかわるがわる軋《きし》みかわして、寸法の狂った建具がかたりかたりと鳴り、家そのものから慄《ふる》えながら暮れていくかのようだった。

　さらに、もう二十年来、あらかたの日を家の内で机に向かって過すことを生業としているはずの柿原が、夢の中ではいまだに勤めに通う身のようだった。ときには何日にもわたって家の者とまともに顔を合わせることもないほどに忙しくしているらしかった。親父《おやじ》もそろそろ停年だからね、と息子の目色が語っていた。親父こそ、どうするつもりなの、と居候《いそうろう》のくせに、気づかわんばかりだった。そのことが目覚めたあとで、怪《け》しからぬ顚倒《てんとう》のように思われて、とりわけ柿原の癇《かん》に触った。

　しかし息子は見ず知らずの顔をしていた。これまでに知った男女の、誰とも似ていない、と柿原は夢の中でそのことは確めていた。確めて、訝《いぶか》りの念も起らなかった。むしろ、不穏当な事態の中でこれだけは穏当のように感じた。自分の顔にはまるで似ていなかった。かりにも面相が通じあうようであったら、夢の中でも自分を許さなかっただろう、とこれも覚めてから理不尽のようなことを思った。その直前に、死んだ自分の母親の、面《おも》立《だ》ちは見えなかったか、と妙な回り道を取って、たどり返したものだ。

妻と成人した二人の娘の存在も、そのとき階下にいたかどうか分からないが、消えてはいなかった。上の娘が来年から就職するので、出もどりの一人も抱えこんでも、すぐに困ることはないだろう、とすばやく事態と折合いをつけた。出もどりと思っていた。しかし自分にとって息子なら、どこぞほかでこしらえたわけでもないので、妻にとってはなおさら息子であり、娘たちにとっては兄にあたるはずなのに、その関係にはまるで思い至らなかった。女たちはさしあたり口出しをせずに、成り行きを男どうしにまかせるつもりのようだった。それでも息子だった。事情の要《かなめ》のところは欠けているのに、末端にかけて莫迦《ばか》に仔細な夢だった。

「一銭もいらないような身になってしまってね」と息子は笑っていた。

呑気《のんき》なことを言う、と父親はあきれ苦《にが》りもしたが、息子が学生の頃から食と住、親の家で寝起きして親の家の飯を喰うほか一切を自分で稼《かせ》ぎ出していたことは知っていた。どの節《ふし》でも騒ぎ立てず、親にろくに相談もせず、職はほどほどのところに納まり、まったくの自前で世帯を持って、子をなせばそれらしい顔になり、年の取り乱れもないものだと感心するうちに、勤めをやめるようなことを言っていると伝わって、まもなく一人で事業を始めた。例の落着きはらって無分別へ踏みこんだかと親はあやぶんだが、あぶないような兆候は一向に聞えず、なんだか親許《おやもと》にいた時から馴《な》れた手順を踏んでいるみたいなのですよ、と息子の細君に感心されてつくづく首をかしげたのを境に、息子の暮しは親の想像の外へ出た。

その事業を十何年かして、いよいよ行き詰まるその前に、先を見越して畳んだ。他人に迷惑をかけず侮《あなど》られず、ずいぶんしぶとく、立派に整理した様子だった。

細君の姿は、声ばかりだった。あの人はこれから、どうやって年を取って行くのでしょう、と夜更《よふ》けの電話で歎《なげ》いた声に切羽詰まった色のこもったのが、迂闊《うかつ》ながら親の心配の初めだった。その前に、息子の少年期、ことに青年期へかかる頃のことを根掘り葉掘りたずねられて、いや、変わったことはありませんでしたな、ごくごく問題のない子でした、とおなじことばかり答えるのを、我ながら阿呆《あほう》のように感じるうちに、それがなにやら、親のほうの抱えた暗い内情を声音《こわね》に露呈していくふうな、いくら考えてみてもことさら打明けるほどの事情には思いあたらないのに、落着きの悪い心持へ惹きこまれたものだ。

年にしては老成した人でした、それがこの頃では、逆に年を失っていくふうなのです、てきぱきと事は始末してくれますが自分はもう一歩も先へ進もうとはしません、あの狂いもない頑固《がんこ》さが、向かいあっていると、子供にまで障《さわ》りそうで、気味が悪くて、ともう一度歎き返しながら、すでに悟りあきらめた声が聞えた。それから一年ばかり、親自身の知らぬ、親自身の内情が、息子の家の内で煮つまって声もなく繰り返されているような、うしろ暗さに絶えずうっすらとつきまとわれながら、よけいに手を拱《こまね》いてやり過していたようだった。

申訳のないことになりました、御親族にはこれきりお目にかからないことにいたします、子供のためにも、とこれが細君の最後の挨拶《あいさつ》となった。その時にはさすがに胸を衝《つ》かれたが、さかのぼっても、嫁という観念は動かなかった。不憫さは不憫さとして、孫という情もなかったところは、やはり夢の空虚さのしるしか。

夢の見方もまた妙ではあった。暮れた廊下に立って涙をこぼさんばかりにしながら、おもむろに目覚めて、蹄《ひづめ》の音を耳にした。窓の外の路を長い一列につらなって近所の馬事公《ばじこう》苑《えん》まで朝稽古《あさげいこ》に引かれていく馬たちだった。赤く焼けて明け放たれた空を思っていた。夢の内容を憮然《ぶぜん》として思い返したのはしかし、つぎに目を覚まして、もう正午に近い頃だった。想念のかけらもなく眠ったはずだが、その間に、夢の仔細は後《おく》れて育ったものか。表では新築工事のブルドーザーの音がしていた。

朝方にもう一度眠りこむ境目では、廊下に立つ姿と一緒に、部屋の内の姿も見えていた。目の色がひきつづき淡かった。眉毛も透けるようでその地肌まで生白く褪せていた。それればかりか、いつのまにかまたすっかり背を向けてうつむきこんだ身体《からだ》が、全体としてなにやら、穏やかに窪《くぼ》んでいる。どこからどう落ち窪むものやら、理不尽な印象であったが、さらに訳の分からぬことに、その中からふっくらと、肉の盛りあがる感触があった。熟れきった腫《は》れ物のことを思っていた。破れるばかりに張りつめた肌の、透けるような滑らかさを、その疼《うず》きと熱とを指の腹で撫《な》でるふうに、思いうかべていた。その生白さの裏《うち》に今にもどす黒い隤《くず》れのひろがるけはいがふくまれて、心持が陰惨になりかけたが、廊下から哀しんで眺めやっていたのはあくまでも後姿、ひとまず陥没に和《なご》んだ隔離の背つき、やはり息子だった。

暗幕つきの窓掛けの合せ目から朝焼けの赤く滲《にじ》んだのは、あれも夢の内だったのか。戸外は何日かぶりの秋晴れのようで、陽《ひ》はとうに南へまわった時刻だったが、朝からまともに照らされた窓のあたりから、乾草《ほしくさ》の匂いが部屋に満ちていた。

一般の家庭で蚤《のみ》や虱《しらみ》に悩まされたのは、いつ頃までのことでした、と関屋青年がだしぬけにたずねた。ひと月ばかり前のことだ。

そうだなあ、僕が新制中学に入った頃にはまだまだ日常茶飯の話題だったけれど、それからわずか三年して、高校へ進んだ頃までにはもう、いささか苦労話掛かっていたかな、考えてみれば迅速なものだね、と柿原はそこまで答えてから相手の顔を見た。いずれにせよ、あなたの生まれる十年も昔のことだ、とにわかに照れながら、気がついてみたら襟《えり》の中へ手を突っこんで、痒《かゆ》くもない首すじをしきりと搔《か》いていた。

どうしてそんなことを聞くの、とたずね返すと、いいえ、子供の頃から害虫に散々刺されておくのも人の免疫《めんえき》体制の強化には有用なことではないかと、自然の伝染の循環がどこかで断たれるのは健全なことではないのではないかと、そう考えまして、と涼しい顔で答えた。

さっきまでウイルスの話をしていたのに、蚤虱とはまた、でかい話になったものだな、と言ってやると、椅子《いす》の上で長い手足をもてあましてひとしきり笑いこけたあと、乱獲や開発のために絶滅に瀕《ひん》した巨獣の話みたいですね、と一人で感に入っていた。

そうか、その関屋君が、今日は午後から御入来だったか、と柿原はようやく思い出した。そしてさしあたりその予定を一日の弾みのようにして、寝床から撥《は》ね起きた。日のずっと高くなるまで寝ているくせに、起きる時には大事を控えた一日のごとき勢で起きあがる癖が柿原にはある。ほんとうは三日も続けて蒲団《ふとん》をかぶっていたいところだが、熱も出ないのでは仕方がない、と寝床を荒く畳みにかかった。


「柿原さんの睨《にら》んだとおりでした。文政五年と安政五年」

例によって関屋が、持ってきた用件が片づくや切り出した。

「文政五年には前年と三年前に風邪《ふうじゃ》感冒の大流行が記録されてます。安政五年にもやはり前年と四年前に風邪大流行が見えます。どちらも、それまで十年にもわたって断続していた可能性があります」

ふうじゃ、と若い口から古風に言い出されると、それ自体が禍々《まがまが》しいような、悪疫の響

と、不吐不痢《ふり》というから、吐かず下さずですか、不煩躁《ふはんそう》というのは悶《もだ》え騒ぎもせずという
くだるというほどに、やがてひたくだりにくだりて、などとありました。そうかと思う
は落ちこみ、鼻は尖《とが》るそうです。今まで酒を呑《の》んで物を喰《く》っていたのが、なんとなく腹が
三度も暴瀉《ぼうしゃ》すれば、もう手がつけられないとは、信じられないなあ。面貌忽然《めんぼうこつぜん》と変り、目
「三日コロリ、三日坊とも呼んだそうですね」青年は生真面目な、深い目色をした。「両
しかし息子の夢の目覚めと、前後はどうだったのか、と客の前で柿原はひそかに訝った。
た声で鳴きかわすのを、十月も中旬にかかるな、と寝床の中から夢うつつに聞いていた。
　窓の外で鋭い叫びが一声立った。そう言えば今朝方も鵯《ひよどり》たちがあちこちから切羽詰まっ
ことではないの」
「江戸の年代には詳しくもないけれど、文政に安政と言うのは、もしやコロリ、コレラの
を、どう始末しているのか、主人《あるじ》には毎度、見当がつきかねた。
ないテーブルの下で、あの釣合《つりあ》いからして、まともに押せばこちらへ届きそうな足の先
ま、ひたりと留まる。顔に懈怠《けたい》の色は見えない。不作法の臭《にお》いもしない。しかしひろくも
今にもずるずると、半端にひろげて掛けた反物みたいに、床へ滑り落ちそうな恰好《かっこう》のま
で、長い脚を客用の低いテーブルの下にまで伸ばし、腰は椅子の縁近くまでずり出して、
行儀もよろしいのに、こういう私《わたくし》の話題になると、とたんに椅子の背に深くもたれこん
きを帯びた。そうひと息に報告しておいて、これもこの青年の癖で、何事につけて端正で

ことですか、痛みも覚えぬうちに、形神《けいしん》すでに離れる、譫妄《せんもう》状態でしょうね。絶脈転筋、四肢厥冷《ししけつれい》、目は直視したまま天へ吊《つ》る、とも別にありました。乾性コレラ、頓《とん》コロリというそうです」

　トンコロリところがした声にさすが若い弾みはついたが、それにしても二十代なかばで、いまどき博覧強記の青年がいるものだ、と柿原はまた舌を巻いた。漢文の資料を読みこんできたものと聞えた。いや、物を知らなくて困ります、としばしば自分で年寄のようにこぼす。それがまんざら謙遜《けんそん》でもないことは、柿原もとうに知っていた。鷗外《おうがい》のことを林太郎と呼んでその翻訳の仕事に一時期関心を寄せ、ほかに「澀江《しぶえ》抽斎《ちゅうさい》」も読んでいながら、その林太郎がこの前の敗戦ぎりぎりまで生きていたようなことを言う。一点の無知なのか一時の錯誤なのか、どちらにしてもなかなか堅牢《けんろう》な間違いなのだ。僕の読書はほんとうにその時その時でして、狭く突っこんで、我ながらマニアックなぐらいになることもあるけれど、まもなく興味がほかへ移ると、読んだことをきれいさっぱり忘れてしまうんです、と笑っていたこともある。これには柿原はかえって、若いのに読書人として己を知る言だと感心させられたが、それがまた額面通りの白状であるらしいことを、まもなく知らされることが度重なった。ひと月も前に中断された話題をいきなり継ぐかと思うと、つい三月ほど前まで熱心に仔細《しさい》に話していた事柄《ことがら》について、柿原が近頃《ちかごろ》あらためて感想を抱くことがあり持ち出すと、まるで反応がないばかりか、その事のイロハも弁《わきま》えなくなっている。それでも何かを熱心に読みこんだ当座には、漢文のようなものでも、読んだ物の口調に染まってくる。目をつぶって聞いていたら、年配者と対しているような心持になるだろうか、と柿原はふと想像をそそられて、目のやり場にちょっと困った。

「季節は夏でしたか」とその困惑のなごりを引いてたずねていた。

「はい、文政五年の浪華《なにわ》は八月の末から始まり、九月の末あたりが最盛期で、十月下旬にかかってようやく止《や》んだようです。西国から寄せて来ました。浪華には川筋を伝って舟着場からひろがりました。航海中の舟の中でも大勢死んだそうです」

「九月なら秋ももう深いな。九日が重陽、菊の節句だから」

「ああ、陰暦でしたか。寒いぐらいですね」

「陽暦とのずれはいろいろだろうから、わかりませんけれど。で、安政のほうは」

「五月の出島から始まって、七月が長崎、しかし中国近畿は三十六年前ほどではなかった様子でして、東海道をくだって駿府《すんぷ》小田原、七月の二十日頃から江戸に入って猛威を振《ふる》ってます。八月の中旬にかけてが最悪で、九月の十日頃までに、死者およそ三万ともそれ以上とも言います。やはり十月末になってようやくおさまった」

「中秋の明月の頃になるね、人がばたばたと往《い》ったのは」

「この年は夏の暑さが激烈で、秋にも照りつけてます」

「今年はどうだったかな」

「八月よりもひどいぐらいでしたよ、九月に入ってからが」

「四、五日涼しくなりかけてから、寝苦しい夜が続いたね。人が弱りはてていた」

「中頃に函館《はこだて》へ飛んで、その晩ホテルで、ひさしぶりにさわやかに眠りました」

「そいつはいいね……」

「ところが、三泊して、東京の残暑もやり過ごしたつもりで羽田に降り立ったら、どかっとした風が吹きつけて、雲は低く垂れて、その気に感じていまにも腹が疼きそうで、もしもこの大勢の客が蒼《あお》ざめてトイレに殺到したらどうなることかと。ロビーに着いたら、空気はいっそう悪いのに、ただむやみと、脱力感ばかりがのこりました」

「夏風邪がまたはやっていたね。汗を滲ませながら、慄《ふる》えているような」

「僕などは、去年の末あたりから、おなじ風邪に長居されているようでして。季節の移り目ごとに、違った気分であらわれるだけで」

ようやく初めの話題に戻った。ひと月ほど前の、あれも九月の中旬にかかる、驟雨《しゅうう》の繰返し走る午後に、この部屋でこの青年と対面して、古今東西の疫病流行にはその直前に風邪が跳梁《ちょうりょう》しているのではないか、まず風邪が人の免疫体制を押しなべて変質させるのではないか、と柿原は近年折につけ思うことを口にした。風邪よりも人体の変質のほうが先かも知れないが、とつけ加えた。その前にエイズの話題が中世近世のペストのほうへ移り、天《あめ》が下に新しきものなしと言うほどだから、まして細菌のようなものは何十万年も昔から人の集まるところどこにでも、あらゆる仲間が揃《そろ》って潜んでいそうなものを、ある時期にある菌が俄《にわか》に繁盛するというのも、理不尽のようなものではないか、と首を傾《かし》げあったところだった。

たしかに、ペストのようなものなら風邪が流行の下地造りをするかもしれませんね、と関屋はうなづいておいて、しかし後天性免疫不全ということになると、柿原さんの言われることは、なんだか頭も尻尾《しっぽ》も癒着《ゆちゃく》した、同義反復のような気がします、とわりあい遠慮もなく留保したが、別に思いあたる節のありげな目つきで黙りこんだ。楽天性免疫不全症候群、と訳の分からぬ語呂《ごろ》合せを柿原は年柄もなく胸の内でころがして、青年の沈黙につきあった。ある境から口数が急にすくなくなり自分の出した話題から自分で零《こぼ》れてしまう、この青年は。どこやらで頭は回転している様子なのだが目は睡《ねむ》たげになり、柿原は毎度、これこそ風邪の引き出しを思わされた。話はそこで跡切《とぎ》れて終るが、しかし一月なり二月なりして次に現われる時には、青年はかならず前に中断したところから、棒きれのように話を継いでくる。それにしても、暴瀉卒倒の病いの話を持ち出してくるとは意外だった。

目の前で関屋がまだ黙りこんでいた。今日は振り出しに戻ったところで早々に次回送《さき》となったか、と柿原は閉じた窓へ目をやり、東向きなのですっかり翳《かげ》っているが、それでも一日続いた晴天の傾きかかるけはいの映るのを眺めやり、自身の青年の頃の、西日の赤々と差しこむ厠《かわや》の憂鬱《ゆううつ》さを思い出した。文政安政の暴瀉病に興味を持っても、あの厠の赤さは知るまいな、とつぶやいた。

　このような辛気臭い話をこの青年と間遠ながらに続けることになったのも、昨年の春、初めて訪れた青年がたまたま、そのまた二年の前の大学卒業まぎわの春先に肺炎らしいものを病んだ、その妙な体験を話したのがきっかけだった。三月の初めの風の吹く日に、閑《ひま》をもてあまし春休み中の大学まで来て、構内の広場を突っきる途中で寒々としたベンチに、休むつもりもなく腰をおろしたきり、立ち上がる気力をなくしたという。小一時間も坐《すわ》りこんでいた。それから、日頃はろくに気づきもしなかった大学の診療所の看板が芝生のむこうから目についた。枯芝が莫迦《ばか》にひろく見えた。医者は胸に聴診器をあててから幾度も叩《たた》いて、気にいらないなと首をひねった。肺炎の疑いがあるね、近頃高熱の出ないのがすくなくないので怖いと言った。すぐに家に帰って近くの病院に、入院したほうがいいだろう、とたしかにそうすすめられた。大学の構内を出た時には入院するためにいったん家まで引き返すつもりでいた。なんだかしきりと哀《かな》しいばかりで、車を拾うことは考えなかった。一時間半の道のりを、電車を二度乗り継いで帰った。途中、死ぬような怠《だる》さを、歯を喰いしばれもせず、こらえていた。両手で吊り革にさがり、その恰好から、もうひと月ふた月も、似たような状態の続いていたことを知らされた。ようやくのことで最寄《もよ》りの駅に降りると、ちょうど間の絶えたバスを立って待つのがつらいばかりに、またふらりと歩き出したものだ。いつもは十五分の道が、行くほどに先が遠くなった。家の玄関に口もきけずに立った顔を、土気色をしていたそうで、母親が驚いて見ていた。すぐに敷いてもらった寝床の中へもぐりこんだ時には、しかし、診療所のことは、全体が記憶から落ちていた。

それから三日三晩、ときおりそばに坐る母親から肩をそっと揺すられて物を言いかけられるのと、枕《まくら》もとに出された粥《かゆ》を腹這《はらば》いに返ってそそくさと啜《すす》るのと、その覚えがあるだけで、あとは昏々《こんこん》と睡り通した。医者を呼ぼうかとたずねられるのを、睡いだけでどこも悪くないのでと断っていた。あたしもそう思うのだけれども、お父さんが変に心配するもので、とそのたびに母親は眉《まゆ》をひそめた。その父親が夜更《よふ》けらしく、いま戻った恰好で部屋の戸口に立つことがあった。困りきったふうに腕組みをして、背をまるめてのぞきながら部屋の中へ入って来ない。父親のこの姿は、息子は朦朧《もうろう》としながら寝床から眺めていた。身内の病気を、怖がるんだな、肺病時代の人なので、とそんなことを思った。四日目には昼間に天井へ赤ん坊みたいな目をぽっかりひらいて過ごす時間が余ってきた。夜に入り汗をたくさん掻《か》いた。それからまた睡りこんで、雨あがりの小鳥の声でも聞くような心持で目を覚ましかけると、まだ未明のようで、枕もとから母親が膝《ひざ》を寄せてきて、ずいぶん白い顔をしているなと眺め返すうちに、笑みのようなものをうかべて、じつはお父さんがね、と静かに切り出した。

何をぐずぐずしているんだ、と太い声で怒鳴りつけて跳ね起きたという。

父親の初七日の済んだ夜に八度五分ばかりの熱を出したが翌朝にはさっぱり引いて、膝頭のかすかなせつなさのほかは、それきり風邪の気ものこらなかったという。

「風邪を引くと日の永い心持になるものだがね。これも無常迅速のうちというわけか」

柿原が声をかけると、関屋はあどけないような笑みをひろげて、鉄棒の蹴《け》あがりを思わせる呼吸でひょいと姿勢をただした。たちまち、最前家に入って来た時の忙《せ》わしさが全身に差した。時を忘れて話しこんでいるようでも、こうなると辞去するのも素速くて、長居をしたためしはない。しかし腰をもう浮かしかけてから、青年はあらためて困惑の色を見せた。

「それが、読んでいるうちにまた分かってきたことには、惨憺《さんたん》たる疫病《えきびょう》大流行の直後にも、風邪は大いにはやっているんですよ。性懲《しょうこ》りもなく」

「そうだねえ」と柿原もその口調に思わず染まった。「地獄が通り過ぎたばかりなのに、人がごほんごほんと、風邪を養って、せつながっているのも、呑気《のんき》なような光景だね。しかし、是非もないことだ。前も後も最中もひと続きの感冒と見ればよいのではないかな、世の中の感冒と。はやり病いそのものを、《世の中》とは言わなかったかしら」

「《世の中》ですか。うまいことを言うなあ」青年は中腰のまま感心していた。「たしかに天変地異や諸国飢饉《ききん》の打ち続いた時期にはあたります。飢饉などはもう慢性気味だったようで。ほかの疫病も、流行の年を拾えばキリもありません」

「飢饉と疫病とは、実際には区別がつかなかったようだね。区別しても意味のないようなものだろうからね。そんな時でも大量の消費物資の搬入されたはずの都市にも、繁華は繁華なりの、飢饉があるんだろうね」

「それはそうなんですけど、しかし僕、ひょいと思ったのです。僕らはもしかすると、知らずに、死なずに、凄惨《せいさん》な疫病の厲気《れいき》の中をすでに潜ってきた跡、跡そのものなのではないのか、大量死の影か脱《ぬ》け殻《がら》みたいなものではないかと。年ごとに新らたに、知らず死なず……」

そう言うなり立ちあがり、鴨居《かもい》でも憚《はばか》るふうに長身の背をこごめて扉《とびら》のほうへさっさと向かった。

また難儀な宿題を、たまたま朝方に妙な夢を見たばかりの年寄にのこして行ったものだ、と柿原は青年を送り出したあとで沓脱《くつぬ》ぎのところに立ってひとり苦笑した。

そのうちに、ここの家で西日の差しこむのはもっぱらこの玄関口だけではないか、とそんなことにいまさら驚いて、赤く照る我身を見まわした。

孫の土産に

鵯《ひよどり》の叫びがひさしぶりにまたひとしきり耳についた。先月よりもひろい範囲に鳴きかわして声も一段と迫って響いた。十一月も中頃《なかごろ》になり初めて冬の風が渡り、時雨《しぐれ》もよいの空に濃く照って流れる落葉が、これでも二十年の内にいくらかは寂《さ》びた団地の構内の、駐車場のあたりにまで散り敷いた。

寒風の日に身体《からだ》の不安を覚えるほどの齢《とし》でもないが、一人稼業《かぎょう》は年寄の暮しにおのずと似るな、と柿原は午前の散歩の出がけに外廊下の手摺《てすり》に寄って、こんな天候にも西から北へ褪《あ》せて澄んだ地平にさらに淡くつらなる奥多摩の山影を眺《なが》めやり、霧の吹きつける岩尾根に身をさらした時の、固めた襟元《えりもと》から素肌《すはだ》の脆弱《ぜいじゃく》さのにおう、ごく若かった頃の登山の感覚を思った。

立山連峯《たてやまれんぽう》の標高三千米《メートル》に近い尾根筋で高年者ばかりの一行が吹雪に困憊《こんぱい》して、十人中八人が凍死した、とそんな遭難事件がつい先月の初旬に起った。死者たちの年齢の平均は五十七歳あまりになる。あれは若い編集者が柿原の家を訪れて疫病《えきびょう》大流行の話などをして帰った快晴の日の、その前日にあたる日曜日の事だった。そのまた前日の土曜日に柿原はまる半日戸外を歩きまわる用があったので、その辺の天候のことは記憶している。南方洋上に台湾坊主《ぼうず》、とこれは若い頃の登山知識のなごりになるが、豆台風掛かった低気圧がたしか木曜日あたりから発生して、土曜日にはすでに東京でも午後から雨が降り出した。冷い雨だった。翌日曜は午前中にあがったかと見えたが、雲の動きは相変らず低くて、暮れる前からまた雨となった。夜半まで寒々と降っていたようだった。

日曜日には夕刊がなくて晩のテレビも見なかったので、その惨事については知らずに床に就いた。その夜明けに、持ちもしない息子を、しかも自分と十歳ほどしか隔たらぬ中年男の姿で夢に見るという、二重にも辻褄《つじつま》の合わぬ体験をしたものだ。月曜日の朝刊には相応の見出しを立てて行方不明が報じられていたはずで、遭難者たちの年齢のことは目に止まったと思われるが、ここ一年ばかり、一日の初めに新聞をつぶさに読んで徒《いたず》らに気を立てる愚は避けることにしている。安穏なコースの途中で天候が激変したのだろうと、季節や標高のことをろくに考えもせず、曖昧《あいまい》なところで折り合ったようだ。良い日和《ひより》でもあった。あるいは眉《まゆ》をひそめていたかも知れない。

柿原の同年配の知人たちの中にも、近年になって俄《にわか》に、休日に奥多摩や奥武蔵や秩父《ちちぶ》の手頃な山に登る楽しみを覚えたのが何人かいる。あれで相変らず酒は呑《の》んでいるようだ。とにかく、客の青年の前でその話題は持ち出されなかった。青年の帰った後の暮れ方に、夕刊をひろげて、ようやく首をひねった。年齢も標高も、この剣呑《けんのん》な時季の、あの悪天の登山の無謀さもさることながら、何とも成り行きの呑みこめぬ不幸と思われた。それから翌日にかけてやや委《くわ》しい報に触れるにつれて、訝《いぶか》りはふくらんだ。寒雨の日曜の朝に標高すでに二千五百米に近い室堂《むろどう》から登り出して、一ノ越《いちのこし》で尾根に取りついた時には雪が降っていた。なぜ、そこで引き返さなかったのか、と識者は指摘する。そのとおりだ。ところが吹きさらしの尾根を歩き出し、正午頃に標高三千米を超える雄山《おやま》の頂上に着いた時には吹雪になっていた。なぜ、そこまでで引き返さなかったか、と人は咎《とが》める。いよいよ以《も》ってそのとおりだ。ところがさらに尾根を進んで、下り上りして、最高峯の標高三千十五米の大汝山《おおなんじやま》まで登ってしまった。ここからはもう引き返せないことは柿原にも分かった。さらに先の峯《みね》を目指して下り、富士ノ折立《おりたて》と真砂《まさご》岳との鞍部《あんぶ》まで来たところで動きが取れなくなったようで、一行の中では年少の、五十前の二人を小屋まで援《たす》けを求めに走らせ、この二人は雪中を一夜迷った末に助けられたが、のこった八人は翌朝、尾根の上に倒れているのを発見された。

無謀無知無策と、高年の死者たちにたいしておのずと控え目ではあったが、新聞の非難はその辺に集まった。近年流行する中高年のグループ登山のとかくの安易さへの警鐘の意味もふくまれていたのだろう。冬山の装備も十分ではなかったらしい。しかし柿原の訝りはそれよりも手前のところに立ち停《と》まったきり進めなかった。初めに氷点下の風の吹きつける岩尾根に立った時、まず身の危険を、恐怖を肌から覚えなかったのか。これは思慮判断以前の事だ。身体は拒絶しなかったのか。ここから先は、死への行進などという滅多な想像には付きたくもない。かりに集団の心理に晦《くら》まされたとしても、かりに難所をひと辛抱で乗り越してしまえば先の小屋までたちまちたどり着けるような、考えられもせぬ楽天が、疲弊しかけた一同にむごくも取り憑《つ》いたとしても、おそらく二時間も尾根筋で吹かれたあげく最初の峯まで這《は》いあがった時には、もはや身体からして、先へ進める状態にはなかったはずだ。すでに吹雪になっていたという。

せめて雄山の頂上から、なぜ、引き返さなかったのか、と他人事《ひとごと》ながら柿原の恨みはここで迫り、鈍い恐怖のようなものにつつまれて折れた。合図らしいものもなしに、てんでに岩の風陰《かざかげ》から凍えた腰をあげて、今来たよりもはるかに遠くて嶮《けわ》しい道のほうへ、物も言わず蹌踉《そうろう》と下りかかる一行の姿が、頭の隅《すみ》に見えているけはいだった。ここまで来る道が、またたどり返すには、あまりにも苦しかった、とつぶやきも聞えるようで、その光景から目をそむけるようにして、最初の尾根の取っつきの地点まで想像を振り戻し、なぜ、ここで引き返さなかったのか、ともう一度低く呻《うめ》いて、言葉は同じにしかならないことに、憮然《ぶぜん》として口をつぐまされた。明け暮れ、立居の折々に、厠《かわや》へ通うたびに念仏のごとく、同じつぶやきと呻きを繰り返し、それにつれ我身もひとりでに蹌踉として、ゆらりゆらりと左右に傾《かし》ぎながら、せつなくも軽快になっていくような、妙な感覚になやまされ、やがてもてあましたか、木曜日の外出のついでに、地下鉄の売店に寄って、その遭難事件を特集の内に扱った週刊誌を買い求めた。

八人の遭難者は四、五米範囲に倒れていたという。身を寄せ合ってもいなかったようだ。しかもそこは尾根の吹さらし、雪も溜《たま》らぬ場所であり、すこし離れたところには岩陰に吹だまりもあったのに、とこの証言には記者も深い訝りを抱いた様子で、柿原も目をあげて、地下鉄の中の高年者たちの顔を見渡した。発見時には二人にまだ息がのこっていたような報告も見えて、せめて雪を掻《か》き分けてその中に集まっていたなら、いや、そんな思慮よりも先に、追いつめられた肉体はおのずと僅《わず》かな風陰にでも這いこもうとするはずではないか、とまた呻きかけたが、しかしそこで生命保存の本能が働くぐらいなら、もっともっと手前の限界で引き返していたことだろう、と息をついた。やがて、惨事に至るまでの時間を遡《さかのぼ》って記事を拾っていた。山の悪天候は土曜のうちから予報で警告されていたそうで、登山口の室堂に着いたのが日曜の朝の九時前、その室堂へ麓《ふもと》の町から高原バスで出発したのが六時半、起床が五時半、その前夜がじつは、鉄道の駅の近くの駐車場で車とテントに分かれて夜営しているのだそうだ。そこへは二台のライトバンに分乗して夜の十一時半に着いた。雨の中を名神高速から北陸自動車道を走って来たらしく、集合したのは土曜の宵《よい》の六時頃、大津市内の某宅だったという。そこまでたどり返すうちに、あの一行はどこから引き返せなくなったのか、どこで引き返す機を失ったか、柿原にはその境目がずるずると後退して、ついには一同集合した時刻も通り抜けて、各人各様の暮しの内まで細く分かれて及ぶのではないか、と途方もない疑いへ惹《ひ》きこまれかけて雑誌をまるめた。境というものも、多数の人間によって分有されてやがてひとつに合わされるのかも知れない、とそんなことを考えた。どこぞで一同がはしゃいでいた、というような証言が出なくて幸いだった。

あの時のことだった。週刊誌を握ってホームに降り、込みあったエスカレーターを避けて長い階段を歩いて昇りながら、足もとから目をあげて、ここは妙に閑散としたところだと感心したそのとたんに、耳鳴りらしいものが始まった。しかし耳鳴りにしては耳もとから荒漠《こうばく》とした遥《はる》けさがあり、無数の物の軋《きし》み弾《はじ》けるけはいがその中に行き渡った。呆《あき》れるうちに視野が左右からやや狭《せば》まり、上からも翳《かげ》りが降りかかって、行手に岩山が立ち塞《ふさ》がり、その稜線《りょうせん》を越して黒い雲が見る見る押し出し、天へひろがるにつれて、きしきしきしきし、とあまねく鳴りかわし、やがてけたたましい切迫を帯びて頭上へつぎつぎに覆《おお》いかぶさり、これも幻視というよりは空耳に近いものだったが、あまつさえ群馬の嘶《いなな》きに喇叭《らっぱ》の叫びまで聞えてきそうなたまらなさに、思わず片手で目の前を払うと、すべてが一度に落ちて、むやみと静まり返った左の胸に、ことさら堅実な動悸《どうき》ばかりが感じられた。ひきつづき閑散とした階段の、十段ほど先を、一人の男が歩いていた。背をまっすぐに伸ばし、一段づつ大事に踏みしめて淀《よど》むこともない。まるでペースメーカーのような足取りだと眺めた時には、こちらも歩調を合わせてそれにたよっていた。

あの時、五歳年長の、奈倉のことを思った。心臓の不調の表れたのが四十の頃だったから、あれから十五年はゆうに過ぎたか、と近頃算術に鈍くなった頭で数えた。その若さで或《あ》る晩、居間のソファーにうっぷして悶《もだ》え出したのを、初めは悪い冗談と眉をひそめて眺めていた細君がやがて蒼《あお》ざめて、救急車で病院へ運ばれるようなことがあり、その発作はたいしたこともなくおさまったが、それに続いた病院通いと、繰り返された検診の苦しさがよほど骨身にこたえたようで、俺《おれ》の人生はこれで終ったよ、とひさしぶりに現われた席でこぼして、それまでの乱暴な私生活を知る友人たちを苦笑させた。冠動脈が細くなっていて、これは血統でもあるらしく、とにかく生涯《しょうがい》、修復はきかない、と打明けられた時には、一座さすがに黙りこんだが、それでも顔色は以前と一変して艶々《つやつや》しく、蒼いほどだった唇《くちびる》にもほんのりと赤味が差して、それだけ節制させられれば長生きするぞ、と年長者にからかわれていた。

駅の階段などはかえって楽だよ、とその奈倉があの頃言った。なぜ、と人が聞き返すと、それは、あなた、急がないもの、急ぐに急げないもの、それよりもときどき厭《いや》な気持にさせられるのは、平らなところを歩いている時だよ、なにせ脚の強いほうだったろう、大股《おおまた》に歩く癖があるだろう、つい七、八年前まで山登りをしていたぐらいだから、と答えた。安穏な道で、いきなり足もとから谷が落ちこんだように、身の毛のよだつことがあるな、あたりを見まわしたって、恐ろしいものは、この自分の心臓よりほかに、何もないのだけれど、と笑っていた。

　奈倉氏の感想を聞いてみたいな、と先を行く男の背を見ながら、柿原は思った。お互いにこの年になり、どんなものだろう、ひとつ間違えれば、そして順々に狂って行けば、人の生命保存の本能とやらは、あからさまな身の危険に直面しても、どれだけ作動しなくなるものだろうか、恐怖心も衰えて行くものなのか、と。同一人物かと疑ったわけでない。奈倉よりはよほど痩《や》せて、丈も低いようだった。しかも奈倉とはもう十何年も会っていない。柿原は年に一度足らずの間隔で作品を本にまとめるたびに奈倉のところへ送っているので、そのつど夜更《よふ》けに電話は来る。半時間ほども話しこむこともあり、声だけはわりあい親しい仲になる。

　ことにここ四年ほど、柿原は古巣のドイツ文学畑の古めかしい小説を、仕事の閑を盗んではぼちぼち読み返すようになり、年に一度ばかりの電話の折に、それについてすでに門外漢の気ままな興味や疑問点などを話すと、僕などはとうに読みこむ力もなくなっていて、と奈倉は言いながら、あれこれ仔細《しさい》に教えてくれた。頭をしぼるにも心臓の力はいるもので、だからとばかり言わないけれど、ろくに論文も書かず、一向に翻訳もせず、おなじ五人ほどの作家を、まあ相も変らず、シュトルム、シュティフター、グリルパルツェル、その辺と思ってくれ給《たま》え、我々の世代としても古いけれど、そう感心するほど古くはないわね、それを年々繰り返し、浅からず深からず、あまり広汎《こうはん》にわたらず微にも入らず、なにぶん読んだところから忘れる性分《たち》なので、読み返すたびに、なんでこんなことに気がつかなかったのかと、ただ呆れるばかりで、と歎《なげ》く声は年々穏やかに、楽だと言った階段をほんとうに楽になって昇って行く姿が目にうかぶようだった。とくに去年の電話では、学生に読本を教えるにも今のドイツ語について若手の教師の助言を仰ぐありさまで、まことに無学素飡《そそん》の年寄も良いところだけれど、近頃、夜中に便所に立った時に、手水場《ちょうずば》の小窓の前に、笑わないでもらいますよ、シュティフターの背が目に見えたような気がしてね、まあ、懇切には読んでおりますのです、と笑って洩《もら》した話が柿原の心を、篤実《とくじつ》な生涯を自殺で終えたその十九世紀の作家の背にか、十何年も見ていない奈倉の背にか、いたく惹き寄せた。ほれ、昔一度来てくれただろう、親父《おやじ》も居た家に、手前の息子の独立した今になっても、まだ住まっているんだよ、あのぼろ家に、と思い出させられたので、よけいに印象が後に遺《のこ》った。

先を行く男の背が、ようやく階段を昇り詰めてさすがに膝《ひざ》の苦しそうな様子を見せたかと思うと、不意に掻き消されたのは、柿原の側の少時の放心のせいだった。追って自分も昇りきり、あらためて眺めればひどく餞《ひだる》そうな足取りの男の、その傍を並みの歩みで抜けがてら顔をのぞくと、やはり奈倉とは似ても似つかぬ面相で、おまけに柿原自身よりもよほど若いようだった。それでも、奇遇はないものだなと歎息した。

あれが十月のまだ中旬のことで、それからしばらくして、実際に奈倉から電話があった。十月の頭に例によって本を贈っているので、おおよそそんな時期にゆっくりと返事が来るのも例のことで不思議はないようなものの、礼と感想を述べたあと、奈倉は変らぬ口調で、明日ちょっとしたパーティーがあってひさしぶりに都心のほうへ出かけるけれど、あなたはもしや、ついではないだろうか、とたずねた。それがたまたま、柿原のほうにも翌日の宵の口から都心で会合の予定があり、会場もお互いにいくらも離れていない。仕舞の時刻をたずねると、夜はやはり早く家に帰るようにしているので、と奈倉は笑った。会の前にどこかで時間が折合えないものだろうかと言う。奈倉のほうのホテルの高い階にバーラウンジのあるのを柿原は知っていたので、そこが世話もなく、二時間ほどの余裕を見て落合うことになった。その晩、都心のほうの会合に出るという億劫《おっくう》な予定に、柿原こそひさしぶりに心楽しみを覚えた。心身の限界に立ち至っても引き返そうとしなかった頽齢《たいれい》の狂いをどう思うか、奈倉に会ったら是非聞いてみよう、と千載一遇の機でも明日に控えた気分にいささか染まって床に就いた。翌日、午後の三時頃に家の戸口を出た時にも、ちょうど冷い雨の降る日で、山の影も差さぬ奥多摩見当に向かって、なにやら強い目をやっていた。

ところがたずねずに終った。あの日、奈倉と宵の口に別れ、会合の後の流れにつきあって夜半をだいぶ回ってから家に戻り、茶碗《ちゃわん》に一杯白湯《さゆ》を啜《すす》って寝床にもぐりこむと、明け方に季節はずれの雷を聞いた。あれが十月の下旬のことだった。

「奈倉さんのところはたしか、お寺さんだったね」

「お寺とは、初耳だな。誰から聞いたの」

「そう言ってなかったかしら」

「家まで来たことがあるじゃないか」

「ああ、お寺ではなかったね」

「お寺ではなくて、祭司ですよ」

「そう、教会だったの」

「いやいや、そんなものとは縁もない」

「それでは、何」

「それでは何は、困ったな」

「いや、迫るわけではないけれど」

そんなやりとりがあの日、途中にはさまった。睡気《ねむけ》のようなものが間に差して、それきりになりかけたが、奈倉は答えた。

「本物ではないのさ。祭司もどきとか、晩年の親父のことを、手前も良い年をして心臓まで患《わずら》った息子が、悪たれにそう呼んでいたまでのことで。なにしろ脳血栓《のうけっせん》にやられてからというもの、立居振舞が折々、奇妙に厳《いか》めしげになるもので。我が親ながら気味が悪くてね。黙《だ》んまり預言者ともね、呼んでました。病人どうしは腹を立てやすいものですよ。いや、口にはすこしも出しませんでしたけど、そんな罰《ばち》あたりな冗談」

　それからしばらくしてつぶやいた。

「同じことをまたたずねる」

　同じことをまた答えさせる、とかるく咎《とが》める表情が苦笑のうちに見えて、柿原にもたしか以前に同じやりとりをかわしたような、仔細に話を聞いたような心持がされて、

「十何年前になるかね」と受けたが、しかと思い出す事柄《ことがら》のあったわけでなく、話した場所もおぼろで、わずかに、奈倉さんは何だね、女所帯に育ったように見えるけどとたずねると奈倉がやはり苦笑して、困ったね、それが男ばかりなのさ、女親にも早くに死に別かれましてと答えた、そんなこの際どうでもいいような記憶ばかりが半端《はんぱ》にうかんだ。

「親父が死んで一年ほどの頃でした」と奈倉は話を切りあげた。

　二人の前には赤ワインの壜《びん》がもう半分ほども明いていた。いつも本を贈ってくれるお礼にと奈倉が銘柄を柿原に選ばせて奢《おご》ってくれたものだった。僕は嘗《な》める程度にして、あなたの呑むのを眺めてるよ、と言ってパンやチーズも取り揃《そろ》えて注文してくれた。ここはお値が張りますぞと柿原が脅かすと、これは息子の奢りでね、と笑った。なんでも昨日、近頃ようやく自立した下の息子がどういう風の吹きまわしか、少々まとまった金を母親に小

遣いと言って送ってきたそうで、細君がその中からほんの僅かばかりをお裾分《すそわ》けと称して亭主に渡した。さっぱり使ってらっしゃいよ、と亭主はそう言われたものの、呑み歩く癖はもう思い出せぬほどに遠くなり、ほかの楽しみにもすっかり疎《うと》くてその元気もなく、まさか書籍を買うのも変なので、久闊《きゅうかつ》を叙するの資にこれをあてることにした、それに思いついたらむやみと楽しくなったと言う。まわりまわってにせよ、よろしいのかい、私のごときが頂いてしまっても、と柿原はグラスに口をつける前にもう一度念を押した。

　実際に奈倉は楽しそうにしていた。約束の時刻に柿原が店に着いた時には、だいぶ前から来ていた様子でカウンターのほうに坐《すわ》り、水だけを貰《もら》って前に置き、背をゆるりと伸ばして目の前のガラスの壁から、地上四十何階かにあたり、下へはるかにひろがる雨の暮れ方の市街を眺める、その姿が柿原には、いかにも穏やかに所を占めて在る、人影らしい人影に映り、ここ五年も十年も忘れていたような情景だ、と店の入口で足を停めた。最後に見た時よりひとまわりも痩せていたが、細ったその分だけ、昔よりもくっきりと、人の姿があらわれていた。空間だけでなく、肉の落ちてきた歳月をも穏かに排して寛《くつろ》ぐ姿に見えた。顔色はほのぼのと老《ふ》けていた。人の近づくけはいに感じてその顔をゆっくり振り向け、柿原の姿を吟味するふうな目で眺めやり、それから満足そうにうなづいた。「まずまず、良い年の取り方をしているようではないか」とそう褒《ほ》めたものだ。「それにしても、長年東京で暮しながら、こんな高いところに昇ったのは、これが初めてだよ。あなたに教えられなければ、知らずに終っていたかもしれない。われわれの世代の人間が尖《せん》兵《ぺい》となって突貫した工事なんだろうけれど」

お互いに見ない一寸《ちょっと》の間に肥えるだけ肥えてまた痩せた、太り過ぎに苦労していたのがいつか目方のじわじわと落ちて行くのを心配している、来月会おうと約束したのを果たせずにいるうちに、革袋ではあるまいに、膨んでまた萎《しぼ》んでしまった、と人の年を取るたわいなさに話し興じていた。美味《うま》そうに酒を呑むようになったね、と奈倉は柿原の顔を見た。酒の味がいよいよ佳《よ》くなる齢《とし》なんだろうね、とうらやみながら自身もグラスを片時放さず、ゆるゆるとひねり大事に嘗めていた。外の酒も晩酌《ばんしゃく》もほとんどやめているが眠れないよりはましなので寝酒は欠かさずやっている、心臓にはよろしいようなのでコニャックをかるく一杯、グラスの底にほんのひとたらし、いや、それよりは少々沢山の目分量を、時間をかけて呑んでいるわけだが、神経の立つ晩などはどうかして過ごすことがある、過ごすと言ってももう二杯程度で何ほどの差障りもないのだが、その時のそそくさとした呑み方が、いかにも荒く感じられる、ボトル一本はあなたと二人で明けていた昔よりもかえって、と昔のことを思い出させて笑った。

安い酒をなみなみと注《つ》いで傾けたらさぞや面白かろう、とこの頃はようやく、その想像をね、楽しめるようになったよ、まあ、あまり深く眠ると寝覚めの境が剣呑《けんのん》なようなので、それはさすがに控えてますが、しかし酒は美味《うま》いね、とつぶやいた。

「奈倉さんのところはたしか、お寺さんだったね」

そこで柿原はたずねたものだ。なぜだしぬけに、そんな不躾《ぶしつ》けなことを口にしたか、今となっては分からない。酒は美味いね、と息をついた奈倉の顔つきに、手でもすっと合わせそうな、どこか常人離れした柔和さの伴ったのはたしかだが、それにしても稚《おさな》げな連想、乱暴なたずね方である。誰に聞いたのとたずね返されてみれば、周知のこととして持ち出したくせに、伝聞《またぎき》ほどの根拠にも思いあたらない。それを、目の前の本人の口から聞いたがごとくに答えたのも、咄嗟《とっさ》の苦しまぎれとは言いながら、ずいぶんと厚かましい。奈倉が心臓を患ったその上に八十歳に近い老父の病気という難儀を抱えこんだとの噂《うわさ》は、当時疎遠になりかけていた柿原も小耳に挟《はさ》んで暗澹《あんたん》とさせられた覚えはある。それどころか、その父親の亡《な》くなった直後にどこぞで奈倉に会う折があって心境のひとつも聞かされたようだった。忙しく暮していたるのはおぞましいもので、これほどの事柄も相手に指摘されてようやく記憶が漠《ばく》と動くだけだった。しかも祭司とか預言者とか、柿原にとって懸け離れた言葉には、なにやら不吉めいた重苦しさのほか、記憶の中からそよとも応《こた》えるものはなかった。それでも奈倉が柿原にとってもいささか既知の事、聞いたはずの事としてその言葉を口にしたという印象はのこった。しかし、人違いではないのか。誰か別人に内々の事情をつい打明けることのあったのを、十何年も経《た》って、その相手が柿原であったように、話の屈折のはずみで思いこんだのではないか。しまいにややおぼろになった奈倉の口調から柿原は勝手にそう察して、この齢になればお互いにその程度の間違いは大いにあり得ることだとひとり合点して、かすかに憮然《ぶぜん》とした面持《おももち》で黙りこんだ奈倉をいたわる気持から話を逸《そ》らした。

「酒がそれほどよければ、心臓のほうもよほどよろしいのだろうね」

「よくなるということのないものなのだよ、これは」

「いや、そのもののことではなくて、ここまで来れば、身体ぜんたいと、つりあいが、取りやすくなったのではないか」

「ほかが相応に衰えてくれますから。まあ、それでここまで生きて来たようなものだけど」

「今では人とそう違いやしない、むしろ有利なぐらいだ、とそう思いませんか」

「それだけ養生すればかえって長生きしてしまうぞ、と先輩におどかされたことがあったね」

「俺は、長生きは御免だ、という口調だったたね。まだ若かったんだ」

「あの人、近年、寝たきりですよ。あの当時がちょうど還暦の手前で、並んで駅の階段をあがる時など、こちらは息を乱しているのに、歩調を合わせることにつゆ気がつかない元気さだった。それまでは、うらなりみたいな人だったのに」

「よけいな肉がすっかり落ちて近頃元気で元気で困る、とはしゃいでいたな」

「それは楽ですよ、だんだんに楽になってますよ」

初めの問いに答えていることに、柿原はしばし迷ってから気がついた。しかし奈倉は峻《けわ》しいような顔つきになっていた。

「五十も過ぎて男にどれだけ凄《すご》い精力がひそむか、心臓を患ったことのない人間には、我身のことでも、ほんとうには分からないのだろうな」と笑いにつつんで話した。「眠りひとつ、弱った心臓には危険なほど、強いのだよ。自分の熟睡しているところを見たことはないだろう。病人には見えるんだ。若い者よりも一時《いっとき》よほど烈《はげ》しく眠っている。悶《もだ》え波打ち強張《こわば》って。まして立居は、本人はすっかりだらしなくなったつもりでも、心臓の危惧《きぐ》からこれを感じれば、すこしの物事に惹《ひ》かれたとたんに、すっくと跳ね起きる、前に立ちはだかる、じわっと進み出る、おもむろに語りかける、とそんなものだ。物が近づけば、目の張りはおのずと強く、視線は深く入る。これを端からちらりとでものぞけば、怪しい緊張を貫って動悸《どうき》がずずんと走るぐらいのものだ。黙んまりにもひとりでに力がこもる。長いこと一人で黙りこんでいるうちに発作を起す人間がいるだろう、あれはバーベルをじりじりと押し挙げているようなもので、不思議はないのさ。高年に入って手前のことを剛直と言えば、お目出たくなったと人には取られますが、身体のほうは否《いや》でも応でも、剛直みたいになって行くんですよ」

「おもしろいね、剛直というのは。そこから美徳を引けば、大いにそうかも知れない」

柿原も笑って高年の不如意を託《かこ》つ時と同じ口調で受けたが、一人片隅《かたすみ》に坐って黙りこむ、その細った肢体《したい》にそのまま力瘤《ちからこぶ》が入って、目は据《す》わり、ありもせぬ重荷をじわじわっと天へ差し挙げかかる、そんな奇怪な像にひとしきり苦しめられた末に、預言者という言葉がひとつぽっかりと念頭に懸かった。

「人とは少々違った年の取り方をしてきたらしい。四十の頭から心臓を悪くしていれば、考えなくてもあたり前のような話だけれど、それが近頃ようやく分別できるようになったのも、この辺で人並みに追いついてきたしるしなんだろうね」と奈倉がやわらいだ声で続けた。

「俺の人生は終ったなどとうそぶいていただろう。あの時には、それだけのことはあったのだよ。しかしあそこからだったな、手前の身体の、底意地の悪いような力を思い知らされたのは。頑是《がんぜ》もない病気の年寄の、おかしな振舞と、まともに張り合うのだからな。大抵にしろよとまず自分に言い聞かせてけっこう気長に見ているわけだが、年寄の芝居がかった大真面目《おおまじめ》さがもうひとつきわまって、臭《にお》うような厳めしさへ踏みこむ境がありまして、とたんにざわざわと顫《ふる》えが来て、身体はいきりたつ、感情などはまるで追いつきやしない、あげくは蒼《あお》ざめて寝床に倒れこむ、息子のほうが。毎夜のようにだよ。女子供たちのことも眼中になくなるものでね。親父が死んで一年もしてから、こちらの心臓がよく持ったものだと急に恐《こわ》くなった。それは手前のこととしても、気がついてみれば、女房は幽霊みたいに痩せている、まだ小学生だった子供たちには父親の顔をうかがう癖がついている、一周忌も過ぎていたのでこれは故人のせいではないやね。あの騒ぎで四十の真ん中を越してしまった」

「並大抵のことではなかったんだね。こちらは年が行くにつれて、階段を昇る時のほうが楽だとあなたから聞いた言葉を憑《たの》みにしてましたが」

「均《な》らせば人並みでね。あなたたちは、年々体力の衰えを測り測りして来ただろう。こちらも同じことですが、この心臓で、体力のはかばかしくも和らがないことに息をひそめるようにして来たところは違うかな。親父がいなくなってからは、手前の肉体が宿敵みたいなもので。親父の振舞を目の隅で追っていたのと同様に、手前の肉体のおかしな挙動を陰で睨《にら》んでいた。どちらが、底意地悪かったのやら。夜中に家の内を重々しげにうろつく姿が、見えたこともあったな。長くもない廊下のな、どうでもよい、半端なところに立ち停まって、どうしておごそかで、右手をおもむろにこう……」

肘《ひじ》まで浮かしたところで手の動きを停めて、気が変った様子で、ガラスの外にひろがる、暮れきった市街の風景に見入った。つられて柿原も目をやると、雨霧《あまもや》がちょうど、立ち昇るとも降りるともなく、中空からあまねく濃さを増して、見る間に地上の灯《あかり》のひしめきを掻《か》き消し、見つめるにつれて内から白く光るように思われた時、

「お天気が続くね」と奈倉がつぶやいた。

十月の下旬の、朝から雨の降り続いた、その日没もとうに過ぎた時刻だった。

柿原は黙りこんだ。返事をしなくては、まるで少時にせよ人の気の振れたことに、同意しているみたいなものではないか、と鈍い焦《あせ》りにつつまれながら、喰《く》い散らかしたパンの屑《くず》を摘《つま》んでワインの残りを口に含み、相槌《あいづち》でも打つようにしていた。時間や場所が、そこに居ながらに、ひょいと跳ぶのは近頃よくあることで、それでかえって年なりに寛げるのではないか、日和はたしかに昨日まで続いていたことだし、これだけ降ったら明日も晴れるだろうから、と内ではあたふたと取りなし、どこだか恐い物見たさの横着に似て、言葉には出さずにいた。

しばらくしてもう一言、奈倉はつぶやいた。カウンターの内の若い者が振り向いたほど、口調としては際立《きわだ》って重かったが、言葉は不分明に含み殺された。

「マゴのミサ坊」と初め柿原の耳には聞えた。

孫に見せばや、と言ったようにも思われたが、そんな文語を口にする雰囲気《ふんいき》でもなかった。

孫の土産に、ではなかったか、としまいに首をひねりながらもそこに落着いた。

孫のことをたずねてもよい年だった。しかしこれは目出たいようでも、人にたずねるにはあんがい用心の要ることを、柿原は近年幾度か思い知らされたので、これから地階まで降りてロビーで左右に別れるぎわに、あっさり立話しにたずねてみようと決めた。実際にそのとおりにした。花の咲く頃と言って寄越《よこ》したけれど、何の花のことだか、と奈倉は気のなさそうに答えた。それから、あのエレヴェーターはやはりちょっと、心臓につらいね、と暗く笑って背すじがしゃんと伸び、宴会場のほうへ歩き出した。上《うわ》の空のつぶやきのことでは、お互いに横目も見交わさずに済んだことになる。ところが、「マーゴール・ミッサービーブ」と符牒《ふちょう》めいた響きの言葉が、それからひと月近くも過ぎた今になり、楢《なら》や櫟《くぬぎ》の葉も飛びはじめた公苑《こうえん》の雑木林を抜ける時、不意にけたたましく吹きつけた雨の中からと聞えて、じつは柿原自身の口をついて出た。十何年も前に、よその何処《どこ》でもない、自分の家の仕事場で、夜更《よふ》けに奈倉と長電話をした時に、奈倉から教えられた言葉だった。おそれまわりにあり、恐懼《きょうく》周囲という漢字を宛《あ》てる、親父の口癖だった、と奈倉はそう説明して、もう一度その言葉を電話の中へ響かせた。詰めた唇《くちびる》が目にうかぶような、その声音《こわね》まで覚えていた。

好日

静かな高曇りの、底冷えのする年末の一日がまたはさまった。雑木林の縁にわずかひろがる半白の熊笹《くまざさ》の原が一面にちらちらと顫《ふる》えて、霰《あられ》か小雪の降り出しを思わせるが、葉末に掛かる枯葉を振い落すほどのそよぎともならず、傍《かたわ》らの楓《かえで》は暮れに二日と迫ってもまだ枝に紅葉をのこしている。公苑《こうえん》の敷地のすぐ北側に団地が立ちはだかり、その十一階の建物が雑木林の奥まで、その風陰《かざかげ》を長く細く、次第に低く及ばせていることを、柿原は秋の盛りから午前の散歩のたびに、南へかけて微妙に移り変る楢《なら》や櫟《くぬぎ》の黄葉の遅速に見て取った。風陰はどうやら末広がりとは逆のかたちに林を覆《おお》って、団地から二百米《メートル》はゆうに離れたこの笹原の辺がその先端か要《かなめ》かにあたるらしく、そこで気流がいま一度淀《よど》みがちのようで、林はあらかた裸木になっているのに、ここの楓だけがなごりに赤く焼けて、風の死角のような、いっそうの渦《うず》を孕《はら》むような、眺《なが》める目には妙につらい、日々の差を失わせかねぬ静閑が笹の上を領している。

寒気が訪れてしんしんと冷えこむ夜中には、遠近《おちこち》の道路の騒音が地平にわだかまり、ときおりごうと、地鳴りのように天へ押しあげるものだが、と奈倉が話した。十何年前の電話のことだ。どういう音響現象だか、冬の夜に地平のざわめきの迫《せ》りあがることは、柿原にもすぐに思いあたった。都会育ちの人間には幼い頃《ころ》から馴染《なじ》んだ季節感のひとつでもある。しかし天へ立つその前に、毎度しばらく、深い静まりが生じる。すると奈倉は茶の間か北側の四畳半の間で、眠っていても目をぽっかりあけて、まず自身の病んだ心臓を戒める。大抵は何事もないが、ときにまもなく、玄関寄りの八畳の座敷の障子がそろそろと引かれて、父親が廊下に出る。一夜に幾度かは繰り返される。亡《な》くなる前年の、年末にかけてがことに頻繁《ひんぱん》だったという。

足音が茶の間の外を厠《かわや》のほうへ伝えば、息子は起きあがりもしない。七十八歳の年寄はもとより手洗も近い。その夏の炎天下に家の門前でうずくまっているところを見つけられ、病院に運ばれて脳血栓《のうけっせん》の疑いと診断された。さいわい症状は軽くてひと月あまりで退院したのち、口に少々の不自由はのこったが、足腰はどうして達者で、嫁の用意した夜の溲瓶《しびん》を使うことはおろか、人に世話を焼かれるのも煩《うるさ》そうにする。それで息子もその妻も、廊下で躓《つまず》きもしないかぎり、ただ足音に耳をあずけている。しかしその足音がひたと押し殺されて、いつのまにか玄関の間を横切り、二階へあがって行くことがあり、息子はそろそろと身を起す。

家の端に建物のほぼ縦幅いっぱいの長さに造りつけられて、階下の奥から二階の表廊下まで、狭い踊り場を間において、まっすぐに昇る妙な階段だった。息子は何段か離れて従《つ》いて行く。よろけることもないので、手は出さずにいるが、ときおり段の上で両足を揃《そろ》えて背を伸ばすのが、そのままふわりとのけざまに倒れかかりそうに見えるので、放ってもおけない。階段にもどの廊下にも夜じゅう細い電灯が点《とも》されていた。

二階には六畳の和室がふたつ、襖《ふすま》一枚を隔てて父親と息子の書斎が並んでいる。上等の普請《ふしん》でもないが戦前からの家で、父親は七十の手前で世間からすっかり引くまで、停年の後も子会社勤めを続けたが、もともと技術畑の研究者肌《はだ》であった上に独りを好む性分もあり、昔から家に居る時には書斎に引き籠《こも》って過すことが多かった。息子は敗戦直後の、一家が疎開《そかい》から戻ったどさくさに、中学生として二階の一間を占領したきり、やがて文学書などを読み漁《あさ》る年になり、就職難の時代に文学部に進んで学校にのこり、ようやく私大の教職にありついてからかれこれ十七、八年、そのままそこが仕事部屋となった。弟たちは自分の部屋を持つことに興味もなくて受験期にも階下で賑《にぎ》やかにしていたが、兄のほうもさらさら譲る了見はなかった。考えてみれば戦後ずっと、もう三十年ほども親子して、テレビが家に入ろうと関心もなく、二階に部屋を並べていたことになる。母親は父親の最初の停年後まもなく、長男がまだ学生の頃に、亡くなっている。

先に二階の居城《しろ》をいったん降りることになったのは、四十二で心臓を患《わずら》った息子のほうだった。家の階段の昇り降りに不安を覚えるほどでもなかったが、自宅療養と心得てぶらぶらするうちに、階下の四畳半に転がって気楽な物を読むか、茶の間で妻と過すことが大部分になり、二階の仕事部屋はおおよそそのままで、いつのまにか中学生と小学生の息子たちに、ポータブルテレビやラジカセを持ち込んで寝起きされるようになった。父親は孫たちの音に煩《わずら》わされる様子も一向になく、息子が病んでからというものかえって元気になったみたいに、若い者に劣らず軽い足取りで階段を昇り降りしていた。その音へ息子はしばしば降り口に近い四畳半から障子越しに耳をやり、いくら達者でも長年の家の主《ぬし》でも、老いの足がああも弾みをつけては蹴《け》っ転がりはしないか、と眉《まゆ》をひそめながら、自分こそ、この狭い家の内に居て、すぐ二階のことにもすっかり疎《うと》くなったような、老耄《ろうもう》した心持がしきりとされたが、それから二年足らずしてその父親が倒れて、退院の後も二階住まいはさすがに危《あや》ぶまれて階下の八畳へ移ることになった。そちらの書斎はもうじき二階へ戻るつもりでいる父親の気持を思いやってそっくり手つかずにしているが、日に日に古い黴《かび》の臭《にお》いに占められていく部屋の内から、どうかすると鋭い汗の臭いが鼻を衝《つ》くところでは、ときおり孫のどちらかが内緒で利用しているようだった。

夜中に立つ父親の姿は、縕袍《どてら》を着こんだその上から、いつも丹前ばかりではうっとうしいこともあるだろうと嫁が気をつかって買ってきた、たっぷりと大振りの青いナイトガウンを、内の袖《そで》をどう押しこむものか重ねて着こんで、外套《がいとう》みたいに着ぶくれたその腰を布のベルトでしっかりと締め、先端に総飾《ふさかざ》りのついたその余りを型通りに垂らしている。けっして寝床からふらりと起きあがってきたのではないしるしに、足には毛糸の靴下《くつした》をきちんと履き、裏に滑り止めのついた厚いフェルトのスリッパを履き忘れることもなかった。父親の没後に、蒼《あお》いような素足で廊下に立つ影がとかく息子の念頭にうかびかけたが、そんなことは最後まで、一度としてなかった。

年にしては乏しからぬ白髪は起き抜けに荒く乱れて、ちょっと凄《すご》いようにそそけ立っているが、顔には血の気が差して、唇《くちびる》の色も息子よりも赤く、息子は毎度思わず親子の姿を見くらべて、おなじ女の手で選ばれたおなじ型と色のガウンの、体格は自分のほうがはるかに大きいとはいうものの、どこかしら着こなしが独特、似ているような、おかしな感想を抱いた。じつはそっくり同じ背つきを、病人どうし、並べているだけのことだった。

父親は自分の書斎の障子を引いて、敷居の前に立ったきり、部屋の中をのぞきこむその目つきが不興げに、峻《けわ》しいようになり、さては孫どもが勝手に踏み荒らしていることを勘づかれたかと息子はおそれて、「何を探しているの」と声を掛ける。夜中に黙って二階へあがって行くことを咎《とが》める時期はもう過ぎていた。「いや、急に読みたいものがあってな」と父親の声はしかし尋常だった。親子ともに健康であった頃にときおり境の襖越しに、あるいは机の前と廊下との間で、いきなりな問答をかわしたのと、口調も呼吸も変らない。答え捨てて父親は電灯もつけずに部屋に入り、まっすぐに書棚《しょだな》の前に寄って、階下の寝間から正確に見当をつけていたふうに、迷わず一冊を抜き取って出てくる。手にした本は理工系の専門書であったり旧制高校生時代から持ち越した哲学書であったり、そのつどおよそまちまちであり、寝床の中から思いつくというのはそんなものなのだろうが、本を抜き取る時の目と手の動きから、それがおそらく場あたり恣意《しい》の選択であろうことは、読書がいわば稼業《かぎょう》の息子は早くから嗅《か》ぎ取っていた。それでも父親の気が済めば息子にはそれで良かった。父親は本を大事に抱きこむか、辞典のように重いものなら息子に促されるままに手渡すかして、あとは手間もかけなかった。階段を降りる時には息子が先に立って、三段ごとに振り返ると、父親はやはり人が前にいることをたよってか、やや放心した様子で足をぱたりぱたりと踏んで、目の光も霞《かす》み、口もとだけをきつく、なにやら哀《かな》しげに、への字なりに結んでいる。

部屋の前まで息子に送られて、子供のように柔らかなからだになり、ガウンと縕袍を脱ぐのをおとなしく手伝わせて寝床に入る。スタンドの灯《あかり》を細くしてから敷居のむこうにさがって立つ息子の顔を、ちらちらとはにかむような目で眺めやり、三度に一度は、枕《まくら》もとに置かれた本を、ひょいと蒲団《ふとん》の下へ抱えこんだ。息子は見て見ぬふりをして、一人で寝る四畳半か、妻と床を並べる茶の間にもどり、暗がりの中で蒲団をかぶって、やれやれ、世話の焼けることだと自身の心臓のほうをいたわりながら、ほろりと涙が頬《ほお》に伝うこともあった。

師走《しわす》も押しつまるまではその程度のことだったという。一夜に幾度も父親の起き出すけはいに目を覚まさせられるとは言っても、あらかたは厠通いで、足音が部屋にもどるまで耳をあずけてすぐにまた眠りこむ繰り返しに、奈倉も妻もいつか馴れた。大学の授業が切れぬ間は朝も早くて寝不足になやんでもいられなかった。

寒い冬だった。大学が段々に休みに入り、息子はほぼ家に居つくようになった。それから中旬に入った或《あ》る夜、父親の足音がまた階段のほうへ向かった。いつものように二階の廊下に立ち止まり、障子に手をかけたのがしかし、ひとつ手前の、今は子供たちの寝間となっている息子の書斎のほうだった。わずか一間ばかりの距離の不足に、息子は父親の一段弱りをまのあたりにした心持がしたが、すでに障子を半分ほど引いた手をとっさに妨げた。

「いけないよ、子供が驚くから」と、夜中に目を覚まして怯《おび》えるほどの幼さでもないのに、そう咎めたものだ。意外に逞《たくま》しい骨太の手が一瞬逆らいかけたが、小争いをするようなことにもならず、二人して細い隙間《すきま》から子供らの静かな寝顔をのぞくかたちで立ち、しばらくして、父親は障子を息子にまかせた。

「マーゴール・ミッサービーブ」とそれから、冷えこんだ廊下の真ん中へ踏み出して胸をひろく張り、部屋を背にして立った息子に面と向かってつぶやいた。そして剝《む》いた目が頑《かたく》なに勝ち誇り、先に立って階段をつかつかと降り、大股《おおまた》の歩みとなって寝間へ駆けこむと、ようやく追いついた息子の鼻先で障子をうしろ手に閉《た》てた。

息子は啞然《あぜん》としてその前を離れ、茶の間の妻の寝床の隣に横になると、非難の口調とは分かったがほかに何とも思えず、ことんと眠りに落ちた。

どれほどしてか、枕もとのほうが細目にあいていて、黄色い灯の中に父親の顔が掛かり、不憫《ふびん》そうに、いからせた目を潤《うる》ませて、滑る障子のかげに隠れた。

「おい、親父がいま、何か言ったか」と、息子は隣の部屋で父親の横になったけはいを感じてから目をひらき、傍で息をこらしている様子の妻にたずねたが、「お父さんが、どうしたの。何も言わなかったけど」と妻はもつれた舌で返事をすると深い寝息を立てた。しかしマーゴール・ミッサービーブと、初めて聞いては、とても聞き分けにくいはずの言葉が、その時にはすでにはっきりと耳に記憶されていた。

意味はおろか、何語なのか、どの方面から出たものか、そもそも意味をなしているのか、父親に思い出させてたずねるのも剣吞《けんのん》そうで、息子には知りようもなく、ただいよいよの老耄の兆候として、見たくもない嫌《いや》な塊となり内に沈んだ。さいわい、しばらくは口にされなかった。むしろそれを境に父親の状態は見るからに良好になり、夜中に二階へあがることも絶えて、ときおりは茶の間の炬燵《こたつ》に小ざっぱりと寛《くつろ》いで嫁を相手に、血栓のなごりで顔はおのずと厳《いか》めしげで、言葉は遅れがちであったが、お天気やら世間のことやら、子供たちの話などをのどかにかわしていた。息子が加わるとめっきり黙りこみがちになるのは、これはもとからこの家の親子の、お互いにあまり険悪にもならないかわりの寡《か》黙《もく》癖でもあった。晴れた午前には縁側の日溜《ひだま》りに毛の物を敷かせて坐《すわ》りこみ、この二年ばかり一家多事のためにすっかり荒れてしまった冬枯れの庭を、背をまるめて飽きず眺める姿も見られ、考えてみれば、寝間に籠もりきりになったのは先月の下旬に風邪を引いたのがきっかけで、まだひと月にもならず、あるいは一時の不調にすぎないのかもしれない、と息子は安易な気持に傾きがちになった。

夜中に厠へ通う回数も減ったようで、息子はさらにそれに馴れて、用心のため足音へ耳をやりながらも眠りを継げるようになったが、そのかわりに、父親が部屋から立っているその間、半分は夢へ掛かった、およそ切れ切れの記憶が生殺しのように蠢《うごめ》くのにまたなやまされた。厠の窓の格子《こうし》に父親の顔のうかぶのを、夏場のたそがれ時らしく、二階の表廊下から眺めていた。厠は縁側から鉤《かぎ》の手に継がれて窓が庭に面しているが、その上に庇《ひさし》が張り出しているので、高い所から内がのぞけるわけもなく、これは夢だった。縁側の廊下を来て歩みをゆるめ、暗い格子の内から小用に立つ父親の顔が白く際立《きわだ》つのを、何を思案しているのか、と危ぶむ心で眺めやったことはある、幾度かあったようだ。しかし壮年を誇るのは、父親であったか、自分であったか、暮れて行く庭の匂《にお》いほどにもはっきりとせず、そのことに緩慢に苦しめられるのはまた夢うつつの間だった。

未明に息子が酔って帰ってくる。まだ心臓を患う前の、とくに四十にかけての頃が荒《すさ》んで、一時は三日とあげなかった。門の潜《くぐ》り戸に内から門《かんぬき》の差されているのを見て、やわな板塀《いたべい》を用心しいしい、それでも盗人と咎められるのを恐れて半端《はんぱ》に太い声で呑気な戯言《たわごと》を口走りながら乗り越え、玄関の鍵《かぎ》も持たずに出たようで、庭に屈《かが》んで雨戸の低い所を叩《たた》くと、ふてた妻は起きず、やがて二階から足音が降りてきて、雨戸の端が一枚だけ繰り開けられる。照れ隠しに庭でひとしきりふらついてから、縁側へ上がった時には、姿はもう見えず、階段を戻って行く足音がのこる。顔をろくに見合わせることもなかったが、或る夜、「お前、酒呑《さけの》みのふりをしているうちに……」と雨戸の内からつぶやかれた。ほんとうに酒呑みになってしまうぞ、と言った。いや、そうではなかった。ほんとうに、からだが腐っていくぞ、と言った。

また別の夜、あれはすでに息子が肉体の不調のようやく容易ならぬことを感じてよけいに焦《あせ》り出した頃になるが、また鍵なしで戻り、なぜ門の上を堂々と越えずに塀の端っこで遠慮するのか、とふと思いついて莫迦《ばか》に昂《たか》ぶった気分になり、勢をつけて跳びついたはよいがたちまち腕はなまり息切れを来たして門扉《もんぴ》にもたれこんだ時、潜り戸がかすかに浮いているように見えて、そっと押すと、内から閂が差されていなかった。よろこんで忍びこみ、玄関から縁側のほうへそろそろと、我家のけはいをうかがう息子の目に、まだ暑さののこる闇夜《やみよ》のことで、端に細くあいた雨戸から薄い光がひとすじ庭へ流れて、その明かりを避けて植込みの前に佇《たたず》むしどけない浴衣《ゆかた》の、一瞬女かと驚かされたが、老父の姿が見えた。さすがに面目もない気持で立った息子に、父親はおもむろに顔を向けて、苦しげにこもった目をだんだんに瞠《みは》り、息子のためにそこに居たのでもなさそうな、遠い訝《いぶか》りをあらわした。「どうしたのさ、こんな時刻に」と息子が逆にたずねると、「眠れなくてな。今夜はとくに、いましめがきびしくて」と答えた。いましめ、とたしかに聞えた。この家の雰《ふん》囲気《いき》におよそそぐわぬ言葉に、折りも折り、息子が口をつぐまされていると、父親はひとりで肩を落した上に深くうなだれて、まるで諦《あきら》めて引かれて行く姿で息子の前を通り、踏み石もない縁側の高さを、それにしては強い膝《ひざ》の力であがって消えた。「お前もよく聞いたほうがよい」と背を向けてからつぶやいた。その跡に、息子には近頃身に覚えのある臭《にお》いが庭の底にのこった。暗闇へ乗り出していくような心地で女を抱いている時の臭いだ、とそう思った。しかし翌日には父親のいつに変らぬ様子を見て、いましめとは、聞き違いであった気がした。さしこみ、ではなかったかと首をひねり、そのまま曖昧《あいまい》にしておいた。

とにかく、あの未明の父親の、少々薬が陰気に利《き》き過ぎた難はあったが、あらためて考えれば飄逸《ひょういつ》としたとも言えるはからいに、息子はのちに感謝した。あの時の門の上を乗り越えた険悪な昂ぶりからすると、あとは辛抱を切らしてどう騒いでいたかもしれない。玄関の戸を叩きまくっていよいよ怒り狂いつのり、あそこで発作を起していた可能性はある。すくなくとも、父親の出迎えに気がひけ、自分でも嫌気が差して、あれ以来、荒んだ夜遊びは慎しむようになった。とすれば、命拾いの恩も負うことになるか。

しかし夢の一場の声のように後からは思われたあの言葉が、親子ともに壊れ物となった今になり、かえってあの時の、つかのま底知れなかった恐怖感を引いて来る。それにつけても、母親の死んだ直後の、父親のやや尋常ではなかった反応があらためて思い出された。父親はまだ六十に届かず、息子は二十三の秋のことだ。葬式の済んだその夜までは穏かな哀しみを見せて振舞っていた父親がその翌日から、居間に置かれた遺骨の前にも参らず、二階の書斎に昼も夜も閉じ籠もったきり、寝床からも起きあがらなくなった。さすがに気落ちが出たようなのでそっとしておくのがよいだろう、見られたくもないだろうから二階へあがるのも遠慮しておけ、と俄《にわか》に一時の戸主の役を引き受けることになった長男は未成年の弟たちに申し渡して、ひとりで隣の部屋から気をつかい、長年のつれあいをたちまち亡《な》くした落胆のせいと自分でも半分はそう思っていたが、父親は蒲団の下で身を硬く、死者のように強張《こわば》らせていた。

いつ部屋をのぞいても、身じろぎもせず、目はつぶっているが面相は峻しくて、眠っているようでもなく、寄って話しかけても一向に口をきかない。たずねつづけると、目をいかつく剝いて、頤《あご》を斜めに、手を出すなと怒鳴らんばかりに鋭く振り、あげくには、あちらへ行ってくれと懇願する目色になった。ことに一度、おふくろが可哀相《かわいそう》だからと息子がつい迫ると、凄然《せいぜん》に澄んだ目で眺め返したものだ。すぐに哀しみが差して、憎悪《ぞうお》ではなかったと感じ分けられたが、息子の心には得体の知れぬものへの怯《おび》えがついた。父親は物も喰《く》わなかった。二階へ運びあげられた粥《かゆ》のたぐいのいつまでも手つかずなのを、息子は弟たちをこの上神経質にさせまいとして、自分でこしらえたのを自分でそっと掻《か》きこんで辻褄《つじつま》を合わせ、そうしてまるで父親の奇行の正体を隠しながらそれに加担するようなかたちになった。

夜には父親の部屋に暗い電灯をつけて、自分も床に就く前に境の襖《ふすま》を細目にあけておく。もともと昼夜ことりとも音の立たぬ隣がふいに一段と静まり返ったようで、息子の目がひとりでにひらくのは、その前に何かの身じろぎのけはいを感じてのことだったか、起き直って境の襖からのぞくと、蒲団の下で父親のからだが、両手両足を縛られたような硬さのまま、ほんのわずかながら、弓なりに反っているのが分かった。膝も伸びきって、枕に押しつけられた頭から、爪先《つまさき》きを立てた足の踵《かかと》まで、ひと反りに緊張の渡った、奇妙な釣合《つりあ》いだった。目はやはりきつくつぶっているが、唇が顫《ふる》えて、物を言おうとしては舌が口蓋《こうがい》に貼《は》りつくような苦悶《くもん》の色が見えた。しかし何かの病気の発作というよりは、全体が儀式掛って、何事かにひしひしとなぞらえるふうなのを、怯えは怯えとして、息子はとっさに感じ取った。飛び出して妨げるのはかえって危険のように思われた。まもなく深い息が胸の奥から洩《も》れて、全身ががっくりと寝床に沈む。これがまた、上から叩きつけられたように、平たく陥没して見えた。それを待って息子は廊下のほうから隣に入り、ようやく昏々《こんこん》と眠る父親の顔を枕もとからしばらく見まもり、自分の部屋に戻って寝床に入ると、やがて雨戸の隙間から白んでくる、毎夜そんな刻限のことだった。

明けきるまでの短い眠りを継ぐ前に、やはり医者に診せたほうがよいか、と息子は考えるが、起き出して見れば人を呼べるような事柄《ことがら》ではないと思われて、一日ずつ無為に過されれた。そして四日目の朝に、弟たちにあれこれ指図しながら食膳《しょくぜん》について、家中何事もない顔で朝飯を喰っている自分を空恐しいように感じ出した頃、階段に軽い足音がして、父親が弟たちの視線を引いて厠《かわや》から風呂場《ふろば》へまわり、さっぱりと洗い立ての顔で茶の間に入ると、「初七日の仕度をしなくてはならんな」と言って膳に加わった。それ以来、とくに変った事もなく、口数も要求もすくない父親を中心に、長男を小言役に、家事をどうにかやりくりして、女手なしの世帯がおよそ十年近く、息子が嫁を取るまで続いた。その婚礼につけても、息子は母親の葬式の後の父親の奇怪な反応に、世上の儀式にたいするおくればせの拒絶の色の見えたような覚えにいまさらこだわって、父親の顔つきをうかがったものだ。人並みなことはやらなくてはいかん、と父親は答えただけだった。

嫁が来てみればまた、まるでその間あけておいた女の座にすっぽりはまったみたいに、万事が滑らかに移って、楽な家だわね、と嫁自身も首をかしげていた。それからまた十年あまりして父親が倒れ、夜中におかしな振舞いがあるようになっても、妻はさして苦にする様子もなく、気味が悪かないか、と夫がいささか不謹慎にたずねると、老いた舅《しゅうと》を抱えた未亡人になるところだったのですから、まだましよと笑ってから、それよりも、あなたたちこそ、馴《な》れているみたい、とつぶやいたのもまんざら皮肉でもない感想のようだった。あなたたちとは、ここでは老父とその息子しかいない。

女親を早くに亡したが、あの三日をのぞいて、いや、それもふくめて、中年に入った息子と老父が相継いで倒れるまでは無事な家だったと言える。それが今になり、夜中に寝床を立った病父の足音へ、息子はおなじく病んだ心臓を撫《な》でて耳をやりながら、あの葬式の後の三日三晩、水差しは枕もとに用意しておいたが、厠には一度も通わなかったものなのか、そんな訝りをなぜあの最中にも直後にも、あれから二十年ほども、まともに抱かず過して来たのか、あれだけ神経をつかっていたつもりがじつは二階から厠へ通う足音も知らずに眠っていたのか、それと同様に、家の内の恐れに触れるとたちまち見えず聞えずになっていたのではないか、と怪しむと、この家も内実、それほど無事ではなかったのかもしれないと思われ、部屋へもどって来る父親の足音をたよりに、思い出せもしない出来事へ向かって耳を澄ますようにするのが、事を待ち受ける静まりに似てくる。しかし家の内の小康は崩れず年末へかけて落着くかに見えた。

或る日、父親は居間の炬燵《こたつ》で朝茶を啜《すす》りながら、縁側の日和《ひより》を暗い目で眺めていたが、息子が廊下を来かかると、いきなり壮健な声で話しかけた。

「企業倒産が最悪の状態に至ったそうじゃないか。よその戦争が済んで、人にもようやく弱りが見えてきたな。弱れば荒《すさ》む。荒んで子供っぽくなる。いずれ顰《しか》め面《つら》をして人を弾劾《だんがい》しはじめるぞ。この国もここまで走って来て、いよいよ堕《お》ちて行くか。枠《わく》をひろげにひろげて間尺を合わせようたって、限度はある。前々から俺《おれ》の言っていたことだ」

不自由なはずの口から出る強い言葉に息子は驚いて、さらに剛直な憂《うれ》いの張りつめた面相に舌を巻いたが、それがちょうど一年前の、昨年の暮れに世上でしきりに取沙汰《とりざた》された不況のことを言っているのだとやがて気がついた。

「お前のところは、大丈夫か」と父親はたずねた。


暮れの二十日過ぎのことになる。奈倉はすでに出かけるばかりに身仕度を整えて、日溜りの端から曖昧《あいまい》に笑って受け流していたが、病人の関心が多少のずれはあっても世間のほうへ向かっていることに、なにか懐《なつ》かしいような心持で喜んだ。

書類の手続にちょっとした間違があったと大学の事務から連絡を受けて、早いうちに訂正しておくだけのための、わざわざ出向かなくてもよさそうな用だったが、日も暖かで、午前の街には年の瀬の景気も見えて、狂いの出かけた病父と一緒に当分は家にひそむような気持で帰宅した晩から数えて、十日あまりぶりの外出だった。

正午にかからぬうちに事務室で用事を片づけて、冬休み中の閑散とした教員控室に日頃の習性で入り、こんな日にも卓上に用意された土瓶《どびん》と湯を使って自分でいれた渋茶を啜りながら、陽《ひ》ざしはもう戸外へまわったが、穏やかな陽の匂いがいくらか寒い部屋の内に立ちこめて、高い窓から淡い黄金色の光の柱が長く斜めに落ちる、そんな遠い光景を思い出させられ、家にさしあたり不安のないということはこんなにも至悦に近いものかと感に入るうちに、教師がひとり、授業を終えた恰好《かっこう》で部屋に入ってきた。詰襟《つめえり》をつけているように一瞬見えた。これはまんざら唐突な錯覚でもなかった。奈倉よりもいくらか年下の、当時四十の手前にかかり、専門は聖書学で親の代から熱心な信者でもあると聞き、どの宗派だか奈倉などには一向に弁《わきま》えもなかったが、この年で危いような童顔ながら際立《きわだ》って温順端正な物腰物言いを見るにつけ、人に仇名《あだな》をつける若い頃の癖がつい頭をもたげて、青年神父と腹の内で勝手に、かならずしも侮《あなど》りでなく、そう呼んでいた。「少数ですけど学生の希望がありましたので、事務にお願いして、午前中教室を使わせて頂きました」と報告するように言われて、「それは御苦労さまでした」と奈倉も思わず口調に染まり、茶を入れて差し出すと、相手ははにかんで椅子《いす》から腰を浮かせた。

ひっそりとかしこまって茶を啜る姿に、いつもならもうすこし違った目で眺めそうなものを、しばし好意を覚えたのも、日和のせいか、それともここのところの奈倉の心境のせいだったか。並んで部屋を出て廊下をさがる途中で、奈倉はふっと思いついて、「ちょっと教えて頂きたい事があるのですが」とまた話しかけた。

「マーゴール・ミッサービーブというのは、もしや聖書の中の言葉ではありませんか、どういう意味でしょうか」とたずねていた。それから自分の大真面目《おおまじめ》なたずね方に驚き、押さえた声も偏執掛かって聞えたのに閉口して、「いや、近頃、人にそんなことを口走られたものでして」とぞんざいに取り繕うと、相手の足がひたりと停《と》まった。

「先生は、まっすぐお帰りでしょうか。もしも研究室のほうへお寄りなら、私、事務のほうに二、三、断《ことわ》っておかなくてはなりませんことがありますので、追っつけそちらへうかがおうかと思いますが」と相手は事務室の戸口の脇《わき》に直立して、奈倉の意向を仰ぐその顔に困惑の色が見えた。

用もない研究室に一人になり、奈倉こそ苦《にが》りきった。この折りにたまたまの疑念をただすみたいにしたことが陰険らしく思われた。まだ十一月の中頃、下の弟の運転する車で病院まで父親に付添ったことがあったが、その夜、妻がささやくには、近頃、病人の寝間を掃除するたびに、蒲団《ふとん》の中から本の一、二冊が見つかるので、黙って二階へ戻しておくと、病人は何も言わない、それで夫にもわざわざ報告せずにいたところが、今日の留守中に蒲団をはがしてみたら、二枚かさねた敷蒲団の間に、夫の持ち物らしい、ドイツ語の聖書が隠されていた。それはいいのだけれど、あちこちに鉛筆でアンダーラインがいっぱい引いてある。それも荒々しい、撲《なぐ》り書くような力が入っている。それにだいぶ長い間の跡のようなので、なんだか恐《こわ》くなってそのままにしておいたけれど、どうしたものだろう。

とそんな相談を夫は受けて、たしかに理工系の畑を歩んだ人だが旧制高校で習い覚えたドイツ語の読書は生涯《しょうがい》細々ながら続け、息子の部屋をのぞいて何々はないかと古い作家の物を借りることも間々あり、息子がドイツ文学の畑などに迷いこんだのも元はと言えば父親の僅《わず》かな蔵書が手引きだった、聖書のことでは五年ばかり前に息子からルター聖書《ビーベル》を借りて、「こんな物でも、よその言葉で読むと、よほど楽だな」とつぶやいていたのが息子の耳にとまった、とさまざまなことを思い返しながら、それより先に、けたたましいような嫌悪《けんお》に顔が歪《ゆが》んだものだった。妻に指図もせずに放っておいた。呪文《じゅもん》めいたものを父親につぶやきかけられた夜も、その聖書の一件をつゆ思わずにいた。それでいて、そちらへひそかに見当をつけていたらしい。

いましがたの困惑が何を意味するかは知らないが、あの実直な男はかならず約束を守る。門外の徒の知識相応のところで、事柄をきちんと確かめなおしてからやって来る。自分からよけいな口を出したばかりに後へ退《ひ》けなくなった。窓の外は相も変らぬ好日で、空腹を覚えた。年の瀬の巷《ちまた》に紛れて、どこぞ見映えもせぬ店に入りこんで蕎麦《そば》を喰いたい、蒸籠《せいろ》をかさねて掻きこみたい、とそんなことをしきりに思いながら待ち受けるうちに、人の気もない休暇中の長い廊下のはずれから、静かな足音が近づいて来た。途中でふと消えて、空耳のようになってから、強い響きとなって扉《とびら》に寄った。

「さてと、おたずねのことは預言の書、あの言葉はエレミアになりますが、すでに御存知のことかとも思いますが……」と、相手は奈倉が椅子をすすめたのをかるく辞退して、すぐに穏やかに切り出した。懇切に話す間、扉の近いほうに控えて、いかにも人の部屋に慎ましく、しかも和らいで立ち馴れた姿に見えた。「お天気が続きますね」と仕舞の愛想も欠かさず、微笑《ほほえ》んで一礼して去った。足音の遠ざかって消えるまで奈倉は神妙に待って、それから声を殺して、嗚咽《おえつ》するがごとくに笑い出した。

マーゴール・ミッサービーブ、周囲至るところに恐怖あり、と預言者が迫害者に向かって叫んだという。汝の名は以後、マーゴール・ミッサービーブと呼ばれるであろう、と。神は汝《なんじ》を、汝自身にとって、また汝の知友にとって、恐怖となすであろう、と。そう弾劾された者たちはやがて、恐れ怒ったか鼻白んだが、預言者を逆にその名で呼んで憎むようになった、と。なに、文庫本の訳の註にも出てますよ、と「青年神父」はあっさり言った。たしかにその文庫本を奈倉は十年ほど前に買ったきり、ろくにも読まず書棚のどこぞに放ってあった。それにしても親父《おやじ》は、いつ見つけて仕込んだものやら、大袈裟《おおげさ》に借用したものだ、心臓を患《わずら》って放蕩《ほうとう》もならなくなった中年の息子に向かって、と奈倉は涙までこぼして、笑うだけ笑うと、帰りには蕎麦屋に立ち寄り、盛りを二枚注文したついでに、店の隅《すみ》で昼間からちびちびと呑んでいる年寄の姿に釣られて酒を一本だけあつらえ、早い日の菫色《すみれいろ》に傾きかける頃に、ほのぼのと空《うつ》けた心持で家に戻った。

「試験か」と、父親は息子が着替える前に廊下に立ってのぞくと、寝床の中から顔色をうかがうようにした。

「いや、試験はとうに済んだ」と息子は答えて、病人の機嫌をたずねようとしたが、わずか一合ばかりの酒のなごりだか、胸が急に重いようになり、つい眉《まゆ》をひそめた。底に少々のこして店を立ってきた用心が、あさましいように思い返された。

宵《よい》の内は平和だった。暮れ方から父親は茶の間の炬燵のほうに出て来て、夕飯を沢山に食べた後も、孫たちと一緒にテレビのほうへ、興味があるのやらないのやら、画面の動きに置かれ気味の、やや上の空ながら、にこやかな顔を向けていつまでも坐っていた。息子のほうがむしろ、子供たちの声がだんだんに耳にさわって胸の重苦しさが増し、仏頂面《ぶっちょうづら》になりかかったところで、今夜は遅くまで調べ物があるのでそのままむこうで寝るからと妻に言って、早々に北の四畳半へ入り、蒲団を敷いてもぐりこんだ。

ひと寝入りして居間のほうの笑い声に目を覚ますと、全身が綿のようにだるくて、昼の酔いのなごりが痼《しこ》っていた。家の者たちの中心に父親の低い声があるように聞えて、マーゴール・ミッサービーブでも無事平穏で何よりだ、と寝床の中でつぶやき、この恐しげな言葉はしかし、幼い味が口中にのこるな、とそんなことに感心して、手足をすくめ、横向きに小さく丸まってまた眠りこんだ。

いつのまにか家の内が寝静まって、すぐ脇にあたる階段を軋《きし》ませて足音がゆっくりと、誘うように昇って行く。暗がりへ目をひらくと、仰臥《ぎょうが》の姿勢に返った自身の、顔が見えた。強張《こわば》った背をかすかに反らせて何事かを待っている。あれは瞼《まぶた》をおろしていても、闇の中で瞠《みは》る目と一緒だったと分かった。やがて遠くで地平から声にならぬ鯨波《せ》が幾重にも天へ迫りあげ、息子はひっそり立ちあがり、父親と揃《そろ》いのガウンを着こんだ。

踊り場から昇りかけたところで父親は立ち停まり、振り返りもせずに、どういう身のこなしか、すっとこちらへまともに向き直って両脚を踏んばった。とたんに、まるで面相と面相の重なる瞬間をはずすように、息子はどっと階段を駆けあがった。踊り場の手前で息切れをきたして膝を屈《かが》めた息子を、父親は二段ほどとっさに退いたその上から、両手を背にまわし、縛められて引かれて行くような恰好ながら、傲然《ごうぜん》と見おろした。

「なぜ、いくら呼んでも、出て来ないのか」

それきり夜の白らむまで、物も言わずに家中をうろつき、ところどころで片手をおもむろに押しあげて例の呪文《じゅもん》をつぶやくらしい父親の後から、息子は胸の重苦しさを抱えて、付かず離れず添ってまわった。手をかけて連れ戻そうとすれば、父親は全身で硬直して、今にも絶叫のあがりそうな形相になる。それに応《こた》えて息子の内でも負けずに激昂《げっこう》しかかるものがあり、心臓を恐れて手をゆるめた。

「マーゴール・ミッサービーブ……それも凄《すさ》まじいけれど、風邪のほうがもっと恐ろしいぜ、お互いに。それにしても連夜、元気なことだなあ」と、それから父親の傍で呆《あき》れがきわまって我に返った心地がしたのは、すでに元旦《がんたん》の夜明け頃だったように、後からは思われた。

息子の口に奪われて、父親はそれきり二度とその言葉を口にしなかった。

初心

電話の呼ぶ音に寝床の中からあたふたと手探りして受話器を取ると、おはようございます、と関屋青年が寒そうな声で名乗った。

「ああ、おはよう。いま何時」

「十一時半になります、おやすみでしたか」

「いや、起きてました……ところで、雪はまだ降ってますか」

「はい、ちらほらと、今は風花《かざはな》ぐらいのものですが、朝からずっとやまずにいます」

「はあ、やみませんか」

あれは未明の三時過ぎだったか、寝つかれずに起き出して、冷えきった椅子《いす》に腰をおろす気にもなれず、暗くした居間のガラス戸の前に身をこごめて立ったきり、団地の中庭の、雪に覆《おお》われて古屋敷の荒れ庭めいた風景と、街灯のひろげる明かりの中を狂い疲れたみたいに緩慢に舞う小雪を眺《なが》めながら、大きな物でつい呑《の》み過ごした酒のなごりが、頭の芯《しん》にしこっていた。部屋は暗幕の隙間《すきま》から夜明けのような白い光にひたされ、家の内は留守らしく静まり、戸外からあちこちで路面をこする、雪掻《ゆきか》きの音が聞えた。その賑《にぎ》わいに三十年近くも昔の北陸の町の大雪の日が思い出されて、踏み固められた雪の山の続く小路《こうじ》から、「いいぞう」と哀《かな》しいように甲高く、往来の閑《ひま》を見ては大屋根へ、スコップを構える男たちへ合図を送る少女の叫び声も聞えるようで、あの子もとうに母親になっているのだろうな、と受話器を耳にあてたままついうつらとまどろんだその間、関屋はこちらの沈黙の続くのを、黙って待っていたようだった。

「ああ、失礼」

「昨夜《ゆうべ》はお出かけでしたか」

「なんだか、出かけたみたいな酒ののこりようだな。家で呑んでました」

「そうなんですか。新宿で遅くまで柿原さんが呑んでおられたような話を、今朝方、人から聞きましたけど」

「それは人違いだよ。しかし、いい話だねえ。雪の中を酔ってとろりとろりと……」

そこでまた、長い白い小路に沿って、ほのかな酔いのどこまでも伸びていく心地へ、惹《ひ》きこまれかけた。それから、

「おかしいな、その人、声をかけたの」

「誰、ですか。ああ、遠くから見かけただけでした」

「ふうん、いたの」

「いたそうです」

「まだ帰ってないかもしれないね。ところで、交通はまさか途絶していないだろうね」

「途絶ですか、交通が、いえ、何事もありません。路面はがりがりで、車は恐《こわ》がってます。しかしこんな日にも、妙な動きをするのが、あるんだなあ」

「もしもし、いま、どこにいるの。人の声が入っているようだけど」

「人の声は、入ってます。いま、渋谷です。これから食事を済ませて、一時過ぎにはうかがいますので」

受話器を置いてから、年甲斐《としがい》もないような自分の寝惚《ねほ》けはそれとして、青年のほうにも応答にうわのそらのところがあったことに、柿原はようやく気がついた。だいたい、一時過ぎの約束がすでにあるのに、十一時半にわざわざ確認の電話をかけてくるというのは、いくら雪の日でも、腑《ふ》に落ちなかった。なにか物に惹《ひ》かれていたな、と柿原はとっさに色恋の見当を思った。あの青年にはいまどき、色恋という言葉があんがいにふさわしい、といきなりな発見に満足を覚えたが、声のなにがなし切なげな放心の印象のほかには、根拠があったわけではなかった。寝床から起きる前に、公苑《こうえん》の雑木林の、笹原《ささはら》に掛かるふくよかな雪のことを思ったが、今日は寝過ごしたおかげで、午後から客を迎えるには、犬みたいに足跡をつけに出かける閑はなかった。

ところが家に現われた関屋が、やはりやや憮然《ぶぜん》としたような顔を早々に主人《あるじ》に眺められて、苦笑しながら報告したのは、まず色恋とは無縁の事柄《ことがら》だった。どちらの方角からやって来たのか、関屋はこんな日にも人の出盛る街の一劃《いっかく》に突っこんで、融《と》けては半端《はんぱ》に凍りつく歩道を進むのに往生していた。そこへ、足もとのおぼつかぬ通行人の中でもとくに不規則な歩き方をする男が一人前方にいて、グレイの背広を着こんでアタッシュケースを提げ、年の頃は三十ほどか、どこぞの固い会社の外回りと見えたが、これがときどき、周囲の動きに合わせず、急に立ち停《ど》まりかける。取引先のロビーを行くのと変らぬ糞真面目《くそまじめ》な歩調が、氷に足を取られたとも見えぬのに、はっと恐縮したふうに背を伸ばし、両足が揃《そろ》って今にも直立しそうになっては、よけいに気の張った早足となって前へ進む。そのつど、すぐその後に付いた通行人は、腹立たしげな背つきはするが、足もとにもうひとつ注意を払って、するりするりと、三、四人ずつ続いて男の脇《わき》をすり抜けて行くのに、関屋だけは、たまたまだいぶ先から男の姿が目に入って、妙な野郎だな、いっそスッテンコロリンすればいいんだ、と胸の内でつぶやいたその報いか、目が離せなくなったかわりに段々に前へ押し出され、男のすぐ背後に付いてしまった時には両側を通行人に塞《ふさ》がれて脇へ抜ける間合いも踏めず、人の群れの中でおのずと特別の関係でもありげな形で、お互いに停まりかけたり速くなったり、連らなって進む次第になったのが不愉快だった。

そのうちに、この男、右腕がないのか、と関屋は思ったという。よく見ればそうではなくて右の肘を脇にひたりと押しつけて、腕の先を前へ回し、口もとあたりへ何かを握りしめている。そして大きな声で、独りごとを言っているのが、関屋の耳に入った。

「いえ、名誉な大役でありますが、私には荷が勝ちます。私では若すぎます」

戦々兢々《きょうきょう》として、しかも悲壮のごとくに抑えた口調で、人に答えているようだった。やがて、耳にイヤフォーンの差してあるのが目にとまり、小型マイク付のポケットベルに応答しているのだと分かった。

道理で通行人たちが初めは薄気味悪そうに、ついで鼻白んでよけて通ったわけだ。それにしても、なぜこの声が、今の今まで自分の耳には聞えなかったのか、と関屋は首をかしげ、あっさり男の側《そば》を抜け、ここで自分が滑って転んだらそれこそ悲惨だぞといましめて、五、六歩も来たところで、「はい、承知しました。すぐにあらためまして」と背後で高い声があがって、足音がつかつかと迫り、思わずすくんだ関屋を強引に肩で押しのけて、人々の顰蹙《ひんしゅく》を尻目《しりめ》に、五米《メートル》も先の電話ボックスへ男は飛びこんだ。受話器を取る前に深く一礼したのを見て、関屋はついまた好奇心をそそられた。さしあたり、閑がぽっかり空《あ》いてもいた。

「隣のボックスから聞き耳を立てながら、こちらへ電話していたな」と柿原は相手の困惑を先回りして受けた。

「ボックスに入ったとたんに、後悔しました」と関屋は弁解した。「懐《ふところ》からカードを取り出したらもう、お宅に連絡するよりほかに、思いつくこともなくなりまして」

「それで、何事だったの、その男」

「はい。何でも、どこぞの通夜《つや》に、名代で出ろとか、しかるべき者が駆けつけるまで時間をつないでおれとか、そんなことを命令されていたようでした。この雪の日に、急な事だったのでしょうね。通夜ではなくて弔問だったのかな。それとも上のほうに急なさしさわりでもできたのかしら。いずれにしても大した会社ではないですね」

「大役だろうよ、それは。しかし名誉とは、どんなものだろうね、不祝儀《ぶしゅうぎ》に」

「ああいうシャッチョコ張った連中は、ときにどんな大袈裟《おおげさ》な言葉を口走るか、わからないものですから。さんざん恐縮辞退しておいて、しまいに、私が参ります、私を遣わしてください、とあらためて大声で叫んだのには、びっくりさせられたなあ。切れた電話に向かってまた一礼して大急ぎで出て行った。角を斜めに突っ切ってスクランブル交差点に出たところで、むかいから渡って来たのを何人も、肩でよろけさせて、睨《にら》まれてましたよ。手前はあとも振り返りやしない。危険人物なんですよ、ああいうのは」

「危険人物ね、なるほど」柿原は青年の忿懣《ふんまん》の思いのほか深いのを感じて苦笑を遠慮した。「社内ではうとまれているのだろうね、そういうのは」

「いえ、普段はひどく穏和《おとな》しいのもあります」

関屋はあっさり答えた。その言葉に柿原は別の方角へ想念を逸《そ》らされた。

奈倉君は常に温厚寡黙《かもく》、周囲に波風を立てることなどつゆなかった人でしたが、戦中には我々の仲間の内で唯《ただ》ひとり、この戦争はかならず敗れる、悲惨な結末を見ると断言した人物でした……奈倉の父親の通夜に現われた老人が挨拶《あいさつ》に寄った喪主の息子にそう話したという。息子にとっては初耳、父親の日頃《ひごろ》からしても信じられぬ話だった。敗戦までの一年あまりの間、父親は山国へ移された軍事関係の研究所に年配の技術者として出向させられていた。その間、家族はその隣県になる母親の郷里へ身を寄せていたが、その頃の事だという。おなじく年の行った技術者仲間の内々に集まるところで、父親は早くから敗戦を予言した。しばしばではなかった。雑談の流れの中のことであり、ことさらに言い張るでもなく、峻《けわ》しくもなかった。総じて考えの柔軟な、軍《いくさ》の雲行きには口にこそまともに出さなかったがよほど暗い見通しを持っていた仲間内のことだったので、耳に立つほどのことでもなかったが、とにかくそのつど、静かながらきっぱりとした口調で告げるので、そのあとで一同の間に、ほんのしばし、沈黙が降りた。

日常の協調に欠けるところはなかった。仕事熱心でもあった。大都市から中小の街まで敵の焦土《しょうど》作戦のひろがる頃には、憔悴《しょうすい》の色が人よりは濃く表われていた。空襲の恐れのさしあたりまだ遠かった山間の夜更《よふ》けに、宿舎から起き出して戸外を歩きまわることがあるようだとの話は聞えたが、格別変った振舞いも見られなかった。敗戦の日には、あの人はよっぽど、負けたくなかったんだな、とやや呆《あき》れて感心していた仲間もあった。
それから、人がそれぞれの暮しに散って、一年目ほどのことになる。その通夜の客の、東京の郊外の仮り住まいに、ある暑い午後、奈倉の父親がひょっこり訪ねて来た。あらかじめ相手の在宅も確めぬこんな往来は当時、一般に生活は苦しかったが閑もふんだんにあった頃なので、めずらしいことでもなかったが、悠長《ゆうちょう》な四方山《よも やま》話《ばなし》の末に奈倉の父親は、じつは戦中、あの山間の研究所で、よしなき予言めいた言葉を再三口にしたことを、今ではたいそう気に病んでいる、とこぼした。いまさら無力感に苦しめられているのだろうと初めそう取った友人は、しかし我々に一体、何ができた、とたしなめた。ところが、そういうことではなかった。奈倉の父親の言うには、
自分は敗戦云々《うんぬん》を無闇《むやみ》な反抗心から口走ったわけでない。長年の技術者として彼我の力量の差が明瞭《めいりょう》に見えたまでのことだ。同じ思いを抱く周囲の気持も憚《はばか》った。自分でも口にする以上に凄惨《せいさん》な想像に、毎夜のようにうなされた。なまじ静閑な土地にいたせいもある。じつはあの頃すでに、実際の地獄が夜々あちこちの街で現出していたわけだが、それも当時まるで知らぬことではなかった。まず敗戦の日に、負ければやはり口惜《くや》しい、悲哀も安堵《あんど》もあったが、妙に暗い、罪悪感のようなものを覚えて、それがいつまでも粘った。そのうちにまた無神経になり、東京へ単身戻りひと月ばかり様子を見て、まず無事なようなので妻の郷里へ家族を迎え取りに行く途中で、いや、窓から街々の焼跡をつくづく眺め

た往《い》きの車中ではなくて、その復《かえ》りに妻子を抱えて復員軍人で満員の夜行に押しこまれ運ばれるうちに、窓の外の闇の中に、地を覆って燃えさかる火炎を初めて目のあたりにしたような、恐怖に取り憑《つ》かれた。それと同時に、大柄の憲兵《エムピー》たちが車内に踏みこんで来て自分の腕を摑《つか》み、子供たちの泣き叫ぶのも構わず連行していく、そんな幻をふっと見た。現実も知らずに、あさましい予言を放っていた、と進駐軍に連行されるのは辻褄《つじつま》の合わぬ話だが自分でも観念していた。

それは誰だって、現実に想像は追っつかぬものだ、と主人は歎《なげ》きつのりそうな客を押し留《とど》めて宥《なだ》めた。しかし客は、いや、我々技術者には、このまま行けばどんな惨事になるか、おおよその認識はあったはずなのだと答えた。主人にとってもこの答えは、世間に憚りはあったが、荒唐なものでもなかった。それと現実とはまた別なのだよ、と主人は遮《さえぎ》ろうとした。すると客は、そうなのだ、我々の予測したことはまだ、現前しきってはいないと思われるのだ、と言って主人を驚かせた。人よりもなまじ先が見えていただけに、そのとおりになったことに、よほど参っているな、と主人は思いやり、しばらく沈黙が続いた。それだけだった。やがてまたぽつりぽつりと世間話になり、日の暮れ頃に、閑も苦労なものだね、と客は笑って帰って行った。半年ばかりして便りが届いて、いまさらほかに勤まることもないので、好意に甘えて元の会社に戻ることになった、と報告した。それから三十年近く、何年かに一度同窓会みたいに昔の仲間が顔を合わせる席で、奈倉の父親は昔と変らず、いつ会ってもさほど老《ふ》けこんだふうもなく、穏やかで控え目な、自足した様子を見せていたという。

親父《おやじ》はもしやあの土地に、聖書のようなものを、持ちこんではいませんでしたか、と息子はついでに通夜の客に確めてみた。聖書とは、バイブルですか、と客は目を剝《む》いて、そんな物が露見した日には厄介《やっかい》だと笑った。若い頃からの友人でもないようなので、息子にはそれ以上、父親の信仰らしきものについてたずね出せることもなく、その夜の客もそれから二年と隔てず他界した。

親のことになると、じつに緩慢にしか、物が考えられないので、と奈倉は慨歎《がいたん》した。ついこの年末、柿原が先頃奈倉から御馳走《ごちそう》を受けた礼に、思い立って物を贈ったついでに電話を掛け、十何年前に奈倉に打明けられた父親の最晩年の話は自分もけっして失念していたわけではない旨《むね》、弁解を臭《にお》わせたその時のことだった。父親の没後五年近くして、奈倉は或《あ》る晩また、通夜の客の話した父親の言動についてあれこれ想像をめぐらすうちに、そろそろと指折り数えはじめ、数えるまでもなく父親は敗戦当時、すでに五十の歳《とし》に近かったことに気がついた。知れたはずのことだった。奈倉自身、敗戦の年の秋に一家揃って引揚げた車中の光景は覚えがあり、満員の夜行の今にも荒《すさ》みそうな雰囲気《ふんいき》の中で家族四人を庇《かば》って緊張した父親の顔にときどき気の弱りが見えて、場合によっては自分が長男として、もう中学生の男子として、父親に代って立たなくてはならないか、とそう考えたとたとんに胸が重苦くなった、そんな記憶も通夜の客の話を聞くうちから思い出されていた。ところがそのあとから、甲斐もない先見に自分で苦しむ父親の、戦中深夜に起き出して戸外を彷徨《ほうこう》したという姿も、戦後惨事の跡を見てはおくればせに恐怖に襲われたという姿も、息子の念頭に年々若くなり、三十代のような輪郭のふくよかさを得て、近頃ではどうかすると二十代の白面を帯びるまでになった。昔としてはずいぶん重い、単にその序列からしても責任を問われかねぬ歳だったわけだ、と息子は話に聞いただけでもその歳にしては奔放すぎるような父親の悩み方に舌を巻き、それにつけてもその自分が、親の苦悩を若年の惑乱のごとくに思いうかべては、自身の病んだ心臓を宥めながら、いつのまにかその親の重かった歳を越えてしまったたわいなさに、あらためて驚いた。

戦中一時の預言者めいた振舞いの影が、三十余年の歳月をくぐり、死期の迫った八十近くの年寄にまた取り憑いて、冬の夜中に家の内を徘徊《はいかい》し、早々に心臓を患《わずら》って意気地もなくなった中年の息子をつかまえて、諸般の禍《わざわ》いの張本であるがごとくに、古さも古し、しかも浄土系の家の宗旨とはおよそ掛け違った、旧約の預言者の弾劾《だんがい》の言葉を口走った、と人が見ればそう取れるのだろうが、息子には到底、それで腑に落ちるというわけにはいかなかった。惑乱としてもたいそう控え目のものであり、年末にかけての僅《わず》かな時期のことに過ぎず、年が明けて家族と一緒に屠蘇《とそ》を祝ってからはその見当の妄語《もうご》も聞かれず、春先に風邪をこじらせて病院へ運ばれ、ひと月ほど寝たきりになっただけで、まず穏やかに生涯《しょうがい》を閉じた。人への心づかいも仕舞いまで失わなかった。

息子の持ち物であったドイツ語の聖書への書きこみは、没後につぶさに眺めると、間違いなく旧約の預言者の書に集中して、さすがに凄《すご》いような細かさと、烈《はげ》しさが感じられたが、父親が初めて息子からその聖書を、ちょっとと言って借りたのが亡《な》くなるおよそ五年前、書きこみも三年より前へ溯《さかのぼ》らぬことは、持ち主である息子には、聖書が自分の部屋からそれきり見あたらなくなった時期も併《あ》わせて、ほぼ見当がついた。父親の戸棚《とだな》から見つかった日本語の普及版の文語聖書のほうは意外にも敗戦直後のもので、読んだ形跡が見られることは見られたが、息子が思春期に買い求めたものと、発行の時期も似たり寄ったりならば、その後の汚れ方もちょぼちょぼだった。それよりも何よりも、息子にはここ十年、二十年、父親が聖書などを読んでいるところを見た覚えがないばかりか、そのようなものに熱い関心を寄せていたとは、思いあたる節もなかった。

お前、この家に来てからもう十何年も明け暮れ親父の様子を見ていたのだから、何か目についてもよさそうなものだ、と無責任にも妻のところへ鉢《はち》をまわしたものだ。そんなこと、思いも寄らなかったことは、息子さんの日頃に触れていれば、ねえ、おあいにくさまでしょう、と妻はやり返しておいて、ふと思いついたように逆の方向へ振り、ひょっとしたらあなたの感化を受けたのではないの、とたずねた。夫婦は顔を見合わせて吹き出した。しかし夫は、父親の書きこみの間に、けっして多くはないが自分の筆蹟《ひっせき》も混っていて、しかもゆるやかながらやはり預言者の書のほうへ集まっていることに気がついていた。じつは、その程度にも熱心に自身が聖書を読んだのがいつのことなのか、はかばかしい覚えもなかった。

おふくろはどうだったのだろう、何か見ていたのだろうか、とある日は妻の面前でなかば独り言につぶやいて、あたしがここに来る十年も前に亡くなってるのよ、とさすがにそっぽを向かれた。いや、十年は経《た》っていなかったぞ、と夫はこの際どうでもよさそうな抗弁をしてひきさがったが、それ以来、父親のことで記憶に詰まるたびに、四十なかばの男が母親の顔をうかべて、それに縋《すが》るというほどの殊勝さもなかったが、やみくもに物をたずねかけては、なにやら口のきけぬ、口蓋《こうがい》に舌の貼《は》りついたような困惑を覚えた。なぜこの俺《おれ》が親父から、そんな弾劾を受けなくてはならんのだ、と文句の出かかるのを、自分で潔《いさぎよ》しとはしなかったようだ。母親の葬式のあと三日三晩、亡妻の遺骨の前にも参らず二階の書斎に引き籠《こ》もって寝床の中で身を強張《こわば》らせていた父親の奇行を、弟たちの目から隠してそれに加担するかたちになったことも、うしろめたくはあった。

結局、母親が黙りこんでは息子にはなおさら分かるものか、と頑是《がんぜ》もない逆恨みのようなことを口走って、自分で呼び出しておいたものを自分で払いのけ、それでも家の内の足音のなごりへ段々に深く耳を澄ますようにしながら、それにつれて静まっていくけはいの心臓を厄介なものに感じて、父親について訝《いぶか》ることを放棄する。

そんな半端《はんぱ》の繰返しで五十の坂も越して、ときおり家の内を徘徊する物の影がどう思いうかべても自分の面相、自分の背つきでしかなくなり、そんな芝居掛かりをやっているとほんとうに心臓が破れるぞ、とかすかな腹立ちを抑えていたのが、やがてはただ何が始まるか成行きにまかせて眺めやるような心の持ちようになるにつれて、六十に近いほうまで来てしまった……。

「崇徳院《すとくいん》のことですが、あの、後に怨霊《おんりょう》になったと言われる……」

関屋青年がまたいきなりに切り出した。その言葉に触れて柿原にはまるで長い間ひとりで思いに耽《ふけ》っていたような、念頭にまず位牌《いはい》の金文字が浮んで、その後からまた唐突とて、同じ題の落語が思い出され、言ってもいいけど、お前、笑うから、と恋わずらいの若《わか》旦那《だんな》のひょろひょろ声まで耳によみがえり、あの若旦那、まさか、恋死にして怨霊に化したという話の筋ではなかったな、と首をひねるほどの昏乱《こんらん》がはさまった。

「あの院は、乱の起るその前から、不吉な存在として、上下に恐れられていたのではないでしょうか」

「保元《ほうげん》の乱ね、鳥羽院が亡くなって、その年の内の軍《いくさ》だったかしら。その父の院の臨終の騒ぎの中で、通りがかりの若い貴族で父の院の寵臣《ちょうしん》らしいのを崇徳院が打擲《ちょうちゃく》させて、鮮血が衣裳《いしょう》に迸《ほとばし》ったとか、そんな振舞いもあって、この事を父の院が臨終の床で耳にして、目をかっと見ひらいて息絶えたという話だね。もっともこの事件については後にその貴族本人が、あれは単なる事故が曲げて伝えられたものだと証言したそうだけど、あれこれ、父親にたいする怨《うら》みが鬱屈《うっくつ》してすでに激烈なお人柄になっていたか、あるいは人にそう思いこまれていたのだろうね」

「そこまで行ってたんですか」と関屋があんがいな、驚きの目を剝いた。「それはそうですよね、合戦《かっせん》にまでなったのだから」

「父子の対立の事でないとしたら、何の事を言ってるの」と柿原もキョトンとしてたずねた。

「ええ、この崇徳院の世にも、毎年のように、悪疫《あくえき》の大流行が伝えられているのです。疱《ほう》瘡《そう》に赤斑瘡《あかもがさ》、咳病《がいびょう》というのはインフルエンザでしょうか、飢餓もその内に含まれます。死者のことだと思われますが、道路に充満すとあります。天変風水まで飢や疫と同列に、病いのごとくに並べられています。十八年の内、仕舞いの十一年のほうに、六年と集中してます」

「乱世に先行する世の中なのかね」

「ところが、これが帝位に在った時期の事なんです。保元の乱から二十年も前までの事になります。乱の直前、最中、直後には悪疫の記録はかえってすくなくて」

「いよいよの乱世には悪疫の記録を取っている閑はないのではないかな」

「悪疫が一応おさまっていればこそ、兵を起すことが可能だとも言えます」

「なるほど」

「保元から平治《へいじ》にかけて記録はすくなくて、平家が天下を取った頃から追い追い増えまして、木曾義仲《きそよしなか》の進攻の始まった年に京で死屍累々《ししるいるい》の飢疫のあったのを境にぱったり、また十年ばかり、後白河院の亡くなる年まで見えなくなります」

今日は初めにぼんやりしていたせいか、この青年に押されっ放しになっている、と柿原は苦笑しながら、ひきつづき相手の運びに従うことにした。

「皮肉なめぐりあわせだね。それにしたって、崇徳院にとっては、合わない話じゃないか。なぜって、いくら疫病が流行しても、保元平治、源平の乱世にくらべれば、格段に平和な治世だったろうに、のちのち戦乱の厄病神のごとき扱いを受けるとは。しかも一院でもないのに」

「院として乱に巻きこまれて敗れたことよりも、悪疫大流行の世に、帝だったことが、不幸だったのではありませんか」

「そうかも知れない。実質の権力は父の院にあっても、祭祀《さいし》の最高責任者は子の帝だから、その責任は天変地異にまで及ぶというから、まして飢疫惨憺《さんたん》となれば、これはかぶる一方で切ないな。退位の後も禍々《まがまが》しい印象が上下の人心の底にわだかまったのだろうね。軍《いくさ》ならまだしも、悪人の惹《ひ》き起したことにできるだろうけれど……ところで、即位は幾歳」

「五つです」

「はあ……で、退位は」

「二十三です」

「悪疫の打ち続いたのは」

「八歳から十八歳までです」

「あなたは幾つになる」

「二十七になります」

「保元の乱は」

「三十八歳です」

「ああ、これは重い年齢だね」

それより十五ほども年長の今の世の男としても、これは実感だった。しかしそれはそれとして、悪疫流行の只中《ただなか》にいる少年帝の像が念頭に掛かった。やがてそのまま、父の院にも疎《うと》まれて、峻《けわ》しく蒼《あお》ざめていく青年帝の顔が見えた。

「その、餓死者疫死者が道路に充満したというのは」

「十七の歳です。翌年も天変と飢疫が続いて、大神宮に宸筆《しんぴつ》の宣命《せんみょう》を奉じているそうです」

「その後は」

「五年後の退位まで記録には見えません。退位の翌々年に疱瘡の流行があって、上皇不予とありますが、それから十三年後の乱に至るまで、また無事だったようです」

「ふうん、保元の乱は、本気だったかもしれないな。いや、ほんとうの主謀者ではなかったかという疑いさ。その十八の歳の宣命のついでに誓言していたのではないかな、悪政は一身を以《も》って阻止するとか、われても末に逢《あ》はんとぞ思ふとか……」

「瀬をはやみ岩にせかるる、ですか。そう言われてみれば、凄味《すごみ》がありますね」

「恋歌の烈しいのはたいてい、政変がからむものですよ」

出まかせを言うと、にわかにまた雪の日を感じた。大勢の足音が往来する、それを寝床の甘いにおいの中から聞いているような心地がした。一月も尽きて、高熱の風邪がまた流行《はや》っているという。


「この世をば我世とぞ思ふ望月《もちづき》の欠けたることもなしと思へば、あの歌ですね」と関屋青年がまた喋《しゃべ》っていた。「道長《みちなが》ほどの人物が、いくら得意の絶頂にあったからと言って、なぜああも呑気《のんき》な歌をよんだのか、不思議におもってました」

「そうだね、意味のほうも、わかるようでよくもわからないね」と、瀬をはやみの歌をまだ頭の隅《すみ》に掛けながら柿原は話題の飛んだのを訝りもせずに受けた。「望月と出したからには、どう思おうとこう思おうと、満ちれば欠けるに決まっているのだから」

「しかも晩年、亡くなる九年前の、五十三の歳の歌なのですから」

「五十三ねえ、了見が知れないな」遠い時代の他人事《ひとごと》ながら、なにやら面映《おもはゆ》いような気がされた。

「ところが、聞いてください」そう嬉《うれ》しそうに言うと関屋は懐《ふところ》から手帖《てちょう》を取り出した。それがつかのま、ポケットベルかハンドマイクを把《つか》んだ手つきを想《おも》わせた。

「まず正暦《しょうりゃく》四年、九九三年、道長二十八の歳」と、朗々と読みあげるふうに始めたものだ。「夏には咳病、秋には疱瘡の大流行。翌五年、天下疫死者尤《もっと》も盛。四月から七月にかけ殊《こと》に盛、死者半を過ぐ、道路に死骸《しがい》を置く。翌長徳元年も打ち続いて、中納言《ちゅうなごん》以上の死者が八人、兄の道隆《みちたか》も道兼《みちかね》も亡くなり、道長は内覧の地位に就きます。ついで四年、疫《えき》瘡遍《そうあまね》く発《おこ》る、京師男女死者　甚《はなはだ》多し、それまでにライバルの伊周《これちか》を片づけてます。翌々長保二年には女《むすめ》の彰子《しょうし》が一条中宮になってます。そして今年疫死甚盛。翌三年にも天下疫死大いに盛、道路の死骸その数を知らず。中三年置いて、寛弘《かんこう》二年には内裏焼亡。また二年置いて、世間疾疫ならび物怪《もののけ》。三年置いて長和元年には女の妍子《けんし》が三条中宮になると、四年には天下咳病、疫癘屢発《えきれいるはつ》、死者多矣《おおし》。内裏また炎上。翌五年、三条帝が譲位させられ、道長は後一条帝の摂政となります。翌寛仁《かんにん》元年には早々に摂政を息子の頼通《よりみち》に譲り、この年も災癘攘除《じょうじょ》のための大読経《だいどきょう》が叡山《えいざん》で行なわれるほどの厄年《やくどし》で、蝗《いなご》の害もひどかったようですが、年末には太政《だいじょう》大臣になってます。それから寛仁二年、すでに太政大臣をも辞して、世間は旱魃《かんばつ》に苦しめられているようですが、女の威子《いし》が後一条中宮となり、この時のものだそうです、望月の歌は」

「こうも高らかに、厄災の年を数えあげられると、なんだかだんだんに、名歌のように思われてくるな、その望月の歌」と柿原はただ相手の熱心に唖然《あぜん》とさせられた。「それにしても、君、そんなことを手帖に書きつけて、持ち歩いているの」

「そうでしょう。名歌に思われてくるでしょう」と関屋は後段の問いには答えず、それこそ満月のような笑みをひろげた。「これだけ桁《けた》はずれて楽天的な歌をよめるような人物でなければ、こんなひどい、悪疫続きの世に、人の上には立てないのでしょうね」

「人にもまた、たよりにされないのだろうな。で、少々の御利益《ごりやく》は世間にあったのだろうか、この望月の歌の」

「なに、ろくなことはありません。翌年には本人が病気のために剃髪《ていはつ》してます。火つけ、強盗、異民族の来寇《らいこう》と、騒々しいことです。翌々年にまた疱瘡流行、そのまた翌年は天下疾疫、死者甚多、旱魃もコミのようです。二年置いて天下疱瘡と、赤斑瘡。そして翌々万寿四年、道長自身が亡くなると、翌年は疫癘と旱魃、万寿が長元と改元されてます。まるで仕舞いは厄病神として追い払われたみたいな運びで」

「色好み、だったそうですね」とたずねた青年の顔が翳《かげ》っていた。

「そう伝えられるようだね。実際にそうだったのだろうね」

「それも条件のひとつでしょうか、望月の」

「まあ、自分の息女に、皇子の生まれる生まれないが大事な争点なので、上下周囲にたいしても、闊達豊饒《かったつほうじょう》のイメージは自身欲しいところだろうね。色と人事とはもともと、その情念の上でも、縁が深かったようで。艶《ツヤ》ナケレバ治マラズ、いや、そんな格言は知りませんけど。人よりも子は多かったのではないかしら。ただし、嫡子《ちゃくし》の頼通以降は、女系の豊饒にあまり恵まれなかったようだよ」

「悪疫の流行が断続して何世代にもわたると、幼児死亡もさることながら、成人したはずの男女が、不妊ぎみになるということは、ありませんか」

「男の不妊というのも可笑《おか》しいね、可笑しくてやがて、うそ寒い言葉だな」

「自分が孕《はら》むわけではないけれど、女性の懐妊の方向へ繋《つな》がって行きにくい、そんな男の性の状態があるのかもしれません」

「それ、生活の諸般の事情への顧慮を別にしての話ですか」

「それもありますが、それ以前に……」

「たとえばウイルスに年々犯《お》かされて、種が弱くなり、つれて欲も薄れるとか」

「いえ、そういうことではなくて、高揚するほどに、身体《からだ》からして、生殖の内実に欠けて、ヒステリーのごとくに空虚になるとか。これが免疫などの作用の、微妙な自己否定的な変化にまで及んだりして」

「男の身体の変化が、女の身体の中に、懐妊を回避する抗体をおのずとつくり出してしまうというようなことはあるかな。しかし浅い交わりほど妊娠しやすいとか、昔から言われているようだよ」

「あるいは女性に触れたその分だけ、世の中にたいして、自他の生存にたいして心身が、心よりも先にからだが、おのずと峻しく、拒絶的に痩《や》せ細るとか。やがてそれが、触れる前にすでに起るとか。そのくせ、男の人はいつでも風邪をひきかけているみたいに、肌《はだ》が変に生温かいなどと気味悪がられる……妊娠するしないは、別問題なんですよ」

問わず語りというには少々烈しい、忿懣《ふんまん》に似た口調で、あらわにやるせない情景がぽろりとこぼれて、言葉が途切れた。路上に凍結した雪を刮《こそ》げるシャベルの音が耳についた。

「まさか、女人の傍《かたわ》らで」と主人は覆《おお》い隠すよりは笑いのほうへ取りなすことにした。

「その手帖を取り出しては、さらっているのではあるまいな」

「まさか、取り出したりはしませんよ」と客は悪びれずに受けて答えて、それから閉じた窓へ目をやった。

「表はまだ雪ですか」

ここに来た時にはもう止《や》んでいたはずなのに、そうつぶやいた青年の声に、長い時間のくぐもりの、余韻《なごり》が感じられた。

雛《ひな》祭り

世間は私にとって、私は世間にとって、死んだとは何事だ、と柿原はつぶやいた。机の上に時計と並べて置かれた気圧計へ、ちらりちらりと、書き仕事の相間から目をやっていた。三月に入って戸外では寒いような生ぬるいような、雨が今日も落ち出していた。つい近日、人に贈るついでに自分の玩具《おもちゃ》にも買って来た品物だ。ちらりちらりと横目を流しては訝《いぶか》るふうだった。すると、目盛の上を針がついと動いた。わずかながら、気圧の下降をはっきりと示した。

こちらが目をあげたとたんに、笑うようにして停《と》まった。いや、すこし詰めて眺《なが》めていれば、思いのほか小刻みに針の振れることが分かった。空模様からして気圧はさがりつつあった。しかし窓の外をひと吹き風が走っても、室内に少々の気圧の変化は起る。それでも遊ばれているような心持が柿原にはした。ここ二年ばかり、家に居たきりの稼《かせ》ぎながら、お天気商売に似た厄介《やっかい》さに苦しむようになった。性の悪い気圧とでも呼ぶよりほかにないものがあり、それが通りかかるたびに、腰痛《ようつう》やら神経痛やらが出るわけではないが、頭の内がめっきり重たくて、血のめぐりも泥《なず》みがちになる。その前に、眠りの質がいやに硬く、そのくせどうかすると躁《さわ》がしい。罪悪感でも抱えこんだ様子だが、このたわいもなさは、まるで気圧計ではないか、と日頃《ひごろ》から自嘲《じちょう》していたのが、人にこんな物を贈る思いつきとなったか。

外側《がわ》はなかなか深い艶《つや》の真鍮《しんちゅう》に飾られているが、切りつめたところ本体はどうせ、密閉された円い空洞《くうどう》の罐《かん》にすぎない。それが大気の変化に反応して、膨んだり縮んだりするのがレヴァーの仕掛けにより、精密計器のごときメーターの針へしかつめらしく伝えられる。とぼけたことだ。いや、日用の限り、これで精密には違いない。ペコペコと収縮のたびに音を立てるような粗雑なこともあるまいが、しかし外圧が変るたびに、おのれのせわしもない、ひとりでの反応をもてあまし、自分の知らぬことだとばかり、無責任を決めこんでいる表情は見えた。デッド、デエッド、俺《おれ》は死んでるぞ、と。

デッド・ゲイムという言葉はあるだろうか、と柿原は考えた。気管支のあたりに、天気のいよいよ崩れかかる時の、息苦しさを覚えた。やはり、引分けという意味になるのか。無判定試合。無効試合。試合中止。千日手……。

デッド・マン、a dead man となるとむずかしそうだ。死びととはかぎらない。生ける屍《しかばね》、死に馬、これも露骨すぎるので取らない。落伍《らくご》、失脚の意味はあるだろう。資格喪失に消滅。破産、除名、活動停止。失格。アイスホッケーでペナルティボックスに入れられた選手はさしあたり、デッド・マンと呼ぶべきか。しかし野球で交代させられた選手は、もはやデッドには違いないが、デッド・マンと呼ぶにはふさわしくないような気がする。ザ・デッド・パーソン、the dead person。どんな意味合いだか、そもそもそんな用語はあるのやら、まるで知らないけれど、ある朝、目をさましたら、貴殿はデッド・パーソンになった旨《むね》、通告が来ている。除籍、追放、取引停止などという深刻な場面はひとまず措《お》く。法の適用や強制をまぬがれたかわりに、治安の外へ置かれたではたまらない。どういうあんばいだか、さしあたり、そのような不都合はないとする。しかし何事につけても、失われた人格に基づいて振舞わなくてはならないとする。

I tell you in my own dead person——どうも低気圧の通過に苦しむ頭脳ではこなしきれぬ観念だ。

慢性人格不全、乃至《ないし》、発育不全症候群、といきなり荒涼とした言葉が、痼《しこ》ったあまりうわのそらになりかけた頭の中をゆらゆらと横切り、甘い拒絶の独特な表情があり、気圧計もうなづいてひょいと針を振ったようで、柿原はたまらず、声はころして、一人で笑いこけた。急性もあるんだよ、事につけてそれが起るから厄介なのだ、とやがて払いのけた。

無用の者という意味はふくむだろう、とまた考えはじめた。降りた者。俺はもう、死んだようなものだから。降りたふりをした者、死んだふり。降りたつもりは毛頭ないが万端不如意、当分動きの取れぬ者、これはもう深刻に、死んでいるわけだ。死に体。過大な無抵当の借金を抱えこんで将来にわたり返済不能となった人間は、債権者たちにとって、死んだと見なすよりほかにないのだろう。キャッシュ・カードの清算のできなくなった市民たちが裁判所で破産の宣告を受けて帰る場面を、テレビのアメリカ特集のドキュメントで眺めたことがある。堂々たる体軀《たいく》の、あんがい中世の聖者《セイント》にもありそうな面立《おもだ》ちの初老の黒人が、少年の身なりに少年の帽子をかぶり、アイム・ハッピーと、Vサインでも出しかねぬ機嫌《きげん》で帰って行った。陽気な死にっぷりだった。カード会社はそのリスクをあらかじめ算定して利率に込めているので、法人としてたいして腹も痛まないのだそうだ。無数の自然人がこの聖者の死を、知らずに分担することになるのか。平均計算という神の名による救済か。もっと激烈な時代なら、一人の者が腹を掻《か》っ切るか、直訴の罪で刑場に架けられたそのお陰で、土地一帯の民に徳政令の類《たぐい》が施されたというような事例は、この国の歴史にも探せば大小の規模のものが見つかるだろう。

死から生へ、ネガティィーヴのきわみからポジティィーヴなものへ転ずる。しかし言葉は性来、楽天のものだ。歴史の記述にも、過程《プロセス》の観念にも、楽天がとうに内在する。そうでなくてはまた生きられないところだが、しかしさしあたり、死んでいるという状態とは、どんなものなのか。更生とか新生とか、死中生アリとか、そんな押し詰まったところまで行かなくても、そのもっと手前で、もっとおもむろに、じつは果《はて》も思えず、人はしばしば、死んでいるようではないか。無用の用とは言わず、自棄の心でもなく、死んでいるので、生きている、というような見当へ、もうすこし丁寧に物が考えられないものか。今日はもう力が溜《た》まらない。想念の水漏れの停まりそうにもないのを柿原は感じて仕事を放《ほう》ることにした。午後の早々の時刻に、あとはすることもなくなった。何をしようにも心身が空虚すぎる。気圧計の針は相変らず低気圧の接近を告げてちらちらと振れているのに、窓は薄日でも差すらしく白んでいた。これもささやかながらデッドの状態ではある。けっこう無理な時間と体力のやりくりを重ねている日々の間に、ときおりこんな一日がぽっかりと、まるで寸暇を惜んで立ち働く身内の間で一人怠惰に坐《すわ》りこむ者のように、しかももう長いこと連日そうして過している顔つきではさまる。お前、働くでも遊ぶでもなく、毎日そんなふうにぶらぶらしていて、先のことが恐くならないか、と周囲の者は眉《まゆ》をひそめて、目をそむけがちに咎《とが》めるが、本人は一向に、屈託はしながら不安の色も見せない。たまにはいいと思うんだよ、などと大真面目《おおまじめ》に、横着なようでもなく答える。それに絶口させられるにつけて、説教をしかけたほうが、自分こそちょっと気をゆるめたら最後、生活欲がたちまち掠《かす》れて、起きあがりもしなくなるのではないか、と訳の分からぬ気《け》怠《だる》さに惹《ひ》きこまれて、憤然と振り払う、ついでにその苛立《いらだ》ちも払う、とそんな具合だ。

　まあ、あまり邪慳《じゃけん》にしなさんな、と柿原も払いのけて、椅子《いす》から降りずに不精な手を伸ばし、苦しい恰好《かっこう》を気長に辛抱して重い辞書をそろそろと引き寄せ、デッド、デエッド、と口をとがらせて電話帳のように繰りはじめた。

いつのまにか本降りとなっていた。

デッド・ウォーター、淀《よど》んだ水、なるほど。魚が閉じこめられたりする。デッド・フロアー、反響のない床、はて、どういう気分のことか。足音がふいに消える境を言うか。デッド・キャピタル、寝かせ資本、遊び金、そう訳してしまうと多少はプラスの意味が混ってまずいか。資本やストックをわずかな期間、寝かせておけなかった、死なせておけなかったばかりに、苦を見た人間はあまたいる。デッド・ウォール、出入り口のない壁、おそらく窓もない。側面だけでもそんな壁を往来へさらしていると、建物全体が寡黙《かもく》に見えるものだ。城壁のようなものでも、どこまで歩いても片側に続けば、時と場合によっては、デッドな気分にさせられる。壁の前に立たされて銃口を向けられた人間にとっては、わずかな壁でも、これは掛け値なしのデッドである。

雨天だともう分かったのに、気圧計の針はまだじわじわと、意味深長な顔で動いている。言葉にこだわるというのも、一面、ひどく子供っぽいものだ。デッド・エンド、袋《ふくろ》小路《こうじ》。デッド・ロック、停頓《ていとん》。頭の内が硬く鬱血《うっけつ》して動きの悪くなった状態こそ、デッド・ロックと言うべきではないか。鬱血は虚血に、詰まりすぎは空っぽに通じる。死んだ軌道という言葉がドイツ語のほうにあった。廃線のほか、引込線という意味をもつ。なにやら錆《さ》びて寂《さ》びた情景を伴って心を引込む言葉だ。引込線の役割を受け持つ人間が随所にいなくては、世の中は動かない。

デッド・ライト、はめごろしの天窓。

デッド・ロス dead loss、まる損。デッド・カーム dead calm、大凪《おおなぎ》。これは、きわまったという意味合いだ。デッド・エブ dead ebb、干潮の頂点。満潮にはデッドは付かないのか。あくまでも、負の頂点か。

デッド・ライフ dead life、という言葉はないものか。あるとすれば、スティル・ライフ still life、静物の見当のことと思われる。静物とは、生命のない、動かぬ対象を描いた絵画のことだとされる。果物とか野菜だとか、死んだ鳥とか魚とか。たしか牡蠣《かき》などもあったようだが、あれは死んだ動かぬものと見做《みな》されたのだろう。だから、生きた人間の静物というものはないことになるが、しかし古い静物を見れば、ただ念入り、ただ細密、全体として平板陳腐のようで、物からも現実からもじわじわとはみ出した存在感が、不気味なように伝わってくる。生のきわまれるものとしての、デッド・ライフという言葉はないか。やはり、ないのだろう。人の考えるべきことでもなさそうだ。

dead certainty, 絶対確実。すでに確実性の境を超えて無意味になりつつある場合も考えられるか。

dead to the world, 世事に疎《うと》い、なるほど。ためしに、

I am dead to the world.

The world is dead to me.

おなじことになるのか、ならないのか。人として口にしにくい言葉ではある、後者のほうは。世界は私にとって、荒涼索漠《さくばく》となった。世の中とそこそこ渡り合った人間の口から出れば、これは通るだろう。無興。見るもの聞くものが、すっかりつまらなくなった。これはやはり、私は死んだの方向で言ったほうが聞きやすい。世界は私にとって、精気が失《う》せた、動きも表情も絶えた、灰色に褪《あ》せてしまった、と高年の人間が実直に訴えれば、人は病気の心配をする。世界は私にとって、無効になった、あらゆる効力を失った、と言いはれば、禁治産ものだ。世界は私にとって、森閑となってしまった。これは通りにくい。すっかり静かになってしまったと言えば、耳が悪くなったか、せいぜいのところ、この人はもうあがったな、と取られる。世の中、暗いねえ、とつぶやけば、適当に誤解してくれる。

世界は私にとってきわまった。何がきわまったのか。

世間の事にはもうすっかり疎くなっておりますので、とこれは穏当な物言いだ。世間は自分にとってもはや死んだも同然、という生き心地もおのずと、なにがしかはふくむものなのだろう。死んだも同然なのは、世間だとしても自分だとしても大《た》いしたさしさわりもない自在さはある。まあ、よほどの隠遁者《いんとんしゃ》か年寄の特権に属する。しかし壮年の盛りに、ひとりの人間にとっていきなり、世界が死んだというようなことも、あり得るか。まず自分が死んだので、世界が死んだ、と考えるべきところなのだろうが、事の起る、あるいは事を体験する順序としては、世界の死んだようなのを感じて、やがて自分の死んでいることに気がつく、とどうもそんなことであるように思われる。

病気とか破産とかの場合には、どうしてよくあることだ。

しかし病気でもないとする。食欲もある。破産や禁治産などは願い出ても許されないので、平生と変りもなく働いている。手を停める閑《ひま》もない一瞬のことだが、世界が白くなった、自身も白くなった。閑散となり輝いた。そのさなかに、何がきわまって、誰がどこで死んだのか、と訝りがしばし尾を引く。

高気圧にひろく覆《おお》われて天気晴朗の中、一箇所で気圧がずるずると落ちる、とそんなことは、これはないだろう。あるとすれば、龍巻《たつまき》が起る。

雨がちの天気の続くうちに節句は過ぎていた。柿原の家では長女が卒業旅行と称して海外へ出かけている。トルコの田舎をひとまわりしてイスタンブールに戻ったところで明日はローマへ発《た》つ、と近日届いた三通目の絵葉書で言ってきた。イスタンブールのユースホステルは大きなモスクの傍にあって、朝の六時には大きなコーランの声が流れる、と最初の便りにはあった。そろそろ二十日ほどになる。次女は一週間ばかり前から大学のクラブの合宿で丹沢の麓《ふもと》の町に行っているが、こちらからは電話の連絡もない。

天袋の奥にしまいこまれた雛人形はここ何年も飾られたことがない。妻の里からその代金を贈られたもので、柿原が二月の寒く曇った日に、次女を妊娠していた妻を家に置いて、世田谷から岩槻《いわつき》の町まで足を運んだのはもう二十年あまりも昔のことになる。電車を四度も乗り継いで大宮の先にあたり、最後は心細いような私鉄になり、だいぶの道のりではあったが、それにしても日帰りながらずいぶん長い旅をした気分がしたものだ。見も知らぬ町に来て、目の利《き》くわけもない雛人形の品定めに、問屋から問屋へ白い顔を眺めて回ったせいだったか。よくも選べたものだ。ようやく決めて駅へ向かった時には、日は暮れかけて埃《ほこり》っぽい風が吹き出していた。どこでたしか、熱い蕎麦《そば》を掻きこんだ。しかし町の風景にはほとんど覚えがない。すっかり暗くなってから草臥《くたび》れはてて家に戻った。

数日して家に届いたのを夫婦で苦労して飾ってみると、一歳半の長女はまだたいして関心も示さなかった。五人囃子《ばやし》の顔が父親には気に入った。随身《ずいじん》の烏帽子《えぼし》に纓《えい》を不器用な指先で付けなやんでいる時、幼児の頃のものらしい、少々気疎いような、記憶の匂《にお》いがした。あの人形たちは空襲の火に焼かれた。目の前の人形たちが揃《そろ》って眉をかすかに峻《けわ》しくしているように見えた。

翌年、雛を飾る頃には、柿原は八年続いた職から引くことになっていた。長女はもう嬉《うれ》しそうに雛段を見あげていた。また翌年、雛を飾った三日後だったか、入院中の柿原の母親の容態が急変した。夜更《よふ》けに妻は一人で雛段を片づけなくてはならなかった。そのまた翌年、やはり雛の飾られているうちに、幼稚園の年少組に入った長女と、それに引きずられて次女も、それぞれ回らぬ舌でお雛祭りの歌などをうたっていたが、妻が患《わずら》った。今度は柿原が里から駆けつけた妻の母親と手分けをして、雛段を片づけることになった。その跡の急にがらんとした部屋に、何体もの人形のおのずと漂わせていた妖気《ようき》のようなものが、いまさら感じられた。なんだかホッとした、と妻の母親も寝不足の顔で息をついていた。

たまたま厄が続いた。いっそ手放したら、と妻の母親も気づかうので、翌年はさすがに箱から出さずにいたが、しかし娘たちが生長していくので、また飾るようになった。毎年だったわけでもない。気の乗らぬ時は、せずにおいた。悪縁のあるようにも感じていた当初は、柿原が家の不安を引き受ける形で、自分の部屋に雛段を飾らせ、一週間ばかり、昼は人形たちに横顔を見られて仕事に励み、夜は段のすぐ前に蒲団《ふとん》を敷いて眠った。スタンドを消して枕《まくら》に頭を埋めると、足もとの闇《やみ》の中から人形たちの白い顔がだんだんにうかびあがってくるが、眠りの中でうなされたことはなかった。我ながら図太いものだと思った。むしろ、日曜の朝に子供が父親の起きるのを待ちきれずに部屋へ押し入ってくるのには閉口させられた。子供たちは蒲団の中にもぐりこんで、睡《ね》たげに目をちらちらとさせながら、雛たちを眺めていた。

あれに俺の神経が囚《とら》われるようでは、この家は持ちきれまいな、と暗がりに並ぶ人形の顔を寝床からじわりと見渡して力みかえったことはある。陽気な男よ、とやがて自分で笑い出したものだ。

以来、雛祭りの季節へかけて、別段悪いことも起っていない。その間には、柿原の父親が病院でもう八ヵ月近くも寝たきりでいた三月もあり、後から思えば三月にはすでに姉が癌《がん》に侵されていたはずの年もあるが、なにせ二十年にも及ぶ歳月のことだ。かわりに、順々に上の学校へあがった娘たちが、この季節にはとかく、合宿だのスキーだの、どちらかが家に居ない年が追い追い多くなった。あるいはそれよりも先に、十年前に集合住宅の同じ棟の中を七階から二階へ越した、その前後に少々悪いことが重なり、それ以後、飾らなくなった、とそんなことだったかもしれない。そうだとしても、禁忌だとか何だかとかいうよりは多忙に紛れてのことであり、その後も一度ぐらいは飾ったようにも思われるがはっきりしない、という程度の留《とど》まり方だ。とにかく箱から出して据《す》えると、ひろくもない部屋の中で幅をかる道具なので、三年も続けて眠らせておけば、家の内の整理の都合上、飾る余地もなくなってくる。男の子のいない所帯はかえって、雛祭りのようなものへの関心が薄れやすいようでもある。

もう何年かすれば、こんな物が家の内にあったことに、驚くようになるかもしれない。毎年のように、節句も過ぎた頃になり、柿原は天袋の奥あたりにしまわれた雛たちの顔を思い出しては、ほんのしばしだが、自分こそすでに家に居ながらに遠いような、妙な訝りにつつまれた。ここ四、五月、二月の末から三月にかけてが柿原にとってかならず、一年のうちで心身不調の時期にあたる。理由は素っ気もない。日取りの融通のいくらでも利きそうな、気ままらしい稼ぎの身でも人並みに、年末にきわまった無理が一月二月と清算しきれずに、ここに過労となって皺寄《しわよ》せされる。二月は例の月よりも何日かすくないという渋い事情もやりくりを苦しくする。それに春先はもともと誰にとっても、心労のすくなからぬ境目である。啓蟄《けいちつ》の名のとおり、虫にとってすら、死んだのが甦《よみが》える、からだのしんどい時節にあたると言った人もある。

気圧が日々にと言わず、一日のうち半日のうちでも目まぐるしく変る。気圧計の針の振れを眺めていると、こうも定まりない天の気の下で、若い者ならともかく、あやういところをさまざま肉体に抱えこんだ高年者たちが、時候の愚痴をこぼす程度で、まずは平然と壮年の役柄《やくがら》を果たしているのは、知らぬが仏、尊いほどのものかもしれないと思われる。寝ている間に気圧が急降下して、風は吹き荒れ、雨は叩《たた》きまくり、明け方にはすでにほんのりと晴れているということもある。あれだけ昏々《こんこん》と眠ったのに、こうも疲れはてて、芯《しん》が茫然《ぼうぜん》としているのは、連年の無理が積もったか、やはり春先の陽気のせいか、とぼやきながら、一夜、天の変動に肉体が反応して、再三きわどい境まで膨張したことを、もろに悶《もだ》えたことを知らずにいる。夜半過ぎの深くまで目覚めている暮しのおかげで、大方の人間の眠っている間の空模様の知れる立場にある柿原にしても、夜明前に眠って午前の遅くに起き出し、寝汗をくりかえしかいたような虚脱感から、晴れた日の、正午へかかる安穏な光に見入っているうちに、洪水《こうずい》みたいな雨だったわね、と妻に言われて曖昧《あいまい》に辻褄《つじつま》を合わせることがある。つい半時間ほど前まで地を叩いて降りしきっていたという。

何事があったか、夢にも見なかったが、夜の眠りの影のごとく、遅々として過す日がある。影でも仕事はできる。人とも話は通じる。飯も沢山に喰《く》う。しかし影というものは妙に重たいものだ、あらわに重たいものだ。

死んだ荷重、dead load、死んだ重量、totes Gewicht、トラックや車輛《しゃりょう》の、自重のこと。自重となって暮す……。

もう何年かすれば、こんな人形たちが家の隅《すみ》に置かれていたことに、と今年も柿原は同じことを考えかけて、それに伴って脳裏にふとうかんだ情景が、いたくのどかなのに驚いた。障子を閉《た》てた八畳の間に女たちが三人くつろいで、大きな箱の中から雛をひとつひとつ取り出しては、顔にかけた和紙の覆いを丁寧にはずし、しげしげと眺めている。それぞれ眉をほどいて懐《なつか》しげにしているが、目には酷《むご》いような通暁《つうぎょう》の光が差した。主人《あるじ》は家に居ない。留守というよりは久しい静まりが家の内を領して、雛の顔はいよいよ生白く、戸外では雨が音を立てて降っている。

「私は一向に知りませんでした」

「いえ、ほんとうはよく御存知でおられたのだと思いますよ」

男はそこで笑みをひろげた。嘲弄《ちょうろう》や脅迫の響きはなかったか、と柿原のほうが猜疑心《さいぎしん》にとらわれたが、見れば悪辣《あくらつ》な顔つきでもなかった。声はあくまでも柔和で、いくらか甘たるく喉《のど》の奥にかかり、無知に執する柿原の頑固《がんこ》さを宥《なだ》めて、ほんとうはたやすいはずの知へほぐそうとするような調子があり、それに応《こた》えて、「お見通しのとおり、じつは私もそのことについてはいろいろと思うところがありまして」と、知りもせぬことをいまにも仔細《しさい》に語り出しそうな誘惑に柿原は駆られかけ、自分にもそんな虚言癖があったかと戒めた。

「万端に迂闊《うかつ》を決めこんで渡って来ましたので、そんな事は考えてみたこともありません」

「それでは、お耳にはされていたのですね」

相手は乗り出しぎみにしていた膝《ひざ》を引いて、ちんまりと座蒲団の上に坐りこんだ姿が、噺家《はなしか》のひと息入れるところに似ていた。なるほど、少々は事柄を知っていなければ、考えてみたことがないも、ないものだ、と柿原は相手の押さえ方の巧みさに、呑気《のんき》に感心した。人はたいていの事を、聞く聞かぬは別として、耳にはしているものだ。だから何事も、知る知らずは知らず、知っているものだ、と妙な飛躍と昏乱がけだるいように起り、こんな罅《ひび》の隙間《すきま》から、虚言は漏れ出《い》でて、やがて熱烈にふくらんでいくものなのか、と思いやられた。

「耳にはしているかもしれませんが、真実かどうか、判断する物指しを持ちませんので、知らぬも同然です」

「そうですとも、人には大方の事がわかりやしません」

「しかし、わからないということを誇っているように取られても困ります。大勢の人が言っている事だから、何かの根拠はあるのだろう、とその辺のところで手を打っておくほどの謙虚さは持ち合わせているつもりです。いや、謙虚というよりも、不精なんでしょう。それどころか、人とただ話の端々を合わせて、中途は知らず、笑って過すという軽薄さにも事欠きません」

「わかっておられるのですよ。心得ていながら、知らぬも同然に過す。この、知らぬも同然がなかなか、内訳はさまざまでして。結果として掛け値なしの無知、いずれ破産の場合から、月々しがない返済、あるいは一挙返済の時に引きあてて、積立てておく場合まで……もちろんただ積立てておくだけではなかろうが、こちらの利子もその間にはふくらむわけで」

口調がにわかに野卑になったので、あきれて眺めると、顔は峻しく削《そ》げて、一種凄然《せいぜん》な気品があらわれ、その中から笑みばかりが円く、いよいよ楽しげになっていく。

どこかで聞いた覚えのあるやりとりだぞ、とそう思ったとき、相手がのべつかすかに身をふるわせるのに気がついた。

「いつどこで、どちらに、私が借財を負ったと言うのです」

「滅相もない、負債などとは申しておりません」

「では、何のために、積立てなくてはならんのです」

「それは、今までどおりのことを続けてくだされば結構なので」

「今までだって、積立てなどしちゃあいません」

「しておられますとも。こうして私が毎度、お勘定にあがるので、懇意にさせていただいているのではありませんか」

「だから、何のための積立てですか」

「お身柄のお代を、いずれ清算していただかなくてはなりません」

「身代金《みのしろきん》ですか。自分で自分の身代金を後払いで……。しかし人質がずっと知らずに歩きまわっているとは、捕まった覚えもないとは、おかしいな。第一、人質なら、さしあたり、人が喰わせてくれたでしょうに」

「そんな物騒なものではありません」

「それでは、奴隷《どれい》ですか、逃げて来ましたか」

「あれは無償の、解放でした。私どもに相談はありませんでしたが」

「無償ならば、いまさら、払いこむことはないでしょう」

「そこのところのお考えを、もうすこし、改めていただけないものでしょうか」

「理不尽ではありませんか」

「一人一人にとってはいずれ、理不尽に決まってます。しかし世の中全体として、計算の合わなくなった日には」

「破産ですか。あなたにとっても、困りますか」

「飢饉《ききん》に疫病《えきびょう》に殺戮《さつりく》、私ども、そんな事にはとうに神経の耐えられない者になっておりますよ。しかも、かりにあちこちで死屍累々《ししるいるい》の光景が現出したところで、こちらの帳簿の上では、大勢に影響もありませんで。それよりは、もっと平和に、人がそれぞれ五年づつ早く仕舞えてくれたほうがはるかに、引締めの実はあがります。毎日毎日が、いまどき税理士みたいな暮しでして、もっぱら数字と睨《にら》めっこ」

「なるほど、薄く広く、五年づつ」

「しかしそれでもまだ間に合わない、はずなんです。それどころか、とうに破綻《はたん》が来ていなくてはおかしい。なぜ、持っているか、と思いますか。私どもも、灯台もと暗しで、ずいぶん長いこと首をかしげてました。やがては全体に大きな間違いがあるのではないかと疑いまして、あれこれ数字を洗いなおしたあげくに、ようやく見当がついたことは、全体として予納分の、積立ての自然増がいちじるしい。つまり生前からすこしづつ、すこしづつよけいに……」

「それは任意ですか」

「任意ということになっているはずです」

「自動的に、引き落しですか」

「おおむねは、そのようです。私はひきつづき、お宅までうかがうつもりでおりますが」

「何度でも申しあげますが、私はいままでビタ一文も……」

「いいえ、きちんきちんと納めていただいてますので、私どもとしても、助かっておりますよ」

「これで当分は、足りるでしょう」

「たしかに、お預りしました」

「私も楽ではなくて」

「それは、どこのお宅でも」

「家の者には内証にしてますので、通知は無用です」

「心得ております」

「で、あとどれだけで、完済になりますか」

「それが誰にもわからない。あなたにも私にも」

「困るな」

「第一、元の額が知れないもので」

「それではいつまで経《た》っても埒《らち》が明きやしない。いっそ破産にしてもらいたいものです」

「ちゃんちゃんとお払いなので、破産にはなりません」

「では今度こそ、これ限りに致しましょう。私にもようやく、覚悟はある」

「十年前にも、同じことをおっしゃいましたな。二十年前にも」

「あなたは、物を言うたびに、身をふるわせる癖がありますな」

「職務柄、反復に苦しめられる者なのです。人のあらわな反復が、背すじから脇《わき》へ、ぞくぞくと染みまして。おや、ひさしぶりに、お雛さまをお飾りのようで」

蒲公英《たんぽぽ》

例年よりも十日は早く、彼岸過ぎから花が咲き出した。日和《ひより》もそれなりに順調だったが、とかく強い風が走り、空気の芯《しん》がつめたくて、地面を見渡すと木々の賑《にぎ》わいにしては野草の萌《も》えるのが遅れていた。あらためて見あげれば、出番を狂わされたふうに一時に咲き競う辛夷《こぶし》やら彼岸桜やら染井吉野やらの花も、楢《なら》などの垂らす花穂も、色が淡くて、なにやら疼《うず》きのようなものを、咲き方そのものに感じさせるところがあった。あるいはこれからもう一度冷えこみがあるので、落葉樹たちはとりあえず開花と芽吹きを急いだのではないか、とそんなことを柿原は考えた。その冬、甚《はなは》だしくは寒からず、人の骨節をして緩堕せしめ、邪を受け、春に至りて発す、名づけて時行《じこう》となす、というような文句の切れはしが頭の隅《すみ》にうかんだりした。

ところが崩れがちの天気をはさんで四月に入り晴天が三日も続くと、雨に叩《たた》かれて脆《もろ》くも褪《あ》せたかに見えた花たちが咲き返し、さすがに霞《かす》みはじめた光の中で葉桜となりかけたのがいまさら照り盛り、ところどころに山桜の古風な白さも混って、春に落着いた様子だった。あちこちで年々、代が替るたびに整地新築の進む住宅街の一劃《いっかく》に、まだ古いままにのこる屋敷の、昔は生垣《いけがき》のすぐ内から路上へ枝を差し掛けていたに違いなく、今では伐られるのはまぬがれたが枝は詰められ、幹ごとブロック塀《べい》の継ぎ目に押しこめられ、塀との隙間《すきま》はコンクリートで塗りこめられた桜の老木の、根の瘤《こぶ》の間にわずかにたまった土の中から、蒲公英が所を得て一輪くっきりと黄の花を咲かせているのが、通りかかった柿原の目には、まさか摘んで喰《く》うつもりはなかったが、涼しい薬のごとくに映った。

暮れ方になると微熱の出る日が続いた。毎度体温計をあてる面倒は見なかったが、日の暮れごとに軽い寒気とともに背中から膝頭《ひざがしら》へかけて、甘いような弛緩《しかん》に苦しめられる。生活にも仕事にも格別の障りはなく、どうやらここ三年ばかり、この季節の恒例となっているようで、思春期の症状が更年期に繰り返すというのも、たわいはないが、辻褄《つじつま》の合ったような話でもあった。

夕飯の後で小一時間ほども宵寝《よいね》をして起きると、少々の晩酌《ばんしゃく》の利《き》き目か、微熱の感触は落ちて、ついでに魂のほうも二分目ばかり抜けている。ほんとうならそのまま、夜半過ぎに床に就くまで、物を読んで過すにしても、すっかりは覚めずにいるのが好ましい。しかし四月の夜はかえって寒くて、家の内に身の置きどころもない心地がした。そうかと言ってセーターなどを着こむのも息苦しく、春の薄着の上から古着の女物の、軽い綿入れの絆纏《はんてん》を羽織って、机に向かって落着くと、たよりないような真綿の温《ぬく》みの背後へ、住んだこともない座敷の影がしんしんとひろがることがあった。

その夜も、柿原にしては似つかわしからぬ思案へ惹《ひ》きこまれたところだった。真に敬虔《けいけん》な人間とは、どんな顔つきをしているものか、と柄《がら》にもないことを考えた。敬虔という馴《な》れぬ言葉にすでに空転して、失語症のごとくに、しどろもどろな留保を重ねることになった。禁欲や徳行の徹底はかならずしも問わない。罪業《ざいごう》の深さにおののき、絶対者の前におのれを砕く、そのような烈《はげ》しさもさることながら、それよりも、あるいはその上で、人を憎むな嫉《そね》むな侮《あなど》るな、敵のため迫害者のために祈れ、おのれのために慈悲をもとめるならばまず人を赦《ゆる》せ、おのれをいとおしむにひとしく人をいとおしめ、というような無私の方向へあくまでもへりくだった人間、ときには戒めをかいくぐって奔放な情念に出し抜かれることはやはり人だからないでもないという留保もつけ加えて、掛値なしに本気で我意我執を断つことにつとめてすでに長い生涯《しょうがい》にわたる――言葉がいかにもそなわらず、人の徳を語る時にこそ語彙《ごい》に甚だ事欠くのも、日頃《ひごろ》が日頃とは言いながら、気のひけることだが、とにかく、そのような人間はどんな顔をしていることか。

聖者と偽善者とは、これを除く。前者については、信心なき者にはこれを云々《うんぬん》する資格もない。それ以前に、ほんとうのところ、その顔はおろか、かすかな姿かたちすら、念頭に現前させる力なぞありはしない。後者についても、おなじく信心なき者には無縁のこと、これを憎むのは無用どころか、身のほど知らずを犯す。もとより信の情念を存分に吹きこまれた上での、偽善であるはずなのだ。古今東西、一生不犯《ふぼん》の者たちの、あるいは発心以降不犯の者たちの、ごろごろといた集団がざらにあったことを考えてみればよい。不犯の者が破戒に落ちる時の烈しさは、俗な想像もよく及ぶところだが、本物の一生あるいは半生不犯は、人はならわしものということを安目に踏んだところで、破戒の烈しさよりも、日常の平安の端々において、見る者が見れば、数段と迫力あるものに違いない。苦もなく不犯に生きる特異な人間もあるのだろうが、人として欲望が不全ならば信も立たぬわけだろうから、ただの温和さではあるまい。じつは生涯どこぞにひそかに女をたくわえて、さらに世俗の政治に豪力を揮《ふる》ったとしても、一者への絶対帰依《きえ》の態度を厳守しているとすれば、たとえば人のため救済の儀式を執り行なう姿は、矛盾そのままが、破戒の迫力におさおさ劣らない。矛盾の迫力をこそ、尊いと呼ぶのかもしれない。

いずれにせよ、敬虔の顔をわずかにでも思いうかべようとすると、あまりにも柔和な眉《まゆ》つきが見えかかり、気色の悪さに想像がつい濁るのは、無信の徒の虚弱さのせいか。真の敬虔とは一見不逞《ふてい》なほどの、しぶとい目つき、頑丈《がんじょう》な顔つきをしているものに違いない。我執を殺したほどの情熱の相貌《そうぼう》はおのずと、人殺しの凶相にもはるかに通じないわけにはいかない、と……。これも見る人が見れば、それで尊さ清らさは減じることもないのだろう。欲望にひきずられる時にも地の底の呻《うめ》きに感ぜずに済んでいる者はせいぜい、情熱の力を各人ほどほどに割引かれた世に生きることに安堵《あんど》の念を覚えて、極端まで切りつめた生について気紛れな想像などもてあそばずにいるのが、やはり分相応のところだ。持戒者と聞けば、とかく死びとでも見たような不快さに撫《な》でられるのも、おおもとの生命力を彼我ひきくらべてみれば、おのれの健全さを誇るにも足りぬことだ。まして、たやすく掠《かす》れたか、もともと発育不全か、粗雑幼稚な欲望しか持ち合わせぬ身でもって、わずかなことにつけても人の禁欲を薄汚く取りたがる。お話しにならぬことだ。あげくには、自分は禁欲などにとうに縁もなくなったような顔で、男女のことを口汚く言い散らすが、目つきを見れば戦々兢々《きょうきょう》とした自尊心に、いじましい劣情が露呈している。枯れたふうな説教を女たちにしつこくしかけながら、男としての不全を先刻異性の目に見抜かれていることに気がつかない。

それでも眉のあたりの独特な白さがしきりと柿原の念頭に見えた。ただ柔和な虚白ではない。死びとの無精彩でもない。十年ほども前に、大和の大峯《おおみね》の山頂からやや下ったあたりで、千日回峯《かいほう》の青年修行僧に出会った。岩をすたすたと踏んで登ってきて、その敏捷《びんしょう》さに思わず見惚《みと》れていると、二間ばかり先の岩の上ですっと脚を停《と》めて、柿原に向かって合掌した。それから、会釈《えしゃく》を返す柿原の目を一瞬深くのぞきこんで、たちまち傍を掠め過ぎた。まともに見つめられたのに、不思議に視線の差してくる感触は受けなかった。むしろこちらの視線をその一瞬はてしもなく吸いこむかに感じられた。遠い訝《いぶか》りのような光は点じていたが、空虚な目ではなかった。しばらくして振り返ると、もう柿原のいるところからは仰ぎ見る高さになる、断崖《だんがい》の縁から迫《せ》り出した巌《いわお》の上に立ち静まって、谷の彼岸へ向かって拝んでいた。

あの時にも、目のことであったはずなのに、眉のあたりの白かったような印象が後にのこった。白面の、美少年風の容貌ではあった。それに早い老成の兆《きざ》しがまじり、地元の案内者に聞けば、もう三十歳のほうに近くて、吉野の宿坊に住みこみ、払暁《ふつぎょう》に起きて客の朝食の仕度を済ませてから、一般の脚では片道七時間あまりもかかる尾根を大峯まで五時間ばかりで駆け抜け、午後の三時過ぎには宿坊にもどり晩の仕度にかかる、客の蒲団《ふとん》を運んで伸べもするという。ほかに勤行《ごんぎょう》もあることだろうから、日々すべてにわたり切りつめた暮しと、自己抑制のために、もともと色白の目もとに蒼《あお》い隈《くま》の染みるのは無理もなく、柿原も遠くからまずその翳《かげ》りを目にとめ、あとで案内者の話を聞いては、宿坊の廊下から障子をそろそろと引いて、くつろぐ客の姿をつかのま怪しむふうに眺める目つきもうかんだが、間近から見つめられて柿原の印象にのこったのは、そのようなやつれの白さではなかった。だいぶ後になって、雨の夜の、降りながら明けていく光景に眺め入りながら、あの眉の白さを思ったりした。

禁欲とは欲望を抹《まっ》し去ることではない、抹し去れるような欲望なら禁欲にもならない、と言えるのかもしれない。抑える力と、抑えられるほどに盛る力とが、平衡《へいこう》の静閑をつくりなす。そこからどちらへ振れても、情熱は暗く奔放になる。そんな境を日夜保ち、更新しながら、一寸先も自身の意志による支配は憑《たの》めない。そのことにこそ、へりくだる。その平衡のわずかに保たれた境においてすら、女人を抱くことを見る。柿原のごとき者から見れば夢想、抑圧の故《ゆえ》の淫夢《いんむ》ということになるが、あるいはそのような情欲の惑乱とも異なって、性愛の昇華されたものが現前する。透明に凝結しながら甘美な顫《ふる》えをひろげ、澄んだ肌《はだ》の香までくゆらせ、実の行為よりも深く人を惹きこむ。救いのごとくに惹きこむ。真に禁欲の人間の見る罪とは、つきつめるところ、そんなものなのではないか。日々が危機であり誘惑であり、ほとんど破戒でありながら、日々にかろうじて静閑の繰り越されることを、奇蹟《きせき》とも恩寵《おんちょう》とも感じているのではないか。

千日回峯の青年にはおそらく縁もない事だ、今ではもう四十の坂にかかるか、と柿原はいよいよ柄にもなくなった思案をもてあました。その時、六十のほうに近くなった奈倉の笑顔がつとうかんだ。

もともと埒《らち》もない、無責任な連想の横跳びにせよ、柿原にとって苦々しいかぎりのことだった。奈倉こそ、四十頃から始まった心臓の患《わずら》いを抱えこんで高年の坂を登るという、慎重も自己抑制も要する苦労を経てきたが、眉のあたりに白さや蒼さを感じさせるような男ではない。五歳年少の柿原よりも今では健康そうな、自身の肉体とそれなりに折り合ってひさしい様子の、どこかほのぼのとした血色をしている。心臓をおのずと庇《かば》う緩やかな物腰物言いながら、萎《な》え衰えのにおいはせず、これにひきくらべればむしろほかの五十男たちの自己憔悴《しょうすい》ぶりが目に立つ。長年の持病の苦を話す時にも、話そのものには柿原などにとって忍耐の凄味《すごみ》をのぞかせるところが随所にあったが、話す本人にはひそかな愉楽の表情が見えた。

あれはなまじ、激昂《げっこう》を抑えこんではいけないのだよ、興奮のあげてくるのをむしろ、どう言ったらいいのだろう、底からゆっくり掬《すく》いあげるようにしてやって、部屋を明けてやって、満ちきったところで、恐《こわ》いことは恐い、しかしこわばらずにいることだよ、と眉をほどいて話していた。

肉体の恐怖の中でこわばらずにいるとは、どういう心境だろうか、と柿原は窓のほうへ目をやり、眉をほどいてみると、なるほど、日頃のべつ渋面をつくっているわけではないが、眉間《みけん》におのずと少々づつ、おそらくよけいに、力の入っていることが分かった。戸外ではいつのまにか今夜もまた風が走っていた。眉間を結んでいると言えば精悍《せいかん》なように聞えるが、こうしてゆるめたきりでいると、眼球の奥から脳へ脊髄《せきずい》へ、禁断症状のような、つらい虚脱感が染みていく。情欲のあげてくる前触れにも似て、海のにおいがした。それからしかし、もしもこれきり結ぶ力を断ってしまったとして、眉をほどいたままで、女人を抱くことはできるだろうか、と妙なこだわりのほうへひかれた。おそろしいことなのかもしれない。満ちきる境では、それこそ白くなるまで眉間をひらききらなくてはならないような、そんな気がされた。

窓のすぐ外に立つ常緑樹の葉を揺する風の音の中から、電話の呼ぶ声が聞えていた。風向きによっては、どこともつかぬ見当から、ただ遠い感じをはらんで、ドアフォーンのチャイムの音が伝わり、つづいて扉《とびら》のひらく音と、物を言い掛ける人の声の切れはしが暗くちぎられて運ばれてくることもある。

しかし目を返して、傍らの小机の上にのせられた電話が鳴っているのを、つくづく眺めた。

「じつは奈倉先生のことを、おたずねしたいのですが」と女性は切り出した。

「彼がどうかしましたか」と柿原は思わず押っかぶせて息を呑《の》んだ。

いきなりな切り出しでもなかった。まず柿原が普段電話を受ける時の習性で、「柿原です」と名乗って出ると、「夜分申し分けありません」と消え入りそうな声がして、その前に柿原の名乗りにたじろいだけはいが感じられたので、間違いの電話かと思ったら、「初めてお電話いたします」と声を立て直して挨拶《あいさつ》した。「無礼をおゆるしください。わたくし」とほんのしばし途切って、「木村と申します」ときっぱり名乗った、その後のことだった。

「それでは柿原先生のお耳にも、変ったことは何も入っていないのですね」と、さらに不吉なような応答に、いましがたの細く張りつめた声と一変して、明るい響きがひろがった。

「何事ですか」と柿原のほうがむきになった。「奈倉氏の身の上に、何かが起ったとでも言うのですか」

「いえ、そんなこと、けっしてありません」と声が浮き立ったままにしどろもどろになった。「わたくしの思いこみでした。軽卒なことをいたしました。どうか、おゆるしください。大目に見てやってください。申し分けありませんでした。失礼いたします」

あとずさりするようにして、受話器がおろされた。

これは、すこしく、慎重を要しますぞ、と柿原はあとに置かれたかたちで、わざと浮薄につぶやいた。顔には悪い報《し》らせに触れた時の、肌の分厚く黒くなったような硬直がほどけずにのこったが、さしあたり事の関係への想像を気楽なほどに欠いていた。その女性と奈倉との関係はどうでも、なぜ奈倉の様子を柿原に、もう二十年も昔に奈倉の生活圏の内からは消えたも同然の男のところに、たずねて来なくてはならないのか、見当のつけようもなかった。細く澄んではいるが喉《のど》のふくらみを感じさせる声からして、うら若い女性ではないと思われた。おかしな電話ではあるが、気の振れを疑わせるような耳ざわりのところもなく、軽卒と本人はあやまったが、電話をかけてきた唐突さはともかく、軽はずみの物言いでもなかった。あきらかに、思いつめていた。奈倉の身の上のことについて柿原が何も耳にしていない、と知っただけで安堵を覚えた様子だった……。

壁掛時計を見あげ、十時を回ったばかりなのを確めて、柿原は机の袖《そで》のひきだしをあけ、書類の間から住所録をのろくさと探しはじめた。去年の暮れからもう三月あまりの無《ぶ》沙汰《さた》になるが、もともと年に一度か二度、たいした用件もなく夜更《よふ》けに電話をかけていささか話しこむ、そんな間柄になっているので、相手には別に訝られることもない。夜遊びもとうに忘れたという奈倉が電話に出れば、それで柿原にとっては済むことだ。女性から電話があった事は、話すつもりはない、聞かせる必要もない、と分別に落着きながら、手のほうはなおしぶしぶと動いて、住所録をひっぱり出すと、先方の電話番号をわざわざメモ用紙の上へ大きく書きうつし、それを眺めたきり、あえて確めずにやり過す安易さにまたひきずられた。大目に見てやってください、と懇願の声が、甘いにおいのように立ち昇った。

　手を出しかねているうちに、その電話がまた鳴り出した。

「先ほどは失礼いたしました。取り乱しまして」と女性はよほど静まった声で話し出した。「もう一度、話を聞いていただけますでしょうか」

「それよりもまず、わたしのほうから、質問をさせてください」と柿原もいつか用意ができていてゆるく遮《さえぎ》った。「よけいなことを、あなたに、話させたくないので」

「はい、ありがとうございます」

「奈倉氏の身の上に何事か、不安があるのですか」

「はい、十日あまりも連絡がありません」

「あなたのほうからは、連絡できない、立場なのですか」

「はい、受けるだけにしておりますので」

「大学には問い合わせましたか」

「春休中なので御出勤にはならない、とそれ以上の答えは返って来ないのです」

「それなら、大した心配はないな」

「そう思います」

「もうひとつ、なぜ、わたしのところへ」

「先生のお名前を近頃しばしば、奈倉先生が、口になさるもので」

「ですけど、なぜ、ほかの人ではなくて、わたしに」

「ほかに、さしさわりなしに、たずねられるところもありません」

その硬い語尾が先よりも濃い懇願の色をおのずと帯びて、柿原は知らぬ女性を知らぬままに置いて庇《かば》うつもりがかえって、口にしづらいことを、答えさせることになったようなのに、後味の悪さを覚えた。柿原の手前、奈倉のことを先生づけで呼ばなくてはならないのも、女性にとって屈辱なのかもしれないな、とそんなこともちらりと思いやった。

「御不快にさせました」と女性はわびた。

「いや、そんなことはありません」柿原は声が濁らぬよう用心しながら、早々に片づけにかかった。「とにかく奈倉氏のところへ、わたしがこれから電話をしてみます。あなたのことは、知らぬことにしますので」

「申し分けありません。わたしの電話番号は……」

「それも聞かずにおきます。半時間もしたら、そちらから連絡してください」

「半時間」と今度は女性のほうが息を呑むようにした。それには構わず柿原は受話器をおろして、早寝の習慣とは聞いていたが、まだ電話をかけられて迷惑というほどの時刻でもないことをもう一度確めてから、その手でダイヤルを回した。呼出音を聞きながら、奈倉が出れば少々は話しこむことになるだろう、とまた時計を眺めた。

しかし電話には人が出なかった。たっぷり間をおいたつもりで、さらに二度、十回ほどづつ呼んでから受話器をおろし、まだ数分と経《た》っていないのを見たとき、半時間という間の長さを柿原は感じさせられて、この夜更けに奈倉家に人のいないという事態を、あの女性に早く報らせたいとでも言うのか、と自身のあせりに呆《あき》れた。

奈倉のところでは二人の息子がどちらも独立して家を離れていたことを、やがて思い出した。それなら、家を留守にしているのは、夫婦で出かけていることもあるだろうし、かえって悪いようなしるしでもない。女性にもそう話せばよい。これ以上しつこく電話を鳴らすのは、こちらが勝手に不吉な事態を呼んでいるようで、感心したことではない。そう思い定めて、女性の電話を待つばかりにしたとき、もう一度ダイヤルへ手が伸びた。駄目《だめ》押しに呼出音をしばらく数えるうちに、むこうで受話器が取られて、息をこらした女の声が出た。

「はあ、柿原さんでしたの」と言うなり、奈倉の細君は笑い出した。「すっかり御無沙汰しております」と追っつけた挨拶の声からも息切れが漏れた。

「どうなさいましたか」と柿原もあけすけにたずねていた。

「いいえ、いま表からばたばたと駆けこんできたところなもので」

「それは失礼しました。お留守でしたか」

「そうなの、奈倉が入院しておりまして。でも今夜の外出は、映画を見て来ましたのよ。切符をもらいまして。ほんとうに、二十年ぶり……」

奈倉は風邪をこじらせて肺炎になりかけたという。熱もあまり出なかったもので不精して放っておいたところが、居ても立ってもいられぬほどのだるさに苦しめられ、行きつけの病院で見てもらったら、肺炎のおそれがあると言われて入院をすすめられた。いったん家に帰って、仕度をしてタクシーでまた出かけた時には、医者に言われたせいだか、三十八度ほどの熱も出てぐったりとして、舌ももつれぎみで、辻褄《つじつま》の合わないようなことも口走っていたけれど、肺炎にまでは至らなかったようで、翌日には世話に来た細君を、照れくさそうな笑いをうかべて迎えた。それでも消耗が思いのほか深かったらしくて、いくらでも眠れるとよろこんでいるので、それに心臓が心臓だから、大事を取って病院にのこっている、そろそろ十日になるという。

「近頃は風邪が陰険でして。でも、早く気がついてよかった」

「これまで病院の世話になった人ほど、元気な年が続くと、病院へ足が向かなくなるものらしいのですよ。なまじ定期的に通っているので、横着になるのでしょうね。あとから聞くと、もう十日ほども胸が重かったと言うのですから、心臓の病い持ちが、あきれたものですわ。長年、何かにつけて、壊れものだ壊れものだ、と言ってきたくせに」

「僕なども今では、低気圧が通るたびに、胸やら何やらが重くなってますよ」

「お気をつけになったほうがよろしいのでは……。やっぱり雨の晩でした。気がついたら、寝床の上に起き直って、背をまるめこんで目の前の枕《まくら》をじっと見てるんです。人間、こうもまるくなれるものか、と思いました。俺《おれ》、やっぱり、おかしいな、と首をかしげるんですよ」

「恐かったのでしょうね」

「それが、面白かった、面白い体験をした、とあとで言うのです。今日も病院で柿原さんのお噂《うわさ》をしてました。一度、病院からでもお電話して、柿原さんに話してみようかって」

「それは奇遇でした……」

そのままはしゃいだようなやりとりになり、その勢いで柿原は数日のうちに自分のほうから病院まで話を聞きに、冷やかしに行くことを約束して話を切りあげ、あぶないところだったのだろうな、とひとり息をついた頃には、もう女性の電話が呼んでいた。

「入院はいつ、だったのですか」と女性は柿原に委細を聞かされたあと、その一事だけをたずね、声音《こわね》に陰鬱《いんうつ》そうなものがこもった。

「そろそろ十日になるそうですが」と柿原は答えてから、さきほどの女性の話したことと、微妙な喰《く》い違いもありそうな気がしたが、何も知らぬ自分には取りなしようもないので、そのままにした。

「安心いたしました。もう二度とお騒がせいたしません。ありがとうございました」と女性はきっぱり言って、柿原の受話器を置くのを待った。

もしも奈倉の細君の足がもう一歩のところで電話に間に合わなかったなら、今夜は見も知らぬ女性の不安と妙な縁でつながれて、自分も眠りにくい夜を過すところだった、と柿原はさしあたりもっぱらその事に安堵《あんど》して、寝仕度にかかった。


背の引き起されたベッドにもたれこんでくつろぐ奈倉の姿が、上半身だけでもずいぶんの大柄に見えて、柿原はさっきから話しながら怪しんでいたが、考えてみればもともと長身で体格にも恵まれ、若い頃には山にも登っていたような頑強《がんきょう》な男ではあった。それにしても、昨年の秋に会った時よりも、顔が大きくなったように思われた。痩《や》せて骨相が露呈したせいではない。見たところ、首からも肩からも、肉は落ちていなかった。顔色はほんのりとして、たえずひろげる笑みにも、憔悴《しょうすい》の翳《かげ》はあらわれなかった。

「花はもう散ってしまっただろうね」と、重病人みたいなことを、楽しそうにたずねた。

もう八重の時節へ移っていたが、おおかた葉桜となった染井吉野の枝々に、散りのこった花が今年はなかなかしぶとくて、数はすくないながらにひと花づつあざやかに、今を盛りの色でいつまでも咲いていた。病棟をつぎつぎに継ぎ足したせいだか館内複雑で、二度もエレヴェーターに乗せられて、長い廊下を渡ってたどり着いたこのうすら寒い部屋は、表玄関からどの辺にあたるのか、いったい地上何階にあたるのか、客にはしばらく居ると見当のつかぬ心持になったが、窓にはようやく花曇りというような空がひろがっていた。二人部屋のもうひとつのベッドを占めていた男は三日前に意気揚々と、奈倉を寝たきりになりかけた年寄のように慰め励まして退院して行ったそうだが、長逗留《ながとうりゅう》している病人のささやくところによると、かなり進んだ癌《がん》の診断をくだされているという。

「どうでした、このたびは」と柿原はようやくたずねた。

「どうもこうも」と奈倉は吹き出すようにした。「一病息災と思いこんでいたから、おめでたいね。一発で始末のつきかねないこのからだで」

「胸の重かったのは、だいぶ長いことだったの」

「秋頃に引きこんだ風邪がずるずると、直りきっていなかったようだね。半年にもなるのか」

「無理をしたのではないかな」

「いや、無理はもう四十代から、できないのですよ」

うしろへもたれこんでいるとは言いながら、胸を闊達《かったつ》に張っているのが柿原にはまた、心臓の持病や肺炎のことを思い合わせると、不思議に眺められた。全身がふっくらと、以前よりもよほど豊かになったように見えた。膝《ひざ》の毛布の上にのせた両手も大きくて、いかつく骨張っていた。

「なんだか、熱に洗われて、すがすがしくなったように見えるけど」

「たくさん眠ったせいだろうね。あるいは、もう数段、がくんと老《ふ》けこむ前触れかもしれない。もともと病後というのはいっとき、いちばん健やかな時ですから」

「面白がっていたとか、奥方の言では」

「面白くも何もありはしなかったけれど、あぶないところへ寄っていたにしては、気楽だったかな」

「タクシーで来たんだってね」

「乗りこんだ時は、しっかりしたものだった。環状線に入ったあたりから、一度に熱に浮かされた。あれは、あんなからだで通ると、上がったり下がったり、沈んだり押しあげられたり、大波の上を行くようなもんだね。走る車の中で終るというのも、あるんだなあ、と感心していたよ」

「心細くていけないな。俺も病人と一緒に環状線を運ばれたことがあるけれど、大型トラックがそばを走り抜けるたびに、あおりが車の中まで来るようで、骨身にこたえたものだよ。奥方ははらはらしていただろう」

「いや、亭主が威張った顔をして、三方を睥睨《へいげい》するようにしているので、病人のくせして世間に説教をしかける了見みたいで、タクシーの運転手にも周囲の車からの目にも気がひけて困ったそうだ」

「マーゴール・ミッサービーブ、周囲至るところに恐怖あり、か……」

「ああ、あなたは、知っていたんだねえ。あなたには、話したんだ」

目がいかつくなりかけて笑った。そのまま照れて打ち払うように見えたが、笑いは目もとでくりかえしひろがりきらず、やがてほとんど哀げな、咎《とが》めるふうな表情があらわれた。

「車の中から、何を見ていたか、話そうか」とたずねて、もう一度、笑みをふくませた。

柿原はひょいとうなづいて、この男の、女人に接する時の甘やかさを何となく思ったが、膝のあたりの毛布をいまにも鷲《わし》づかみにでもしそうに撫《な》でる大きな手のほうへ視線は行った。

「死びとを見ていたよ。あちこちにいた。いや、そんな陰気なことではない。人も車も街も、元気だった」

「死の舞踊か……死びとは昔から、元気なんですよ。しかしあの道路では、死びとだって車に轢《ひ》かれるぞ。車も踊っていたか」

「誰も踊ってはいなかったよ。往来していただけだ。しかし、人はあちこちで死んでいるんだねえ。何も知らずに」

「いずれ皆、亡《な》くなってしまうのだから」

「いや、今の今のことなんだよ。人が道を通るだろう、なにげなく顔をあげる、ああ、死んでるな、とそんなものだ。ああ、また生きている、とそんなものだ。のべつ死んで、のべつ生き返っている」

「一人の内で生きたり死んだり。すると、あちこちに、かならず何人か、死びとが歩いていて、しかも無事息災の昼さがりということになるか。車を運転している死びともいるわけだ。肺炎手前の熱にうなされていたにしては、陽気な預言者の目だな」

「威張って睨《ね》めまわしていたように、女房には見えたらしいけれど、じつはいきなり目抜きに入ってキョロキョロしている子供か田舎者のようなものだった。もちろん、心臓のあがりかけた人間の譫妄《せんもう》ですよ。それでも懐《なつ》かしくはあったな、場所からして」

「懐かしいって、あなた、あれは、我々にとっては近年まで無かった、新開の場所ですよ、あの環状道路は。まあ、もう二十年、三十年ほどにはなりますが」

「僕も、この年になるまで、けっこう近間なのに、何度と通っていないんだよ。車は好きでないし、新開の道路はやはりわびしくて。しかし子供の頃に、わざわざ郊外から街なかまで連れて行かれて、宵《よい》の大通りの端で待って、花電車の通るのを見物したことがあるんだよ。街はまだ暗くてね、明るく飾り立てられた市電の中にいる人間たちが、不思議なものに見えたものだ。あれと、内外逆転した立場にいるようで、おかしかった」

「その眺めなら、わたしにも覚えはありますけれど……」

結局は無事であったことを割引いたとしても、その時にはとにかく生死の境近くにあったはずの奈倉の体験をたずねる途中で、ひとりにわかに場所にこだわったことを柿原は訝《いぶか》った。ひそかに自身の記憶のほうを探ると、さきほどから奈倉の話を聞きながら、渋滞がちの正午前の環状道路を進むタクシーの中で、入院のための最低限の仕度を膝の上に抱えた柿原の隣の席から、右手をそろそろと、肘《ひじ》から小手ばかりを押しあげて、ここまで遠く家から運ばれて来ていまさら周囲に助けを求めるように、ほんの一瞬でもよいから一斉《いっせい》停車を懇願するふうに、くりかえし半端《はんぱ》な合図を表へ送る病み疲れた顔が、あたりを睥睨するがごとき奈倉の大きな面《おもて》と重なって、浮きつ沈みつしていたことに気がついた。道路の喧躁《けんそう》を覆《おお》って、所在をなくした女の嗚咽《おえつ》がひろがるような、幻聴めいたものが部屋の静かさの中へ降りて来た。

「街は暗いので、箱のような電車の明るさの近づくのが遠くから見えて、遠ざかるのもいつまでも目でたどれただろう……」

奈倉はすでに話の済んだ顔で、両手を膝の上に重ね、胸は張ったまま、耳を部屋の外へ、長い廊下に沿ってあずけているらしく、ゆるく目をつぶった、その眉《まゆ》のあたりから白く暮れていくふうに感じられた。

終日の歌

夢のように太い馬、体重は一トン前後になる。その馬たちが橇《そり》の自重もふくめて一トンを超える荷をひきずる。一トンと言えば通常の平地競走の馬たちのおよそ倍の目方にあたる。荷のほうの内訳は鉄製の橇のほか、大ぶりな馬具一式、七十五キロと定められた騎手の体重、それに加えてわざと載せられた鉛の板の、何百キロもの負担重量から成る。

輓曳、「ばんえい」と称する。輓も曳も、ひく。車をひくのが輓、挽柩《ばんきゅう》の歌は輓歌とも書く。馬タメニ天ヲ仰イデ鳴キ、風タメニ自ラ蕭条《しょうじょう》タリ。馬場にひきだされると風に嘶《いなな》くのだ、この巨大な馬たちは。元来は「ばんば」、輓馬とこの行事そのものを呼んで、北海道開拓農民の陽気で烈《はげ》しい祭りだった。現在では公営競馬のひとつになり馬券を発売する。la Banba と主催者はポスターの中で若者を招いている。

各馬一斉《いっせい》にスタートすると太い首を低く揺すり、豊満な背をうねらせる。一トンの荷をひいて、さすがに緩速ながら、それでも龍馬の俤《おもかげ》を見せる。豪気な眺《なが》めだ。直線五十メートルほど先にある第一障害、高さ一メートルほどの砂山へたちまち駆けのぼり、駆けくだり、ために砂塵《さじん》が濛々《もうもう》と立って馬群を掻《か》き消し、やがて風に吹き流されてあたりが晴れてくると、大方の馬が停《と》まっている。動いている馬たちも、のろのろとしか進まない。

四月の下旬、北見の辺は桜も咲いていなかった。雨の羽田から飛んで、女満別《めまんべつ》の空港に降りて館内から出ると、空気は爽《さわ》やかに、かりっと冴《さ》えていたが、肌寒《はださむ》いとも感じなかったのは、東京こそ四月の中頃《なかごろ》からまた天候不調で低温に悩まされていたせいだった。

「今年はいつまでも寒くて、うっとうしくて、病みあがりにはどうかとも思われましたが、どうせ十五年来の半病人、小人閑居してはいかなる妄念《もうねん》の起るやも知れず、それにナマケグセもつきますので、早々に退院、社会復帰いたすことになりました。結局は大学の新学期にどうにか間に合って三日と授業にアナをあけなかったのは、我が病いながら、律儀《りちぎ》なものです。それでも、外に出て人の顔を見てますと、自分がここにいることに、不思議なような気持がします。これも休み明けのせいでしょう」

奈倉から見舞いの礼かたがたそんな文面の手紙を、柿原は出かける前日に受け取っていた。

「病む春のどこへつくやら里心」と分かるような分からぬような句が末尾に添えられ、「少々の御迷惑をおかけしたようで」と追伸にわずかに見えた。

車に乗って信号もない真直《まっすぐ》な道路を行くうちに、後部の座席からサイドミラーをのぞくと、はるか後方までほかの車の影も映らなかった。左手にひろがるのは玉葱《たまねぎ》畑だそうで、ところどころから麦の青さが目に染みて、家々の庭先では仰山な鯉幟《こいのぼり》が風に泳ぎ、右手に低くつらなる山には黒い針葉樹林を背景に冬枯れの林がどこまでも続いて、やがて車は右へ折れて砂利道に入り、山越えにかかると道端のそこかしこに、フキノトウの咲いているのが見えた。ちょっと停めてもらって採ってくればよかったのに、と妻は言うだろう。そうだったな、宝の山に踏みこみながら、と柿原は答えるだろう。ほんとに、惜しいことをした、と現に目の前のふんだんな宝をつぎつぎに見送って運ばれながら、その残念の心にも、なにがなし愉楽を覚えていた。しばらくして、自分も何事か、病いでもしのいで来たところなのだろうか、とひとり首をかしげたものだ。若い二人の同行者の目には、自分はどの程度老《ふ》けて映っていることか、とついでに思った。

馬が停まるのはよいが、騎手が馬を停めてはならない、とそんな微妙な規則、微妙な手綱さばきになる。二百メートルの直線コースを、二つの砂山の障害を越えて、停まらずに駆け抜けることはいかな一トンの馬でも、これだけの重荷をひきずってはとうてい無理なようで、どこでどれだけ馬に息を入れさせるか、それが騎手の腕前であるらしい。騎手たちは橇の上に足を踏んばり、半身にひねり、ややのけぞるようにして、巨漢馬の肩から銜《はみ》まで遠くつながる莫迦《ばか》長い手綱をしゃくりあげてはたぐり、手綱の余りを鞭《むち》にふるい、その動作はいちいち烈しいが、馬を追うようでもあり控えるようでもあり、力を入れるのと抜くのとに緩やかな周期のリズムがあり、どうかして櫓《ろ》でも迫らず漕《こ》ぐ姿に見える。やがて馬たちは第二障害、高さ一メートル半ほどの砂山の裾《すそ》までてんでにたどり着き、そこで轡《くつわ》を並べて、また一斉に停まる。全馬、完全に静止する。ここ一箇所では、騎手は馬を停めることを許されるのだ。

奇妙な競走である。そうして横一列に並んで、馬に息を整えさせ、ほかの馬たちの出方をうかがう。するうちに、一頭がたまらず仕掛けると、三頭ばかりがそれに続いて、それらの首尾を見届ける呼吸でほかの馬たちも押しあがる。たいていが、登りきれないのだ。馬は砂山の上に出ても、橇は斜面にのこる。いったん勢が尽きると、それこそ騎手が押そうと引こうと、馬は砂地に足掻《あが》くばかりで一歩も進まない。口角から泡《あわ》を吹くが、目を怒らす力もない。淡いような目の光になる。尻《しり》を叩《たた》かれながら顔を前方からそむけてしまう馬たちもいる。涙を流すのもある。動物虐待《ぎゃくたい》との非難も主催者に届くそうだ。本来、肥育用、つまり食用に改良生産された馬たちであるのだ。明け三歳の時に、競走馬になるための能力検定があり、それに落ちると屠場《とじょう》へ回されるらしい。競走馬となっても十歳が停年で、繁殖用に生きのこれるのは、とくに牡馬《ぼば》の場合、まれもまれのようだ。

全馬立往生したきり騎手ばかりが躁《さわ》いで、十秒、二十秒、三十秒、あるいはそれ以上続くこともあり、そのうちに一頭がようやく橇を砂山の上へひきあげ、斜面を滑り降り、その勢に乗って、ゴールまであと八十メートル足らず、まだ山の上で足掻く馬たちを尻目に確かな速歩で深い砂地を突き進み、差はたちまちひらいて、勝負はあっさりついたと見えるが、そんな馬に限ってとかく、ゴールのもう間近まで来たところで、いきなり停まる。泣きを入れるように頭をあげる。きっと引いていた顎《あご》が、文字《もじ》どおり、あがってしまうのだ。すると、それを測ったみたいに、ちょうどその頃砂山を越えた馬が二頭ばかり、追い込んでくる。

豊かな鬣《たてがみ》を振り立てて、頭を低く押しさげ押しさげ、いつのまにかまた目を怒らせ、胸の筋肉を隆々と盛りあげ、馬具を甲高く軋《きし》ませて、とうに駆け足ではなくなりただの速歩にすぎないのだが、なにぶん前の馬が停止しているので差はみるみる詰まり、惹《ひ》きこまれて見ている目には悍馬《かんば》の疾駆に劣らぬ迫力に映る。たちまち追いすがり、並びかけ、相手をさらに立ちすくませて抜き去る——こともあるが、そこでまた、追い込んできたほうの馬がぱったりと、首をあげてしまうこともある。それまで梃子《てこ》でも動きそうにもなかった馬が、気が変って、そろそろと橇をまたひきはじめることもある。

騎手たちの動きは波打つがごとくになり、客たちはコースに沿って走り、「行けえ、そりゃあ」、「来るな、こら、停まれえ」と口々に叫び、「莫迦野郎、なにしてやがんだ」と悲鳴もあがり、馬たちは深い砂に足を取られがちながらじわっじわっと進んで、緩速のデッド・ヒート、あと二メートルもあれば道は遠く、あと一メートル、五十センチ、三十センチ、橇の後端がゴール線上を通過したところでゴールインとなる。

最初の砂山のそばでのどかに見物していたはずの柿原も、気がついてみればゴールのところまで来て、埒《らち》の外から身を乗り出して檻の後端を睨《にら》んでいた。そうして二日間、半日とまる一日、風の中で遊んだ。あわせて十幾度、馬と並んで駆けたことになる。二百メートルで二分から三分、三分から四分、これなら知らずに駆けられる。檻の尻から視線をほどいてあたりを見渡したとたんに人の群れの中から、さきほど下見所《パドック》で別れたきり忘れていた同行の青年と目の会ったことが幾度かあり、そのたびに、両人ともに馬券を取っていた。あの青年は、年はいくつなのだろう、とその笑顔を眺めて思ってはたずね忘れた。もう一人、四十にかかったという同行者はその間ずっと馬券売場からスタンドに詰めて、一点二点の大勝負をしては端ばかり掠《かす》められて気を腐らせていた。

競走の合間には、馬たちを下見して馬券を買いじまえるとさすがに寒さと疲れを覚えて、昔はこれも馬券売場であったらしく、一列に並んだ穴場、発売窓口を板で塞《ふさ》いだ跡の見える細長い棟の休憩所の中に入りこんで、椅子《いす》にあぶれた客たちにまじってふらりふらりと、あちこちに置かれたストーブの傍から傍へ渡り歩いた。端にこしらえられた畳敷きのコーナーに老若男女が魚のように寝そべるのを、自身もねむたく眺めやり、踵《きびす》をゆっくり返しその反対の端にある接待所のカウンターまでまた歩いて、サービスのスープ、魔法《まほう》瓶《びん》から紙コップに注《つ》いでくれるコンソメを、この味が妙に舌に馴染《なじ》んで、レースが終るたびに忘れられず、大事に啜《すす》っては喉《のど》の渇《かわ》きをやすめた。この無料のスープも、物が喉を通らなくなった日には、つくづく懐しく振り返られる、美味のひとつになるのだろうな、とそんなことを思った。二日目からは、黒地の額《ひたい》に北海道の型を派手な金色の糸で縫い取り、おなじ金糸で月桂冠《げっけいかん》の模様を長い廂《ひさし》にほどこした帽子を接待所の脇《わき》の売店で買って、これを若々しくかぶると、かえって年配相応の競馬客の姿が場内のガラス戸に映った。

輓曳はここ北見に、十勝の帯広、上川の旭川《あさひかわ》、空知の岩見沢、この四市の持ち回りで一年のうち百四十日ほども開催される。土地が変るたびにあのでかい馬たちを連れて、騎手、厩務員《きゅうむいん》、調教師たちはジプシーのごとく、町から町へ移動する。厩舎暮しを続ける。子供たちの小さい間は家族も連れて回る。子供が学校へ通うようになると、母親と一緒に家にのこすか、あるいは子供だけ親類の家にあずける。――地元の人の話すのに耳を傾けたなり、柿原は睡気《ねむけ》に惹きこまれた。いまどき馬は箱型の馬搬車で運ばれる。そのことはよく知っていても、あの夢のように太い、目の優しい馬たちをひきつれての大移動の光景が目にうかんで、物の匂《にお》いが鼻の奥にふくらんだ、その途端の睡気だった。

酒場の座敷にあがりこんでいた。半日競馬場で遊んだその晩、北見の街の盛り場のことだ。卓上にのさばっていた大ぶりな、ホッケとカレイとニシンの焼魚はあらかた骨になっていた。地元の人が客のために一存で選んであつらえてくれたもので、柿原の前にはたまたまホッケのひらきが置かれて、普段知るのとは倍も大きさがあるように見えて、これがこの年齢《とし》で食べきれるものかと尻ごみされたが、気がついてみれば若い二人よりも早く骨にして、骨つきのところまでつついていた。酒もよほど入った。今朝は早く起きて家を出た。しかし疲れの澱んだ睡気ではなかった。むしろ疲れを洗われて、いつでも滑らかに目覚めへ移れる、清流に目をあずけているような睡気だった。耳はひきつづき人の話を明《めい》瞭《りょう》に聞いていた。ただときおり、昨夜の話の続きと聞いているのは、人も土地も異なるのに面妖《めんよう》なことだった。

主催者の市営競馬組合の職員たちも輓馬《ばんば》の集団とともに移動する。必要な物を一式運びこむ。前の開催が終盤にかかる頃にはつぎの土地へ、広報、渉外、その他準備万端のために乗り込んでいなくてはならない。一年のうち九ヵ月ばかりは月に一、二度づつしか家に帰れない職員もある。町の旅館に泊まる。一晩や二晩の客ならともかく、ひと月も居続ければ、旅館の献立というものはおよそ変らないものだ。とくに朝食が判で捺《お》したようになる。そのことで朝っぱらから飯が喉を通らなくなり、晩飯はどうにか気を紛らわして押しこんでも、寝つきの悪くなる時期がある。そのことを心得《え》て、いっそ家族並みの食事を茶の間に近い部屋で食べさせる旅館もあって、料理の良し悪しは別として、さすがにそれなりの献立の変化はあらわれる。しかし開催のまだ始まらぬ日曜日もある。土曜日にかけて家まで往復するには疲れすぎている。長きにわたると、年配者は何かしら持病が出てくる……。

三度も居睡りして、目をひらくたびにすっきりと覚め、今の今まで静かに話しこんでいた声で、相槌《あいづち》を打ったり物をたずねたりしていた。そのつどあらためて、自分がこの座の、主客をふくめて年長者であることに気がついて、何のことはない、舟を漕《こ》ぎながらもそれなりの役をはたして座を取り持っているのを不思議に眺めた。夜の更《ふ》けかかる部屋の内でぽつりぽつりと睡気を滴《した》らせて喋《しゃべ》っては、ときおりどっと弾《は》ぜる笑い声を遠くから、あるいは遠くへ聞いている心地もした。もうひとつうつらとすれば、そこで昨日も明日もひとつの晩へほぐれて、過ぎたことも来ることも造作なく融《と》けあいそうでもあった。今から思えば、もう先が見えていたのでしょうね、時と所を構わず、閑《ひま》さえあれば居睡りしてましたよ、と話す声が聞えて、法事の席の果ての情景を思ううちに、いつのまにか、話の尽きかけた男女の部屋をうかべていた。

まんまるの蛙《かえる》で、口がほんとに、まるく、からだの半分ぐらいまで裂けているの、ほら、ちょうど……。蝦蟇口《がまぐち》みたいに、と柿原は口をはさんで目が覚めた。また居睡りをしていた。盛り場の角で地元の人と別れて、旅の客だけ三人で、ホテルで寝るまでの時間を過すために、値踏みをして入ったクラブの中だった。南米産の蛙で、わたしのは小さいけれど、掌《て》の内にすっぽり入るぐらいの大きさになると何万円もするの、昔は人の部屋に熱帯魚の水槽《すいそう》が置いてあるのを見るだけで湿っぽくて寒いような気持がして嫌《いや》だったのよ、こんな蛙まで飼うようになるとは自分でも思っていなかったわ、と言う。あなた、まさか、寝床のまわりにずらりと、水槽を並べているのではないだろうね、と柿原はふと惹きこまれて、からかうと言うよりは、ずいぶん親身な口調で聞いていた。そうなの、と女性は大まじめに答えた。場所がもう、間に合わなくなって。水の中へ空気を送るポンプのモーターの音が、部屋じゅうにずむずむと鳴っていて、たまに泊まりに来る人は、耳について睡れないの。おばあちゃんが亡《な》くなってから、魚を熱心に飼うようになったから、変だわね……。

その蛙、鳴きはしない、と柿原はたずねた。ガラスをね、こするみたいな声で鳴くの、これも可愛《かわい》くなるのよ、家の猫《ねこ》が鳴けば可愛いでしょう、と女性は答えた。

「餌《えさ》は何」

「生きたメダカ」

そばでにこやかに聞いていたもう一人の女性がゆっくり眉《まゆ》をひそめて、ウーロン割りをつくり出した。頭痛持ちではないか、と柿原は見た。

よく睡っているじゃないか、とホテルのベッドの中から声に出してつぶやいた。これは一日じゅう物に惹きこまれて眺めていた子供の睡りだ、と感心した。なかば寝覚めながら、熟睡の体感は破れなかった。自身の寝息も聞えていた。重病人でなくても、こうも昏々《こんこん》と睡り続ければ、身体《からだ》が寝床に触れる部分はおのずと、限られてくるものだ。地の支えとの接触が狭《せば》まったあまり、そこが罪のように快くなる、甘美なほどに苦痛になる、それが馴染《なじ》むということか。毛布の縁などを片手に握りしめている。岩場から片足を浮かしつつ岩角へかけた手のようにひたりと、それにしてはあどけない手つきの、あの握りしめたところから、夢は生じる、あそこに夢はあるのかもしれない……。

馬たちが見えた。肥肉の厚みもさることながら、ふさふさとした鬣や尻尾《しっぽ》の、豊かさ艶《つや》やかさがかえって業《ごう》のように映る。太い脚の先にも、毛がやさしく、蹄《ひづめ》の上にまで垂れかかる。それが深い砂の中で足掻いている。困憊《こんぱい》のきわまったが上に、もうひとしぼり、最後の力を出そうとしている。しかし、いよいよ淡い、淡く澄んだ目だ。顎をすっかりあげてしまって、歯をゆるく剝《む》いたまま、鼻面《はなづら》を風にあずけて、芦毛《あしげ》ならば斑点《はんてん》の文様が焼物の絵付けよりも鮮やかに浮き出すまでの、肉体の苦悶《くもん》をまるで後へ置きのこし、首から先だけ、遥《はる》かな静閑の中へ差し伸べて、眉でもほどいているふうに見える。あれがお父さんお母さんだったらどうする、お前の前生、お前の後生だったら、と耳もとでささやかれて、やるせなさに、子供は啜《すす》り泣き出した。

橇《そり》の後端がゴールを通過したところで、長くゆるやかな上り坂は尽きて下りになり、馬たちは今しがたまでの苦悶も無かった顔で、変らぬ重荷をひきずってぽくぽくと進む。やがて橇からはずされると、さほどに息を荒げず汗もかかず、厩務員に手綱をひかれて、野《の》良《ら》から帰るやすらいだ姿になり、馬房へひきあげていく。

回復が早くて、三日後にでもまたレースに耐えるが、しかし平地を疾駆させれば、巨体の心臓が持たぬという。

「はて、おかしいぞ」と、そこまで来て、柿原はまた目をひらいて首をひねった。禁煙のサインが点《とも》って、飛行機はすでに着陸の態勢に入っていた。シートベルトは乗り込んだ時のままに締まっていた。昨夜のホテルの睡りは、土地に着いて午後からわずか半日足らず遊んだ後のことで、まだ輓馬の綾《あや》をよくも呑《の》みこめてはいなかったので熱中にまでは至らず、無料のスープの味も知らず売店の帽子に目も留まらず、馬たちの姿も、夢となって現われるほどには、内に染みていなかったはずだ。あれはしかしたしかに、朝からまる一日、物に惹きこまれて眺めていた、そのなごりの夢だった。睡りの中でもそう感じていた。なにやら、「因果」とでも言うような、濃い雰囲気《ふんいき》を帯びていた。あの色に染まるまでには、幾度も馬たちを追って、人の欲に駆られて、走っていなくてはならない。

とすればこの機内の、この睡りの内のことか。今の目覚めに直接つながる夢か。暮れ方に競馬場から車でまっすぐ空港に着いた。薄暗い山道にまたフキノトウが白く咲いていた。俄《にわか》に冬めいた雨もよいの雲の下で節句の鯉《こい》たちが荒い風に揉《も》まれていた。館内の食堂で今日の酒にありついて搭乗《とうじょう》前のわずかな間に腹ごしらえも済ませた。声に起されて機内サービスの飲み物を貰《もら》った後、もう一度睡りこんだ。この半時間ほどの間のほかには、夢の現われるところもない。しかし遠い、まる一日は隔たっていることに感じられた。

昨日今日と、苦しい日程を押し分けて来たせいで酒さえ入れば居睡りをくりかえし、そのつど事の前後のほどけかかるのをそれなりにまかせながら、目をあげるたびに、まるで長いこと立ち暮していたのが足を踏みかえてそろそろどこぞへ去ろうとでもする顔つきを見せる。今の時をことさら踏まえなおし、その恣意《しい》さに感じて、わざと踏みはずそうとする、そんな魂胆でもありげだった。どこかで限界に来ているな、とこれはもう十何年来の、口癖に近いものだ。

「また雨のようですね」と隣から青年が声をかけた。

「出かけた時と一緒だね」と柿原は答えて、途中ずっと喋っていた心持がした。

乗客たちは黙りこんでいた。着陸前のこの癖だけはいくらこの乗り物に馴れても抜けぬものらしい。いまどき、大勢の人間が一斉《いっせい》に黙りこむ場面もすくない。日頃、気を躁《さわ》がせて暮しているせいだか、妙になまなましい、露呈に似た沈黙になる。このうちに何人かは、知ってか知らずにか、不治の病いを抱えこんでいるはずだ。

二十五年ほども昔に、柿原の知人の一人がこのまま羽田沖に沈んだ。やはり北海道からの帰りでこんな時刻、いや、これより半時間ばかり早い時刻にあたる。中年に深く入ってから、生まれて初めての空の旅だった。それまで飛行機を嫌《きら》い抜いてきたところが、俄かに社長の代理で招待旅行に加わることになった。生前、他人に迷惑をかけることを何よりも嫌った人だったという。おそらく、世の中の変化に困惑しながら、二歩も三歩もおくれて従《つ》いて来たその挙句の不幸だったのだろう。パイロットが着陸を焦《あせ》って高度を早く下げすぎたせいと推測された。遺体は最後の一人になるまで、何ヵ月もあがらなかった。

二十年ほど昔には別の知人が札幌からの出張の帰りに、白昼、羽田沖の上空から蒸発した。機内から人が消えるわけはない。羽田の空港の到着ロビーからその足で出発ロビーにまわり、近い便の空席をもとめて、千歳《ちとせ》まで舞い戻ってしまった。それだけのことだ。すでに気が振れていた。しかし半日とは消えていなかった。暮れ方にまた札幌の取引先に現われて、いつまでもだらだらと油を売る様子が、日頃几帳面《きちょうめん》な人にしてはおかしいとやがて怪しまれ、顔つきも変っていたらしく、東京へ連絡されて、「蒸発」と知れることになった。過労と診断されて半月ばかり入院した後、平生の人柄《ひとがら》もよろしかったようで、長年無事に、おなじところに勤めていると聞いた。なんでも、飛行機がじわりと沈みかかり、市街の眺めが迫ったとき、降りたくないなあ、とつぶやいたきり、後はろくに記憶もないという。今でもその半日の記憶は失われたままなのか。

　午後から吹き降りとなった日に、大阪から飛行機で戻る人と、銀座で待ち合わせたことがある。この分では到着が大幅に遅れるものと腰を据《す》えていたところが、相手は十五分と待たせずに、一段と激しくなった雨の中からふらりと現われた姿がなにがなし、心ここにあらずの様子に見えたので、よく帰って来れましたね、上空でだいぶ揉《も》まれたでしょう、といたわると、なにと目を剝いて、ここにゴムマリと野球の硬球があるとするね、これを強風の中へほうったら、どちらの軌道のほうが安定する、いや、静謐《せいひつ》なものでした、と一人でうなづいていた。国内でも大型機を使い出した頃のことだった。あの人はここも何年も、病気の後遺のため世間に復帰できずにいる。

「いちおう荷が降りるまでこれから五年とは、この年になると、長いなあ」

「だから、死んだつもりでやるよ」

「相変らず頑張《がんば》るね」

「いやいや、そんな威勢のいいことじゃない、もはや。万端において、死んだようにしているということさ。そのほうが、人も生きる、仕事も生きる」

会社でかなり長大な計画の責任の一端を背負わされることになった男と、そんな要領を得ないやりとりをかわした。二年ほど前のことになる。つい先月、ひさしぶりに集まりで顔を合わせたので、その後の苦労を案じてたずねると、前に言ったことを覚えていて、

「ああ、やすらかに、死んでますよ。まだたっぷりあるな、先は」と笑っていた。

「われわれはつねに、力に余ることをやって来たのだよ。突貫工事などと言えば騒々しく聞えるが、内実はひっそり、息をこらして支えて来たようなものだ。その修正と減速となればまして重みがかかるだろう。辛抱のいることでしてね、死んだ気にならなくてはならんのは、いよいよのことだ。死に厭《あ》きたぐらいのもんだ」としまいに軽い自嘲《じちょう》へそらした顔が、二年の内に白髪《しらが》のめっきり増えたのにひきかえ、やや危ういように若くふくよかになっていた。

窓の外へ目をやると、とうに伸びきったと見えた主翼のフラップがもうひとつ押し出されて異様に長く、その後端がほとんど直角に折れて、かすかに揺らぐようで、深く垂れさ

がるそのさまが、なにか日陰に育った淡紅色の、腐生植物の屈曲を思わせた。あそこにこそ、何トンもの重みがかかって、機体の速度を殺しながら宙へ支えているはずだ。じりじりと沈む翼の下にはさしあたり、灰色の霧のほかには何ひとつ見えなかった。

鬼が泣くというのは、あんがい、かぼそい声かもしれない。旅客機が沈みかかるたびに、都市の上空を覆《おお》って、その嗚咽《おえつ》が流れる。着陸にはやはり、時間の両端を断たれるような、哀《かな》しみはあるものだ。事が果てて、どこぞで申告している。今年の秋で五十幾歳になります。馬を眺めていたまでは覚えがあります。半日前のことか、十日前のことか、二十年も昔のことか、それとも着陸寸前のことか、もう確めるすべもありませんが、とにかく夢のように大きな馬でした、すっかり淡くなった目から涙を流していました……その間の、わたくしの身の振り方には、とりわけ間違いはなかったと思われます。

霧が透けて眼下から灰色の海が迫った。ひたとひろがり、あまねく微光に照らされて、もしも長いゆるやかな波の皺《しわ》を寄せていなかったなら、埋め立てられ均《なら》されたばかりの、いや、整地されてからもう久しい、広大な建設予定地に見えるだろう。そのあちこちに灰色の作業服を着た人間たちが点在して、それぞれの持ち場で黙々と立ち働いていても、不思議はない光景だ。頭上の切迫に感じてとてんでに頭をめぐらし、つかのま長い首を伸べてまた仕事にもどる。それがどれも二十年、三十年来すこしも変らぬ、蒼白《そうはく》に切り詰められた面相をしている……。

海に沈んだ墜落の犠牲者たちが波の間からつぎの事故機を手招いた、とそんな浮薄な怪談が当時巷間《こうかん》にささやかれた。地下鉄の中吊《なかづ》り広告の中からもけたたましく叫び立てた。今ではそれよりも、世の中の運行の要所要所に据えられて長らく死んだようにこらえる人間たちがいて失速を下支えしている、その人間たちのあまりにも深くなった沈黙があちこちで一斉に、もうひとつ極まったはずみにおのずと引力を帯びて、手招くということは、あるかもしれない。

飛行機が停止すると同時に、あらかたの客が立ちあがる。早々に棚《たな》から降ろした荷物を手に提げて狭い通路の行列に付く。扉《とびら》の開くまでにはまだかなり手間取るので、いま一度停滞と沈黙がはさまり、やりどころのない焦りとともに、所在なさが顔々に露《あら》われる。その様子が柿原などには、吹きさらしの中、いつ戸の開くとも知れぬ配給所の前に並ぶ人の列を思い出させた。おもに罹災者《りさいしゃ》たちの群れだ。それ以降に生まれたはずの年恰好《としかっこう》の人間たちにも、おなじ寒々しさが透けて出てくるから不思議だ。豊裕《ほうゆう》なほうの難民の到着の雰囲気にどこだか似ている、と言っていた男もある。すこしばかり早く機内を出たところでたいていはおなじ構内バスに押しこまれて運ばれることになるので乗客には得にもならないが、機内整理を急ぐ側としては、客があたふたと降りてくれて、少々は時間の節約になるので、おのずと持ちつ持たれつ世の助けにはなっているのだという見方もある。列のだいぶ動き出したあとも座席に居残って、もうひと眠り稼《かせ》ぐような顔でいる乗客もいるが、これはこれでたいそうこわばっている。

屋内にいても湿気が肌《はだ》に粘りついて、雨は細くなっていたが、終日降りしきっていたそのなごりらしく、白い靄《もや》が動くともなく街の上にかかっていた。時刻柄、地方空港からの最終便の到着が相継いで、五分と置かずに、大童《おおわらわ》な光が滑走路を駆ける。ふわりと降りて来て、着地したとたんに、まるで間違いのような速度に運ばれる。その賑《にぎ》わいを柿原は空港からいくらか離れたビルの、十階ほどにあるレストランから眺めながら、廃港になりかけた風景を目にしているような心持がした。廃港どころではない到着便の数だった。到着ロビーにはいよいよ大勢の客たちが流れているはずだ。雨の降り続いた日曜日の夜の街の暗さのせいかもしれない。しかし二十何年も昔の記憶に照らしてみると、国際便の発着の大方がよそへ移ったにせよ何層倍もの盛況であるはずなのに、芯《しん》から賑わいの引いているようなのを、じつはさきほど到着ロビーの雑踏を抜ける時から感じていた。人は空の旅に馴れ過ぎて華やぎもしなくなったか、ことさら飾《よそお》うのも面倒がるようになったか、と得心するつもりで見渡せば、そうでもない。降り立ったせいだか、結構、はしゃいでいる。着飾ってもいる。躁々《そうぞう》しいことは躁々しい。しかし目鼻立ちは鈍い。その中から、ひさしく耳が遠くなっていたのにふと気がつきかけたような、もうひとつ鈍い驚きの面相がのぞく。あるいは習いとなった険が、乾いた眉間《みけん》にひとりでに立つ。せかせかと歩く膝《ひざ》は折れぎみで、肩から背の張りが弱くて、そのために手入れの行届いたはずの衣服も皺ばんで、身体から投げやりに、うしろへ置きのこされるように、垂れさがって見える。埋立地の臭《にお》いが薄れた頃になり、場末の荒涼がいま一度露呈したか。

ひとしく欲望に駆られて世の中をここまで変えて来たと今から言えば、これも荒涼と聞えるが、欲望には欲望の、みずみずしさがあった。すくなくとも哀感はあり、濡《ぬ》れていた。哀感のあるところに、雑駁《ざっぱく》ながら賑わいは生まれた。その欲望も、人は相変らず物事に駆り立てられながら、芯で掠《かす》れつつあるのか。この国の民は、ひとまず自足が得られる、自足を得るべきところで、かえって荒《すさ》んで顔が醜くなると言われる。これも百年の業と取れば、悪びれることはない。紆余《うよ》曲折、さまざまな渋面を経たあげくに、いずれやすらいでいく。しかし欲望によって支えあげられていたものが、失速して沈みつつあるとすれば、さしあたり、どう難を免《まぬが》れたものか……。

「ここも昔は気取った、気の張ったものだった。あちこちで、一生のハイライトというような、人の光景が見られたものでね。ほんとうに、これきり絶頂になるのかもしれない、と感じていたんだね。今ではめっきり古びた。空港に降り立った後のちょっとの間、うらびれているには、恰好《かっこう》の場所になった」

思わず年寄めいた感想を口にしたとき、柿原の目はふたつばかり離れたテーブルで向かいあって食事をする若い男女の姿の上にとまり、そのとたんに自身の眉のひとりでにひそまったその反復の感じから、いままでに幾度か、目がそちらへ行っていたことに気がついた。グラスに赤いワインをつがせて、それぞれ一品料理を取り、目を見かわして熱心に話しこみながら、手もとはいかにも気怠《けだる》そうに、まずそうに物を喰《く》っていた。うら若いというほどではなく、稼ぎはあり世間にもそこそこ通じている様子で、身なりも大人の逢引《あいび》きにふさわしくやや地味に濃い目によそおって、どこぞに部屋の取ってありそうな熟《な》れた雰囲気から、男女ともに鏡を合わせたみたいに、物を口にふくんでは今にもほき出しそうに唇《くちびる》を角ばらせ、前歯を剝《む》いて、口先だけでねっとりと咀《か》むさまが、ついでに上顎《うわあご》から鼻《び》梁《りょう》のあたりまで、うっとうしくなった肉をのっぺりとめくりでもしそうに見えた。あれでは髑髏《されこうべ》の腹ごしらえではないか、早喰いの民のなれの果てか、と柿原は目をそむけ、自分こそ陰気になった面相をほぐそうとして、

「強者《つわもの》どもの夢の跡じゃないけれど」と、すでに到着便も尽きた滑走路の方角へ向かってつぶやいた。「ほんとに、金や色や、野心の亡者どもがここから大勢、武者震いするみたいにして、飛び立って行ったわけだ。もうこの世にいないほうが多いのだろうな」

死者たちの優勢がそろそろまた始まっているのかもしれない、とこれは口にせず、雨の降りしきる未明の幹線道路を念頭にうかべた。大型トラックが人をひっかけてはねとばした。横断歩道ではなくて、分離帯のあたりからふらりと出てきたものらしい。運転手は軽い衝撃を感じたきり通り過ぎてから、段々に不審を覚えたようで、電話で通報できる所までかなり走ってしまったので、轢《ひ》き逃げとなった。路上に転倒した人間は、後続の車にま

たはねられた。その車を、そのまた後続の車がしばらく追跡したが見失ったという。犠牲者はその間そのままにされていたようで、全体として奇妙な話だが、あるいは、トラックのすぐ後に付いた車が人を再度はねたのではなくて、何台もの後続車がきわどくハンドルを切って避けて行った、とも考えられる。通り過ぎる車の一台ごとに、路上に異常の発生した認識が鈍くなり、避け方も小さくなり、やがてほぼ真直《まっすぐ》に走り抜けた車は、路端に落ちた物をひっかけたかとぐらいにしか感じなかったかもしれない。大雨の未明の道路はどうかして、至るところに、物が転っているように見える……。

しばらく睡《ねむ》たげに黙りこんでいた男女が、うなづきあいもせずてんでにゆっくり立ちあがった。暗い後味をゆるくひらいた唇にのこして、疼《うず》きを運ぶような歩みながら、それでも部屋を出る時には腰をかすかに寄せあった。

足掛けにすれば何日にでも渡りそうな、そんな一日もようやく更《ふ》けたように、柿原は静かさを覚えた。

雨夜の説教

　窓の外に白い木の花を見た。五月の中頃《なかごろ》のことになる。午後から夕立ちが来た。厠《かわや》に入って出てくると家の内が暗くなっていたほどの急な空の変りようだった。幾度か雷が聞えて、雨粒が葉を叩《たた》く音もした。しかしさほどの大降りにもならず降りきりにもならず、曖《あい》昧《まい》な曇り日に移って暮れかかる時刻だった。

　部屋に淀《よど》んだ気をのがすために窓を開けたついでに、二階からすぐ手もとを見おろして、目に留めたかたちになる。薄暗がりの底に咲く卯《う》の花を思った。脇《わき》を通る路《みち》からの目隠しのために、わずかな敷地に植えられた幾本かの常緑樹が二十何年かを経てやや鬱蒼《うっそう》となったその間に、ほかの樹《き》の精力に負けたか埋もれて、葉も巻きぎみの小高木があり、何の樹とも知らずに過してきたが、その葉の間からかろうじて白く、周囲の青味にほとんど紛れて、かすかな疼《うず》きのように咲いていた。卯の花ほどに小粒ではなく、賑《にぎ》やかに群れてもいない。しかし咲いて早々にどこかすがれた影はふくみながら、やはり瑞々《みずみず》しい五弁の張りを見せていた。香りが立ち昇ってくるように感じられたが、それはどうやら部屋のほうから流れる、雨の降る前に薫《た》いた香のなごりのようだった。梅雨時の白い花を眺めていると、情が相手の男の存在を超えてひとり溢《あふ》れ静まってしまった時の、女の肌《はだ》のにおいを思わせられる、と誰かがつぶやいていた。

半時間足らずして知人から電話があった。もう一人の知人が月末に上京する予定があり、閑《ひま》もあるようなので、かれこれ二十年ぶりに揃《そろ》って競馬場へ出かけてみようではないかという相談だった。その打合せの済んだ後で雑談になり、自分はこの分ではとても、ぎりぎりもう十年、六十までしか持ちそうにもないので、と知人は言った。仕事の話だった。十五年ほど前に転職して小さな会社をおこしてから、今では三十人を超える社員を抱えて社長業に追われて暮す男で、いずれ子供も独立してくれることだから、もう十年も頑《がん》張《ば》ったら後はもっと楽になりたいということだったが、愚痴や悲鳴というよりも、働き盛りの頂点か、あるいはその手前から、先の体力を正確に測っている口調に聞えた。

あれもこんな季節だったか、と柿原は受話器を置いてから、思い出すことがあった。やはり十二、三年も前のことになる。その頃、柿原は今と同じ棟の七階に、そして八階の、柿原の真上にはその知人が住んでいた。そのまた真上、九階に住む主婦がある朝、人のまだ起き出さぬ時刻に八階の廊下の、エレヴェーターの脇から身を投げた。知人の家の扉《とびら》が、ドアフォーンも鳴らさず、はげしく叩かれた。廊下には一戸置きに、玄関からフラットで住まいに入る普通の式のコンパートメントと、玄関の内からすぐに階段をあがるミュゾネット式のコンパートメントとが交互に並んでいて、知人の家の戸口とその主婦の家の戸口とは階を異にしながらすぐ隣り合わせになっている。だから、あわてた管理人たちが間違えたのも無理はない。死者の身もとも、あの家の人らしいと見当をつけた程度で、はっきりと見分けられたわけでもなかったようだった。とにかく、扉を開けて出た知人はいきなり、奥さんは家にいますか、とたずねられた。もう出かけたと答えると、下まで確認に来てください、と手を引かんばかりに促された。事故死とだけ話したらしい。仕事の早番で一時間ほども前に出かけた細君が近所で交通事故に遭ったものと知人は思いこんだ。ほんのしばらくとは言っても、一分も続けば、それは長い。やがて、死者は寝間着のままだと聞いて、知人は管理人を問い詰めた。

その事をきっかけに、家族三人の暮しにはいまどき手狭《てぜま》とも言えなかった住まいを売り払って越すことになった。親たちの共働きのために昼間は一人で留守居をする日の多かった小学生の女の子が、上の主婦《おばさん》と呼ぶべきか隣のと呼ぶべきか、子供のなかった故人に生前なにくれと可愛《かわい》がられていた。夜更《よふ》けにエレヴェーターが停《と》まって廊下を近づいて来る足音は、廊下の床に防音はほどこされていたが、父親の帰りの遅い夜などには鋭敏になった子供の耳に立ちやすく、つれて母親のほうも物に怯《おび》えがちになった。故人は、あの美人の奥さん、とひと言で呼ばれた。美人の主婦と言われれば柿原にもいくつかの顔がうかんで、その中から、ああ、あの人だったか、と得心も起りかけたが、結局はどの女性とも分からなかった。そもそも見てもいなかったらしい。今から思えば、まだ三十代の女性であったはずだ。

それからまた半時間ほどして電話が鳴り、これは原稿の依頼だった。五月の最終の土曜日の夕刊に季節の随想を書いてほしいという。締切りが今から一週間ほど後になることを確かめて注文をひきうけてから、柿原はふいに思い出して、去年のその日にも、私は書いていませんでしたか、と妙なたずね方をした。それとも、一昨年だったかしら、とおぼろになった。さて、誰の担当だったのでしょうか、と相手は首をかしげ、確認して折り返し連絡しますと言って電話を切った。その電話がまた鳴った時には、梅雨の晩に暗い生垣《いけがき》に一輪白くぽっかりと咲く幻花、つまりは目の錯覚の話を書いたことを柿原は思い出していた。牡丹《ぼたん》ほどの大きさに、卯の花のように白く、などと書いたようだ。いずれ昔の体験である。六月には父親を亡《な》くしている。姉が癌《がん》の宣告を受けたという知らせの入ったのも六月だった。いや、じつは私の担当でした、すっかり耄碌《もうろく》しまして、と相手は電話の中で苦笑していたが、柿原よりはひとまわりほども若いはずだった。こちらこそ、気がつかずにひきうけていたら、きっとそっくり同じことを書いてましたよ、と柿原も笑って話を切りあげた。それから、その間にすっかり暮れた窓へ目をやり、さきほど花を見つけた時のまま細くあいたきりなのを眺め、こんな小さな、出来事とも言えない出来事が三つもあれば、何をやろうと、やらずにおこうと、一日は尽きる、とこの感じようは悪くないと思った。

高層ビルに沿って上昇風にあおられながらそれでも地を刺す勢で降りかかる雨脚の、なにやら物の像でもいきなり宙に掛かりそうな高みを仰いでは、おもむろに目を瞠《みは》るようにする関屋青年の顔を、三白ぎみだな、この人も、と脇から眺めやりながら、柿原は今日のところあまり触れたくもない話題へ、やはりひっぱりこまれることになりそうなけはいをすでに感じていた。もともと、先月家まで来てもらったとき、例によってすこしばかり危げな雑談のついでに、犠牲《いけにえ》と言えば、これを神殿の祭司のもとに集中させたのは、家畜の生産管理と人畜の疫病《えきびょう》抑制の役も兼ねていたようだよ、と旧約聖書からなまかじりに読み取ったことを口走って、存外に青年の興味を惹《ひ》いたのは、柿原の罪であった。

三方をビルに囲まれて、表通りからは一階分ほど低くさがり、ちょうど早い暮色の漂いはじめた大雨に打たれて人も通らず、中央に植えられた樹木もけっこう繁《しげ》って、まるで蒼然《そうぜん》とした門廊を抜けて前にひらけた中庭のような、いや、それほどでもないがそんなものを遠く連想させるには足る風景が、たかだか二十何年の新開のビル街のはざまに人目を盗んで一時《いっとき》ぽっかりと出現しているのになまじな心をそそられて、いったん腰を落着けたガラス張りの内から、わずかな庇《ひさし》の陰に寄せられて雨をかぶっていない戸外のテーブルへ、前払いのセルフサービスの店なのをさいわいに、青年を誘ってビールを抱えて移ったのも、柿原の酔狂だった。これだけ間近からひたむきの雨に迫られていると、良い年をした柿原といえども、高みへ吸いあげられるか、どこぞの底へ引きずりこまれるか、はてしもないような気分にすこしばかりは染まった。

「雨のおかげもあるのだろうけれど、こんな見え見えの工夫でもって、人を遠い土地にいるような気分にさせるのも、なんだか罪なような話だね」

柿原が照れてつぶやくと、はたしてそれが引き金となって、関屋はこの前中断したところから、この青年の癖で、いきなり話題を継いできた。

「先日の罪祭というのは、英語では purification-offering というんですね。確かめてみました」

「ピューリファイね、なるほど、きよめるか」

「ドイツ語のほうでは、つぐなう、あがなう、という意味の言葉をあてると、そうおっしゃってましたね」

「今では雅語だそうだけど」

「ラテン語ではどうなんですか」

「知りません」

頓狂《とんきょう》な声の女の子でも通りかかってくれればよいのに、と柿原は今まで人影のたまま絶えているのを楽しんでいたくせに、助けを求めるように雨脚を透かした。青年が異性との事に行き悩んでいるらしい様子はもう何ヵ月も前にその言葉の端から洩《も》れていたが、その後どう進行しているかは顔からも口調からも一向に読めず、ただ青年の関心が、どうやらその事と結びついて、妙な方角へおもむきがちなのは感じられた。このひと月の間にもさまざまな知識をたくわえてきたようだった。

「罪祭は、神の法にたいして、重い違反が犯された時におこなわれるのでしたね。ただし故意ではなく、知らずにの場合……」

「取りなしの儀式であるからには、知って犯した罪は初めから除外されていたのだろうね。あるいは、これほどの違反は知って犯すということは有り得ぬという方便かな」

「違反の主なものは、証言の義務の不履行、死んだ獣からの触穢《しょくえ》と、人から発する触穢、それに偽証および偽誓でしたか、これは本人にとっての有利不利にかかわらずだそうですね。結果として不利になるのならともかく、本人の不利においてなされる偽証というのはあるかしら」

「そこは故意ならざる偽証ですから。事は前提からして微妙になるわけだ」

「それにしても、この四つの組合わせと順序が、僕には不思議におもわれるな」

「まあ、順序はどうでも、証言に関することと、触穢に関することと、この二つに分けられるね」

「偽証と触穢とが、同じ範疇《はんちゅう》に入れられるんですね」

「偽証も、すくなくともそのあがないにおいては、触穢と同じ扱いを受けるということかね。逆もまた成り立つか。触穢も偽証と同等の罪だと。分かるようで、よくも分かっていないのだろうね、われわれには」

「罪祭を求める当人がまず犠牲の獣の、頭の上に手をおくのでしたね。そして、ほふる。ひらくのも当人の仕事でしたか。そこから後が祭司の役で、まず獣の血を指に取って、祭壇の、角《つの》と呼ばれる部分に塗る。血でもってきよめる。のこりの血はすべて祭壇の下へそそぐ。そしてすべての脂《あぶら》を、内臓をつつむ脂もふくめて祭壇の上で焼く。煙として立ち昇らせて神に捧《ささ》げる。肉は祭司たちのものになる。これを食べなくてはならない。聖所の前庭で、聖別された場所で、食べなくてはならない。罪祭の肉はきわめて神聖なので、これを食べなくてはならない。資格もなくその肉に触れた者は死ぬ。しかし血はいっさい、食べてはならない。この禁を犯した者は、民の内から絶たる、というのは追放でしょうか。追放されればいずれ野垂れ死にということでしょうね。血の内に生命はある。それ故《ゆえ》、すべての血は、贖罪《しょくざい》のために、祭壇にそそがれる。血の内には生命があるので、血は生命をあがなう、生命をきよめる力を持つ。それ故、食べてはならない。犠牲の飛び血を受けた者は、聖別された場所で、身を洗いきよめなくてはならない。血はいったい、神聖なんですか、不浄なんですか。本来神聖なので不浄、ということはあるんでしょうね。その逆はありますか」

「ずいぶん詳しく読んできたものだね」

「いえ、先日、柿原さんから聞いたことを、復誦《ふくしょう》しただけです」

「そんなことを話したかしら。だいたい、僕はそのことに、そんなに詳しくないよ」

「長いこと、話しておられましたよ。ちょうど通り雨が来て、部屋の内が暗くなって、過ぎるまで、脇目も振らず口調も乱さず。柿原さんにしてはめずらしく、据《す》わったみたいな話され方だと見てましたので、覚えがあります」

「いやだねえ……エセ説教師みたいじゃないか。覚えがないんだよ」

柿原は苦笑して青年から視線を遠くへのがして、ちょうど一段と強く、甲高いほどにざわめき立てる雨の音の中で、大通りのむこうにそびえるホテルの、三分の二ほどの高さから上層がいきなり断ち切られて、薄黒い靄《もや》の中へ包みこまれたのを、暗くなった窓へ部屋の内から目をやる心地を思って眺めやり、また悪い日に悪い話になったものだ、とひそかに息をついた。


——人間は神にたいして、心の安静よりも良きものを差し出すことはできぬ。不眠の勤めやら、断食やら、祈禱《きとう》やら、ありとあらゆる難行苦行も、心の安静にくらべては、神はこれを尊しとせず、また求めもせぬ。人が神に安静な心を贈ること、それ以上の何事をも神は求めぬ。そしてこれを贈られた時、神は人の魂の内においてその業《わざ》をおこなうが、それはいともひそやかにして高き業であるから、被造物たるものはいっかな、その業に仕えることもできなければ、ただただそれを眺めることもできはせぬ。まことに、われらが主イエス・キリストですら、被造物であるかぎりにおいては、そこをのぞき見ることはかなわぬのだ。永遠の知恵なるものは、いとも繊細なる質にして、いとも深い羞恥《しゅうち》の器であるからして、いかなる被造物の、いかなる干渉にも堪えぬ。いかなる被造物に端から眺められることにも堪えぬのだ。

そんな文章が、その日の正午前に届いた奈倉の封書の中から、まず手について出てきて、三読するうちに柿原はかすかな、怯えのような感情へ惹きこまれた。咎《とが》めの手紙と取ったものだ。しかし、たまたまかすめるほどに触れることになった奈倉の秘事らしきものに、その後ささやかながら関心を抱いていなかったと言えば嘘《うそ》になるが、それを本人の前であらわした覚えはなく、かりについ洩れて相手の心を煩《わずら》わせていたにしても、奈倉の温厚な、率直さにつとめる人柄《ひとがら》にしては、これだけもってまわるのは、やりようがどぎつすぎて奇っ怪だった。あるいはと、柿原はしばし不吉なようなことを考えた。いかめしげな文章の底から、陰気な渋面の、諧《おど》けた口調が聞えるような気もした。結局は、続いて手にした「私信」のほうを通読して胸を撫《な》でおろすことになったが。

——ヒンシュクめさるな。大兄の笑覧に供します。西洋中世は十三四世紀の渡りの神秘主義者マイステル・エックハルト、むかし大兄が眉《まゆ》をひそめて読んでいるところをどこぞで見かけましたが、その説教の一節です。じつは小生初読で、もうつかえつかえ、行きつ戻りつ読むうちに、こうもまあ否定文を連ねられることに感歎《かんたん》のあまり、そのまたごくごく一部を訳し取ってみました。あまり厳密とは申せぬ試訳、遊訳、手すさびです。過去に聴衆をして熱狂砕身せしめた名説教といえども、文献としてのこされたものをただ読めば、陳腐退屈きわまりないのが大半なのだそうですが、これなどは、感激の力に見離されて眺めると、かえって、おもしろくはありませんか。人の魂の内において父なる神のなす、ひそやかにして羞恥あふるる業とは、近年めっきり回らなくなった小生の頭脳によりかつがつ拾いあげたところでは、魂の永遠の今において父はそのひとり子を産むのだそうです。それに応《こた》えて魂はひとり子を父の内へ産み返し、そして自身も父の内においてふたたび、ひとり子として、産まれるのだそうです。まことにミュスティック、取りようによってはエロティックなことです。しかし小生いま、山中の夜の雨の音の中で、無信の徒のくせに考えたことなのですが、神のなす業のうちには、ひとり子を産むことばかりでなく、そのひとり子を亡《ほろ》ぼす、その受難、その犠牲、その刑死もふくまれるとすれば、そのふたつがひとつのことだとすれば、当のイエスですら被造物であるかぎりにおいてはのぞくことも許されぬ秘事とはちょっと、陰惨の色をおびませんか、如何《いかが》……。

山中と言いましたのは、小生やはり予後のオーヴァーホールが必要なようで、御免蒙《こうむ》り一週間ばかりの予定で、そんなに遠隔の地ではありませんが、ほんとうは温泉にあまり漬（つ）ってはよろしくない身体（からだ）なのですが、まあ、そんなところに来てます。雨が降り続いてます。山腹に寺があり、夜昼幾度か、太鼓を連打する音が伝わってきます。皮まで湿ったような響きながら、どろどろと谷間の雨の中をよく通ります。聞いていると、信心よりも、酔狂の心が起りそうなので困ります。最後にひとつコトンと叩いて止《や》むのがおかしい。空耳の時もあるようです。

先の説教の続きを、もう一節だけ、訳しておきます。

――それ故、われらが主は言った。わたしはわたしの花嫁を荒野へ導き、そこでその心へ語りかけたい、と。その意は、あらゆる被造物からはずれた、荒涼の境へ、ということである。

封筒の消し印は都内となっていた。書中に日付けは添えられていなかった。家に戻ってから投函《とうかん》したにしても、しばらく投函を忘れていたにしても、ここのところ、この都会から遠隔でもない山中で雨が降りつづくような、そんな天気だったろうか、と柿原は首をかしげたが、急いで仕事を片づけて出かける支度をしなくてはならなかった。

淡々として乱れもない筆跡だったが、あれは幾夜にも分けて書き散らしたのを、あとから楽しんで清書したものではないか、と手紙のことをもう一度思って、大通りのむこうのホテルへまた目をやると、その間に雨雲が高くへひいて、細長い高層ビルは雨明かりの中で端々まで陰翳《いんえい》を奪われて、身の置きどころもなげに立っていた。かりに家に戻ってから書きまとめたにしても、あれは旅中の手紙であることに変りがない。実際に書きつけたのと、文面の中ではあちこち時間が前後したところで、それも自然の流れだ。たった一夜の雨でも、ひたむきに降れば、七日も降り続いたのにひとしい。寝覚めて聞けば生涯《しょうがい》の雨、ということもあるだろう。太鼓の音がすべて空耳であってもかまわぬ、とこだわりの尾を引きながら、柿原はさっきからこちらの沈黙を困惑して眺めている関屋に気の毒になり、自分から話を継いだ。

「病気恢復《かいふく》の後にも、犠牲を捧げるようだよ。お礼なのか、それともやはり罪祭のたぐい、きよめなのか」

「病気も穢《けが》れなんでしょうね」

「病気も間違いなんだろうね」

「流出ある者、というのがありますね」

「ウミ、タダレ、だろうか」

「英語では、a discharge とありました。from his private parts と」

「ヒズ・プライヴェイトね、おもにどちらの性を想定しているのだろうか」

「その病人の寝床やら椅子《いす》やらに触れた者も穢れるそうです。衣服を洗って、身も水ですすいで、晩まで穢に服するそうです。しかし、病人に直接触れた者も同じ扱いのようで」

「近代よりもはるかに少数でも、ある意味では近代よりも密集して、暮していたのだろうね。雑居家族に近いところがあったとしたら、いったん悪疫《あくえき》が発生したら、ひとたまりもない」

「本人は流出がやんだら、七日数えて、やはり衣服を洗い、身を清水できよめ、家鳩《いえばと》の雛《ひな》を二羽持って聖所まで行く。門口で祭司に贄物《にえもの》を渡すと、祭司は一羽を罪祭に、一羽を燔《はん》祭《さい》に捧げて、それで良くなるのだそうです」

「夢精も穢になったはずだよ」

「全身を水で洗って、晩まで穢だそうです。しかしあたり前に女性に接した時も、おなじなんですね。この場合は、男女とも身をきよめることになりますが」

「たしか、晩から一日が始まるんだね。だから、夜にまじわったとして、まる一日の穢になるわけだ。公務につかず祭事にかかわらず、ほんとうに一日ひきこもって休んでいられるとしたら、これはいい制度だよ」

「その点でも、生産の調整と悪疫の抑止になりますか」

「さあて、調整はどうだか。いささかの儀式でもそれに伴えば、後日、混乱がその分だけ、すくなくはなりそうだけど。それはともかく、ひとつの危機ではあるだろう、危機のはずだろう、男女の相接するということは」

「妊娠のことですか、性病のことですか」

「いやいや、悪菌と言わず、あらゆる持合わせの細菌を交換しあうようなものだから。もちろんウイルスもふくめて。双方がそれぞれ日常の、いわば細菌群の系の、微妙なバランスを保って生きている、それがひとたび、揺らぐわけだ」

「つらいのは、そのせいですか」

「ひかれるのも、そのせいだろう」

「なれるというのは、系がまた安定するということですか」

「両者をつつんだ系がね。肌が馴染《なじ》むというやつだ。しかしそうなると、その系はつねに更新されなくてはならない。系そのものが、存続のために、更新をもとめるわけだ。すると今度は外にたいするバランスが揺らぐ。困ったことで……」

「それなら、長年の夫婦には、さっきの規制は無用じゃありませんか」

「あれはね、一夫多妻の世界の律法なんですよ」

「ああ、そうでしたね……」

「ところで、出産の穢の重いのは洋の東西を問わずのようだけれど、あれはどうなっていたかしら」

「男子出産の時には七日の穢で、八日目に赤児《あかご》に割礼がほどこされて、産婦はさらに三十三日、浄になるまで待たなくてはなりません。女子出産の場合は十四日の穢で、さらに六十六日の謹慎のようです」

「長いものだね。それで、その後で犠牲《いけにえ》は捧げるのかしら」

「期が満ちたら、産婦自身が一歳の羊と一羽の鳩を聖所までたずさえ、聖所の門口で祭司が鳩を罪祭に、羊を燔祭に捧げるそうです」

「女性がほふるんではないだろうね。頭に手をおくぐらいのことはするのだろうか」

「鳩の場合は、祭司が首を折って、頭を刎《は》ねて……そうするそうです」

「だから、神殿で鳩を売っていたわけだ。それにしても、永遠の今というから絶えず、絶えず出産がなされているとすれば、絶えず穢にあって、絶えず犠牲が捧げられていなくてはならぬことになるか」

「聖所は毎日、朝から晩まで、獣たちの叫ぶ声で賑《にぎ》やかなことだったでしょうね……永遠の今というのは、どういう習俗ですか」

「いや、魂とやらの内のことで。話せば、時間がなくなる」

「魂ですか。イエスの刑死は、古代世界の犠牲の集大成であり止揚である、とおっしゃってましたね。キリスト教が公認されてまもなく、犠牲が禁じられたそうですね。でも、それは、受難の内に流血の儀式が凝縮されて保存されたことになりませんか。あまり近づきたくないな」

「近づきたくないと言ったって、あの高層ビルにも、十字架が内在していないとは、かぎらないよ」
「いやだなあ……それにしても、晩から一日が始まるとは、どんな暮し心地だろう。ああ、そろそろ一日が始まるようですね」

日没が始まったようで、勢のややゆるんだ雨脚が明るさをふくんで、地表にあまねく、どこから差すともなく、かすかな赤味の、菫色《すみれいろ》のかかった光が漂った。椅子から今にもずるずると前へ長く滑り落ちそうな恰好《かっこう》のままひたと留まって雨に視線をあずける青年の顔も、ビールの酔いばかりでなく、厚い雨雲を通して伝わる夕映えの影に染まった。柿原の手の甲も、血管を荒く浮き立たせて赤っぽく照った。大道はもうかなりの人通りのはずだが、雑踏のけはいはひきつづき雨の音に隔てられていた。降りつづいた一日がつかのま明るんで暮れていく時刻には、遠近感が薄れて、身投げが多いとか、ふっつりと姿を消す者がすくなくはないとか、そんな話をどこかで聞いたような覚えがあるけれど、とあたりの明るさをもう一度測るように見渡しかけた柿原の目に、右手のほうの、コンクリート造りの四阿屋《あずまや》風の小さな休憩所の中から、ベンチにひとり端然と坐《す》わる若い女性の姿が映った。もう長いことそこに坐っていた姿の静まりが、目に入った瞬間から感じられた。なぜ、気がつかずにいたのか、と柿原は訝《いぶか》った。そう言えば、あの屋根の下はいましがたまで暗く翳《かげ》っていた。そこだけ黒い陰がわだかまるので、幾度かは柿原の目を惹《ひ》いていた。それが今では、かるくうつむいて身じろぎもせぬ女性の姿を中心にして、遠隔の夕映えがほかよりは濃く、はっきりと菫色に集まっているように見えた。

「もう夏至が近いんだ」と関屋青年が息をついた。「今度の休みの日には、庭の雑草をざっと引いておかなくては、夏に入ったらもう手がつけられなくなるから」

「あなたは母上と二人暮しだったね」柿原は急に大人びた青年の物言いに驚かされた。

「年寄と暮していると、庭の草やら水はけやら、お天気のことが気になるものですよ。天井の染みやら神経痛やら」

「年寄と言うけれど、あなた、僕とどっちかというお年でしょうが」

「三十の年の子なんですよ」

「だからさ、大差はないのですよ」

「古家に住んでるものですから」と関屋はあっさり答えた。「雨漏りもしますので」

うまく答えたな、と柿原は妙なところでうなづいた。なるほど、床や天井の湿気から免《まぬ》がれた住まいではあいまいにしか、年は寄らないのかもしれない、と感心しながら視線は四阿屋の内の女のほうへ向けて、あれは目を伏せているか、それとも、こちらを眺めているのだろうか、とまた訝った。そこはかとない微光を集めたとは言っても、やはり雨の暮れ方のことで、顔つきはよくも見えなかったが、かすかな額の傾け方に微妙に張りつめたものがあり、目を伏せぎみにして見る、しかも上目づかいではなく、視線はややはずれながらに直視よりも深く、眉《まゆ》で見つめるようにしている。しかし、距離を考えれば、そんな眺め方はあるものでなかった。年はけっして若くはないと見分けられた。

「老母と中年の息子とのつくりなす、細菌群の系とは、どんなものでしょうね」

「中年と言うけれど、三十までにまだ三年はあるのだろう」

「堅固なのか脆弱《ぜいじゃく》なのか。疫病記をいくつか読んで、そういう親子がどんな運命をたどったか、むごいところを眺めてやろうと思いましたが、そんな事例は見あたりませんでした」

「結婚の心あてはないの」

「一時、女性に会って家に戻ると、つぎの晩ぐらいに、おふくろがかならず風邪をひく、あれには閉口させられました」

「閉口ねえ、罰《ばち》あたりが。孟母《もうぼ》の風邪ひきですよ。それにしては息子にトウが立ちすぎてるか」

「まあ、偶然でしたけれど。大体、僕などは家に、寝に帰るようなものなので、細菌群の系と言えば、五年前に死んだ親父《おやじ》の力のほうがまだ強いぐらいのものでして。旅行から戻って家に入ると、においで分かります」

「いずれにせよ、あなたは、おふくろさまのことを話すにも、自身のことを話すにも、どうしてこう、実際よりも老《ふ》けさせるのだろう」

「おふくろはまあ、早々に年寄を決めこんだ女ですが、僕のほうは、ほら、僕らの世代はからだつきがいつまでも稚《おさな》いでしょう。幼児みたいにポッコリしたところへ、中年の肉がかぶさってくるでしょう。大事なところで、節《ふし》をつくりそこねているのですよ。あぶないんです。わたしの友人に、まだ二十代なのにいわゆる成人病の症状で入退院をくりかえして、勤めをやめてしまって家で起きたり寝たりぶらぶらしているのがいますが、その男が忠告して言うには、結婚するにしても何にしても、もう一年そこら、俺《おれ》の身体の成り行きを見定めてからのほうがと……ほんとうに、年寄の面相が透けて出てるんですよ、もう妻子もあります、つい三年ほど前までは何事につけて乗りやすくて躁《さわ》ぎまくっていたのに……あそこの女性、お気づきですか」

だんだんにつぶやくように話していた青年が声をひそめて注意を促したとき、柿原は思わず女性から目を逸《そ》らした。そのわずかだが急だった動きがこの距離から、瞬間むこうへ伝わったように感じられた。

「あれはもう長いこと、もしかしたら半日も、あそこにああしているはずですよ」と青年は声をひそめながら断言した。「あちこちで、ああいう女性が、見うけられるのですよ。僕にはなんだか、怖くてしかたがない。三十から四十過ぎまでの女性たちでしょうか。人を待っているのではないのです。何事かを待っているようでもないんです。男は勘違いをしてはいけない」

「そんなに、あちこちにいるの」

「あちこちはたぶん言い過ぎでしょう。しかし僕の目にはけっこうつくな。仕事上、一日のうちに、同じところを何度か、往《い》き復《かえ》りに通ることがあるでしょう。こんなところのこともあるし、たとえば、ホテルにこもった筆者のところへ通うことがありますね。宵《よい》の内に一度、夜半に一度、それからもう夜明け近くに一度とか。その最後の、ロビーを抜けて出るときに、さかのぼって気がつくのですよ。たしかに宵の内から、同じ場所に、同じ恰好で坐っていたなと。そんな見え方なんです」

「よくいられるね。今の街では、ひとりでじっとしていられるところはすくないよ」

「場所柄、どうしても、想像することはあるでしょう。しかし、それとははっきり違います。身なりは洗練されていて、顔つきはきりっと締って、世に出て、相当に働けそうなんです。ヤサぐれたとか、タクシー代もないとか、そんなことでもない。姿そのものが、すぐ前を通る人間の目にも入りにくいほどに、拒絶的で……」

「拒絶ならば、かえって人目に立ちはしないか。いや、そうでもないな。姿が人の目に入らなくなるほどの拒絶はあるだろうな」

「そこまで来て、そこもいやだけど、どこへ行く気も帰る気も失《う》せたのだと、僕には思われるのです。居所もない所に、所を占めて、居所のなさそのものになりきっていると、周囲のほうが所として、死んでいくような」

「まるで幽霊だね。すっと立つかわりに、じっと坐っている」

「僕もそう感じてました。しかしそのうちに、あの人たちの目には、僕らこそ、亡者の姿に映っているのではないか、とそう思うようになりまして。とくに、ロビーから外へ出るときに、目をあげて……背中を見られているような気のする時があって、怖いのですよ。ロビーの腰掛けの端に何時間も静かに坐っていたのが、ふっと目をあげて、ごく自然に立って、ごく自然に表へ出て、その足でまっすぐ車道へ、走って来るトラックの前に立ったという話を聞いたもので。まわりの人間が完全に亡者に見えおおせたとき、あれはたやすいのかもしれませんね」

いま立ちあがってくれるなよ、と柿原はつい青年の話に惹きこまれて、一瞬呪縛《じゅばく》でもするような視線を彼方《かなた》へ走らせ、その返しで、用もない戦慄《せんりつ》に背を撫《な》ぜられかけて、よせよ、と照れて目をゆるめた。そのとたんに四阿屋の下から、たしかに紫がかった衣裳《いしょう》の女がゆっくり立ちあがり、数段の階をこちらへ向かってまっすぐに降りると、青い傘《かさ》をひろげて右のほうへ歩き出し、またくるりと人形めいた感じで左へ向き直ると、大通りへ続く石段を傘だけが見えて登って行った。軒の外へ踏み出す間際《まぎわ》に、たしかにこちらへ会《え》釈《しゃく》したようだった。

「これからお約束がおありでしたね」と関屋が投げ出していた脚をそっと引いた。

「もう一杯だけ、呑《の》んで行かないか」と柿原はあわてて引き留めた。

荒野の花嫁

そう言えば、あの頃、こんなことがあった、と今現在の、まのあたりの事象なり光景なりを、過去において見すごされていた予兆のごとくに眺《なが》めて、声をひそめんばかりにすることはある。想像の過剰を嫌《きら》う人間でも折りにつけ、そんなふうに今を見るようだ。あるいは誰しも常に、幾分かづつ、そんな目を分有している。目というよりは気分に近い。対象もおよそ些細《ささい》な事どもだ。細事のほうがその気分を呼びやすい。本人はろくに意識に留めない。

何事かの予兆、将来に起るべき事が仮にも、ほんの一端でも、すでに起ったのにひとしく心眼に見えているならば、これは見者である。先の現実がどう逸《そ》れようと、どうはずれようと、現在においてまことに見えているのならば、現在において見者であることに変りはない。実際に通りがかりの、物も思わぬ人間が何かのはずみに、結果として、一時《いっとき》の見者になることがあるそうだが、そんな場合でも、未来が現在の中へ押し入り、現在を過去へ押しやる、予兆の境に踏みこみながら、予言めいたことまで口走りながら、本人は何を見たとも知らず、日々無事退屈の心をまた深くして通り抜けるのだろう。ただ、その時の顔つきはありそうだ。

夜が更《ふ》けかかり、いい加減にして奈倉に返事の手紙を書かなくてはと思うそのたびに、柿原はかならずそのような、自身にとってはさしあたりどころか生涯《しょうがい》にわたって用のなさそうな思案のほうへ逸らされるのが、小心な因循のようで業腹《ごうはら》だった。予兆の境に踏み入った時の、顔つきはありそうだ、などとさも事情に通じたふうにうなづいているが、そのじつ、どんな顔も見えてはいない。ある夜、かろうじて漠《ばく》とうかびかけたのを、はてどこで見かけた顔かと半端《はんぱ》に訝《いぶか》るうちに、それが四天王像の頭《かしら》であることに気がついた。奈良は東大寺の戒壇の四隅《よすみ》を護《まも》る四天であった。あれは予兆などというあやふやなものではなくて、おそらく人間どものまたしてもの悪逆無残をまのあたりにして、憤怒のあまり、いったん静まった顔である。あるいは発動寸前の憤怒と、なおかつの憐憫《れんびん》とが、瞬時均衡した形相である。慈悲は所詮《しょせん》、四天の役ではない、という哀《かな》しみも差している。どうしたことだ、とさらに呆《あき》れるうちに、これには思いあたることがあった。

長年、有難い禄《ろく》を食《は》みながら、いまさら世の中を憤《いきどお》るもないものだが、やはり腹は立てて暮していうものだね、と古い友人が目を剝《む》いて見せた。一年ほど前のことになる。不満居士《こじ》には遠くて自足を旨《むね》とする出来た男だが、それより以前の或《あ》る酒の席で柿原の顔をつくづく眺めて、人間ね、あいた口がふさがらないということがあるので、歯もぼろぼろに磨《す》り減らさずに生きていられるんだねえ、と大まじめにつぶやいて、おかげで柿原は座蒲《ざぶ》団《とん》から転げそうに笑いながら、その物言いに感心させられたということがあった。ところでその旧友がまた言うには、平生はそんなに腹を立てているとも自分で感じていないのだが、未明にふと寝覚めすると、その時の気分にかかわりなく、呑気《のんき》なことを考えていても、憤怒のごとき形相が顔面に張りついていることがある。いや、憤怒の形相ならば、あさましいことだが、それはそれで得心もしよう。ところが、憤怒の形相になりかけて、その手前でぱったりと停《と》まっている。これがもしも内心の顔であって、四六時中、年柄《ねんがら》年中、憤怒の手前で停止したまんまだとしたら、とにかく疲れるだろうね、とそこでようやく笑った。

それにしても奈倉はどうして手紙などを寄越《よこ》す気になったのか。ひとしきり回り道をしては柿原の思案はそこへ戻った。訝るほどのことでもない。旅の宿の保養の閑《ひま》つぶしに、いっそ古い西洋の説教を、いっそ横文字《よこもじ》に寛《くつろ》いで読むうちに、肉体の弱りとひきかえに頭が思いのほか軽快にはたらいて、馴《な》れぬ物ながら興の心も付いて、そのほんの一節をためしに訳し取った。奇妙な思考の筋を我が手に成る文章として眺めればまた、その異和感がひとしお面白く、預言者とやらに嫌厭《けんえん》まじりの関心を抱くらしい柿原に、戯《たわむ》れなかばに読ませてやりたくなった。不自然なことではない。深謀というほどのことでもない。せいぜいのところ、それによってついでに、自分が名実ともに十字架の徒ではない旨、どうもひそかにそう疑っている節の見えぬでもない柿原の、あらざる想像にかえって釘《くぎ》を刺しておくことになるという効用はある。いずれ無聊《ぶりよう》の思いである。無聊の心を遣《や》るには、柿原のような、ながらく遠くなった後で遠いままにややまた接近した友人が相手としてふさわしい。考えてみれば、近年世間でめっきり稀《まれ》になった、贅沢《ぜいたく》な手紙ではある。それにしても、これだけ懇切な、中味も厚い便りをもらう側の、返答の困惑は顧慮してくれなかったものか。

　こんなことでも恨みがましいようになる、と柿原は自分で辟易《へきえき》した。今からでも電話をかけて、少々の感想を述べて、とかく妙な方角へいきなりな、おくればせの関心を惹《ひ》かれやすい年齢に、お互いに苦笑しあえばそれで済むことだ。一週間ばかりとは言いながら休養に出かけなくてはならなかったと聞けば、その後の様子をたずねる義理もある。そのためにも電話のほうが大袈裟《おおげさ》にならなくてよろしい。どうやら、手紙で相応に、こちらもいささか懇切に答えたいという心が、柿原のほうにあるようだった。西洋中世の神秘家の説教となると、ひと通りの感想もにわかには抱きかねたが、

　　花の比談義《ころだんぎ》参《まゐり》もうらやまし
　　田にしをくふて腥《なまぐさ》き口

　古人の付句を借りて、季節は梅雨時だがそんな見当の応答が柿原の内には早くから漠としてあった。さほど難儀な返事とも思われなかった。しかしそろそろ手紙にかかろうとす

ると、その妨げともなく、女の顔がうかんだ。

このひと月ほど、柿原は街中を歩いていて幾度か、行きずりの女性に顔を見られるということがあった。見られているような気がして、振り向くと、ついと目を逸らして通り過ぎる女がいる。両三度ばかりとでも言えばふさわしく、何時何処《いつどこ》でとはっきりとも数えあげられぬかわりに、四度五度と重なったはずもないのに頻繁《ひんぱん》の感をのこす。同一人物ではないとはさすがに分かるので、女たちの顔と言わなくてはならない。年の頃は三十過ぎから四十手前で、思い出しかけるとそれよりもしぼられた年齢の相貌《そうぼう》をつかのま伴うが、それも暗示にかかった上のことのようで、若くはないがそうそう年配でもないという程の大《おお》雑把《ざっぱ》なところにちがいない。

――いとも繊細なる質にして、いとも深い羞恥《しゅうち》の器であるからして……。

奈倉の訳して寄越した文章の中からこの一節がかならず、女の顔の見えかかるたびに、渋面を剝くけはいなので、柿原のこだわりの底は割れていた。木村とありふれた苗字《みょうじ》を名乗ったが、はりつめた声音《こわね》からして、あれはあんがい本名かもしれない。人の声が、太い細い、高い低いにかかわらず、際立《きわだ》って鮮明になることがある。たいていは剣呑な機嫌にあるしるしなので、日頃《ひごろ》から柿原は声の主を敬遠するよう心掛けているのだが、ときに重大な不安やら危惧《きぐ》やらが、事情によりぎりぎりまで抑えられ堪《こら》えられたあげくに、濁りや乱れを漉《こ》し取られ、澄んだ声となって細く溢《あふ》れ出ることがあり、それが柿原の知るところではどうかして、すでに事が果てて、動かしようもなくなった現実の前で感情の静まり返った人間の声に似る。よけいなことを、女性に喋《しゃべ》らせぬよう、自分も聞かぬよう、とっさに相手の口を制したのは、後から見れば上出来の配慮であった。いずれ、済んだはずのことだ。

まさか、その木村と名乗った女性がまだ奈倉のことで柿原に用があり、思い余ってその跡をどうのこうのと、そんな疑いを抱くほどには、柿原は妄想《もうそう》にかかる性分でもない。大体、同一の女性ではないのだ。そのつど、顔も見知らぬ例の女性の、電話の声をつかのま耳に甦《よみがえ》らせるような雰囲気《ふんいき》の女たちであった、ということも考えられないではないが、よくも覚えがない。しかし、《いとも繊細なる質にして》の箇所《くだり》の、あの奈倉の訳しようには、たしかに奈倉の日頃の人柄にしてはちょっと異な、ことさらなアクセントがかかっている。そんな聖《ひじり》立った物にかりそめにも興をそそられた自身にたいする諧謔《かいぎゃく》にちがいないとはたいてい思うが、もしも、そこに柿原にたいする戒めが幾分かでもふくまれているとすれば、自分の秘事を内心にでものぞいてくれるな、というような無体なことではあるまい。秘事は秘事でも、なにかの覚悟を、何事とも柿原には見当がつきかねるが、つつみながら一端を敢《あ》えてもらしている、というようなことはありはしないか……とこれこそ妄想掛かるが、それでも危惧としか言いようのないものがひとすじ細く、奈倉の手紙を読んだ時から見え隠れに、柿原の内に続いて、もうひと月あまり、梅雨も過ぎかけながら、手紙も書かず電話もかけず、五十男として埒《らち》もないことになっていた。

辻占《つじうら》というものがあったそうだ、煎餅《せんべい》のお添えではなくて、とある夜、柿原はつぶやいた。あったら、どうした、と邪慳《じゃけん》な返しが聞えた。奈倉への返事はまだ手つかずのままになっていた。

作法はあるのだそうだが、それは措《お》くとして、とにかく四辻に立って、初めに通りかかった人間の口から聞えた言葉の、おそらく切れ端によって、我身の大事の吉凶を占うという。理屈を言えばいろいろと難点はありそうだ。初めにとは、何時を境にしたことか。時間に結界を設けることはむずかしい。時の神が取りとめもないひとり言でもつぶやきながら向こうから近づいてくれればありがたいが、そうは都合よくいかない。さてと始めて、まずは大勢の人間がそれぞれに連れ立っておよそ勝手なお喋りをしながら一遍に通りかかると思わなくてはならない。どの言葉を採るのか。人の滅多に通らぬ辻や橋詰では、筒の中に幾本とのこっていないオミクジを抽《ひ》くみたいなもので、占いとしては心細い。おそらくは雑踏の中にしばらく立っているのだろう。聞えるものが聞えるまで小一時間でも、事の重大さによっては半日でも、人中で耳を澄ましているのだろう。聞きたいことを聞くまで、とは言わない。聞くのか聞えるのか、そんなことは追いつめられて辻に立つ人間にとって無用の弁別である。しかし方便に依《よ》るにせよ依らぬにせよ、初めの声が聞えるためには、その前提として、あたりの沈黙が、つかのまでも完《まっと》き沈黙が必要のはずである。しかしまた、辻占に立つ者のために、往来する人間が一斉《いっせい》に口をつぐむわけはない。とすれば、立つ者のほうの、耳の内にまず沈黙は生じなくてはならない。耳で沈黙するとはおかしなことだが、つまりは、聾《ろう》することだ。聞えなくなるために耳を澄ます、やがて聾唖《ろうあ》がまことに満ちた時、その時初めて声が聞える……大いに有り得ることだ。

そこまで来て柿原は自分のなにやら妄《みだ》りがましい想念が途中からおのずと、奈倉の訳して寄越した説教の、口調に染まっているのに気がついて、戯れのつもりのくせに暗示には大まじめにかかるたわいなさに眉《まゆ》をひそめた。ここ半月ほど、再三息をひそめるようにして頭の内から手繰り寄せてはふっと萎《な》えて手放した返事の書き出しが、また悪びれた顰《しか》め笑いを寄せて、いまもすぐそこに居たようで、するすると逃げて行った。

――遊訳とは近頃快心の造語と思われます。学兄はどうでしょうか、小生はふらりと入った聖所をロハ台と心得てそこで居睡《いねむ》りを決めこむうちに、周囲でいとも敬虔《けいけん》なる集会が始まっているのを見たような心持がしました。無責任に驚いて聞いてますと存外、少々ではありますが、耳に徹《とお》るものです。これがムキになって耳を傾けたりしますと、かな聞えぬことでしょう。猫撫声《ねこなでごえ》の説教でないことは、御訳から伝わりました。否定の気迫は何としても霜烈、心の安静とは言いながらやはり磔刑像《たっけいぞう》を掲げていますか、かないません。それよりも先に小生の関心がおもむくのは、この師の前に居並ぶ会衆は修道僧でしょうか、俗人も混じるのでしょうか。おもに男でしょうか女でしょうか。オープンですかセクトですか。過激の抜身《ぬきみ》を揮《ふる》うのも、あくまでも正統の内懐《うちぶところ》に抱かれてのこととは推察しますが、それにしても、子すらのぞき見ることの許されぬ父の業《わざ》にして、また魂の内なる業とは、ちと異端にかかりませんか。無信の徒のあずかり知らぬことではありますが、火炙《ひあぶ》りというものが、小生、想像するのも苦手でして。それもまた措くとして、荒野の花嫁というのは一体、魂のことではあるようですが、《それ故《ゆえ》、われらが主は言った。わたしはわたしの花嫁を荒野へ導き、そこでその心へ語りかけたい、と》と御訳にはありますが、その《それ故》のことなんですが……。

その辺で柿原の思案は毎度散乱を来たして後が続かなくなる。荒野とは、あらゆる被創造物からはずれた、荒涼の境だという。あらゆる被創造物とは、この世の物と平たく言い換えてもよさそうなところだが、イエスですら被創造物であるかぎりにおいてはうかがい知れぬとあるのを見れば、その境界線ないし前線は無の方角へ向けて、否定に否定を重ねて、際限もなく押し出されていくもののようだ。その種の思考に柿原は得手でない。荒涼の観念をさらに荒涼とさせるほどに、やはり花嫁という言葉には暗示されて、霜厳の気に迫られた女の肌《はだ》の香が立ち昇る。蒼《あお》い花嫁である……。

あるいは、辻占に立つ者の、聾啞の結界も、荒野の内に入るか、と想念がようやくもとの脇道《わきみち》へ引っこんだ。聾啞の結界ならば、辻に立っているばかりが能ではない。歩けば沈黙はおのずと従ってまわる。そう言えば、あの頃、とそれにつけて思い出すことが柿原にはあった。街で見る顔という顔がひどい疲労をうかせていた。眺めるだけでもたちまち感染しそうな、疲労の露《あら》わさだった。ある日、よく晴れた正午過ぎに、公園のベンチにずらりと居並んだ背広姿の壮年の男性たちを眺めて、病院の待合室の情景に似ていると思ったとき、しばし目前から音声が掻《か》き消された。もう四年も前のことになる。円高による不況の伝えられた時期だった。構造からしてほとんど絶望の域に踏み込みつつあると憂慮する声も聞かれた。長年の疲弊が飽和して、何事かが起るのではないか、と柿原も人にささやいたことがある。その前年の夏、大型の旅客機が隔壁の破裂から尾翼を傷《いた》めて操縦不能に陥り、低空を迷走したあげくに山中に墜落して五百人を越える犠牲者を出した。報道は事故の原因の究明よりも墜落の恐怖の再現に熱心だった。ちょうどその頃、東南アジアのさる都市から戻った知人の話では、機内はほとんど邦人の客に占められていたが、乗務員が新聞を配りはじめるや客たちは奪いあって取り、飛行中、凄惨《せいさん》な墜落の記事を貪《むさぼ》り読んでいた、何とも異様な雰囲気だったという。奇蹟《きせき》的な生存者たちの、思いのほか詳細な証言から、音声の記憶の大幅に落ちているようなのを、柿原は是非もない、酷《むご》い話と聞いた。恐怖の後遺の下からかつがつに繰り出される言葉を、微妙な点に入ると質問者はよくも聞いていないようで、躊躇《ちゅうちょ》の沈黙に、「恐かった」などというような質問を平気で押しかぶせていた。あの取りとめのなさが翌年に入ると余計に昂《こう》じていた。しかし後になってみれば、同じ不況の年の末から同じ円高が大きな理由のひとつとなって好景気が始まり、以来四十何ヵ月、現在に至るまで続いている。

街中を歩いていて柿原はときおり、もうひさしく人の話声を耳にしていないような、理不尽な欠如感につきまとわれることがある。往来する人間たちはたしかに、たとえば十年前にくらべて、口も姿も寡黙《かもく》になった。その中で話しつのる声は男女ともに、年齢にさほどかかわりなく、大体が喉《のど》をしぼるように高く軋《きし》んで、周囲へ憚《はばか》りのないかわりに、響きや表情に乏しくて、声と声のからみあいもすくなく、躁々《そうぞう》しいながら点々と孤立する。昔、人の黙りこみがちの大風の晩に、軒から軒へ声を張りあげて喋るのを耳にした時の、あの徒労感を思わせるものがある。家に居ると、間違いの電話がよくかかってくるが、相手が間違いに気がつくのが近頃めっきり遅くなった。気がつくと黙って受話器を置いてしまうのもすくなくない。自分からかけておきながら人が名乗るのを黙って待つので、無言の電話と変りがなくなる。用事の電話でも、話の行き違うことがおいおい頻繁《ひんぱん》になった。こちらが口調をゆるやかにして委曲を尽すほど、結果はよろしくない。

ある夜、駅ビルの降ろされたシャッターに沿って大勢の人間の並んでいるのが、かなり近づくまで柿原たちの目に入らなかったということがあった。昨年の末ももう押詰まった頃、電車の尽きた後の駅前広場のことだった。柿原たちは街のほうからやって来て、タクシー乗り場の人の列の意外に短いのに、景気はひきつづきよろしいと聞いたが人の引き足は迅速になったかと感心しあったものだ。その列を駅ビルのもとまで、さほど酔ってもいない目で幾度もたどり返したはずだ。シャッターに沿ったところがやや暗く、照明の死角にはなっていた。しかし気がついて眺めれば、いずれも忘年会帰りのはずの、おびただしい人数《ひとかず》だった。その群れがおよそ、人がひしめけばたがいに無言であってもおのずと生ずるはずの、賑《にぎ》わいを欠いていた。ひと気すら薄れている、と柿原は思った。人は事々に冷淡な様子だが、一方では殺到癖がまた激しくなった。冷淡なままに、よけいに殺到する。熱心の掠《かす》れたあまりに躁《さわ》ぐということがあるようだった。

年が明けてまもなく円安につれて株の相場の急落が始まり、長く続いた景気の終末の予想が語られる頃になると、街を往来する人の顔がかえってやすらいで見えるのが不思議だった。交通事故の死亡者数の減少傾向も伝えられた。ところが春に入り、景気の翳《かげ》りもさしあたりなさそうな判断が聞えてくるようになった頃、女性たちの顔がとかくどぎつく目立つことに、柿原は電車の中などで首をかしげることが多くなった。化粧の濃さのせいもあるようだった。年にしては総じてややあどけない身なりのせいもあるかもしれない。しかしそれにしても剝《む》き出しの、起き抜けのような、頭でもまだ巻いているような、ぼってりした面相が、結構に整った装いにもかかわらず、顔立ちにもかかわりなく、見うけられた。人中にいるという意識をどこかで奪われている。そのうちに柿原はまた、男性たちのほうも、行きずりの女性につい目を向けるような関心が薄い、近年一般にめっきりと薄れていたのが一段とまた薄くなっているようなのに気がついて、あるいはこちらの減退が先で、その結果としてのあの女性たちの顔かとも考えはじめた。

いずれ粗略な観察である。人の顔をそうのべつ見ていられるものでもない。しかし六月に入って関屋青年から、近頃街のところどころに長いこと一箇所に坐《すわ》りついて拒絶の姿に静まっている女性があり、たまたま通りがかりにその目に眺められると自身のほうが亡者の群れのはしくれのように感じられる、とそんな話を聞かされたとき、青年の話すような切り詰めた姿ではなく、おそらく青年の目を惹く女性たちよりはだいぶ年配になるのだろうが、柿原にもすでに深い見覚えのある気がしたものだ。実際に人中で剝き出しの面相のまま、たまたま視野の内に入った男性の横顔へさらにあらわな視線をやり、無遠慮に眺めるようで対象への興味はおろか意識もろくに動いていないらしい女性の姿を、柿原はここ数ヵ月しばしば目にした。相手がけはいを感じて振り向けばさすがに視線ははずすが、それも急な逸《そ》らし方ではなくて、顔には人を見ていたような風ものこらないので、相手はおそらく、そちらから見られていたとも知らず、これもたまたま近くを通り過ぎたいくらか若い女性の目の隅に、逃げた視線のなごりを見て取るというような、誤りを犯すことになりかねない。

これもすべて辻占のうちだ、と柿原は苦笑した。そして誰が誰を見て何事を占うことになるのか、その弁別もつけず、とにかく全体として辻占だ、そんなことをきっかけにあちこちらで、本人にも訳の分からぬ俄《にわか》な決断がなされて妙なことになる、と理にもならぬ駄目《だめ》を押して放《ほう》り出した。

それから七月にもう深く入り、ある日、三十代はなかばと見える女性が街角でふいに立ち止まったかと思うと、もう長いことそこに立っていた姿になり、雲行きの怪しい空を見あげた。柿原はその向かいから来て傍《かたわ》らをたちまち通り抜け、だいぶ行ってから、そんな人中でいきなり天などを仰ぐものじゃない、とおそまきながら怒鳴りつけんばかりの憤りに取り憑《つ》かれている自身を眺めた。天を仰いだ女性の姿態にはたしかに、往来の人目を惹くような、かすかに過剰なものが、悲嘆に似た表情があらわれていた。驟雨《しゅうう》もよいの空に傘《かさ》を持ち忘れたことに気がつけば、着飾った女なら誰でも、無意識のうちにも、あれぐらいの悔恨の情は身体《からだ》から訴え出るものか。しかし蒼い喉《のど》をゆるくさしのべたまま、人の流れの中から硬い足音の接近するのに感じたようで、柿原のほうへ横目をやり、視線がわずかに会って、知りませんよ、と咎《とが》め返すような色が目の内に動いた。

その翌日、柿原はなしくずしに造作もない気分になり、奈倉への手紙を書き出した。拝読したその後しばらく何かにつけて考えることが説教の口調に染まって可笑《おか》しかったこと、御指摘のとおり若い頃に自分もその神秘《ミュスティック》思想をわずかながら読みかじったものだがあの時にはとにかく説教を説教とも、アイロニカルにすら感じなかったのはまことに愚鈍にして健全の至りであったこと、そして末尾ながら相手の体調をたずねて、遊訳とは言いながらあれだけの重荷を差し掲げられる膂力《りょりょく》は精神壮健のしるしと思われる旨、さらに添えて、《荒野の花嫁》の結び、霊化のきわみの、凄味《すごみ》のあるエロティックにはただもう長大息、われらのそれとは異なり、そらおそろしいような《それ故》でした、と畏《おそ》れ入った念を表明して早々に書きあげ、この返事にどうしてぐずらぐずら、ひと月あまりも手間取ったのか、と自分で口を尖《とが》らせた。

七月のなかばに梅雨があっさりと明けて、たちまち猛暑が続いた。関東近辺の盆地掛かったところでは気温が四十度近くまであがり、都内でも日中はそれにさほど劣らず、日が落ちても暑気がひかずに夜の更《ふ》けるにつれてかえって蒸し返してくるようで、深夜に柿原の家の近くを救急車がしきりに通った。日射病による死者もあり、なかには熱中病とか称して、熱が体内にこもったきり発散されず、絶命に至るという奇妙な厄災《やくさい》が伝えられた。

身体に備えのできていなかったせいか、夏にはけっして弱くないはずの柿原も三日ほどで暑気あたり気味になり、ある夜、膝頭《ひざがしら》のだるさに苦しんで白々《しらじら》明けまで寝つかれず、それでも正午前には起きあがって、日課どおりに炎天下の散歩に出る前に管理人室に寄って郵便受けをのぞくと、奈倉の手紙が日にとまった。封書の厚みを尻《しり》のポケットに感じながら、白く照り返す道に出て、近頃疲れぎみの眼《め》をいたわるために眼鏡の上から枠《わく》に取りつけた、撥《は》ねあげ式のサングラスを降ろすと、光の散乱がおさまって、風景が青味掛かった中にくっきりと静まったのが、あたりから音が拭《ぬぐ》い取れたように感じられた。

そのまま公苑《こうえん》に入り、芝生の角馬場の前の簡易な観覧席《スタンド》にあがり、ところどころの日向《ひなた》に半裸で横たわり肌を焼く若い者たちを避けて端のほうに腰をおろし、芝生の彼方に盛りあがる夏の雑木林の白昼の勢にしばらく眺め入ってから、日に炙られる若者たちの蒼い肌が屍体《したい》のように見えるのに眉をひそめてサングラスを撥ねあげ、奈倉の手紙を尻から取り出した。

——先日、手すさびを御笑覧に供しましたあと、やれ、しまった、とホゾをかむことがあり、さっそく手紙をさしあげようかとも思いましたが、再度にわたり大兄を困惑させるのもどうかと気がひけて遠慮しておりましたところへ御感想の到来、これを良い機会と勝手に取って少々の補追をさせていただきます。まあ、学問の門前の万年小僧の、ケチな律《りち》儀《ぎ》さと、お読み捨てください。

どうもお気づきのようで。「重荷」と言われましたな。重荷あるいは言葉、ですか。とにかく無知を白状することにして、御指摘の《荒野の花嫁》のくだり、聖書からの引用になりますが、ホセア記二―十四という注がありました。小生、大体、指示された出典にいちいちあたるほど良心的ではありません。あの凄惨な預言の書に、こんな精妙な文があったかしら、と首をちょっとひねって捨て置きました。ところが七日ばかりして、またひょいと首をかしげなおすことがありまして、無精心をすかして独文の聖書をあたってみますと、《お前たちの葡萄《ぶどう》の木と無花果《いちじく》の木を涸《か》らしてやる》とある。《お前たちの葡萄園を荒地に変えてやる》とある。同章同節においてです。無論、主神の憤怒の言葉です。機嫌が、雰囲気が、様相が、ムードが違いすぎる。面喰《めんく》らいまして章の冒頭からたどりなおすと、さらに激烈、お前らの母親を告訴せよ、とある。あの女はわたしの妻でなく、わたしはあの女の夫ではない、と。あの女とはイスラエル、かつては主神の花嫁だったようです。それが情夫、バール神のもとへ奔《はし》った。あの女の顔より娼婦《しょうふ》——神殿娼婦らしい——の標《しるし》を奪い、乳房より姦通《かんつう》——情夫は豊饒神《ほうじょうしん》の、クワの方らしい——の標を剝《は》ぎ取れ、と子たちに命じます。然《しか》らずんば、わたしがみずからあの女を剝いで生まれたままの赤裸にして野にさらすであろう、と。あの女を荒野に等しくし、涸れはてた地のごとくになすであろう、と。以下、破滅の宣告がこれでもかこれでもかと重なって、十四節の言葉に至ります。

じつは版によりこの章に二節づつ、ズレのあることが分かりました。すると例のエックハルトの引いたのは十六節。ありました。ずいぶん艶《つや》っぽくもなりそうなところですが、堅苦しく訳しますと、

《それ故、わたしはあの女を誘惑したい。あの女を荒野へ連れ出して、そこで求愛した

い》

《それ故》とは断罪のきわみからいきなり、無媒介に出てくる《それ故》のようです。荒野の花嫁には違いないのですが。

赤裸というのも、この中世神秘家の思想の、重い要請のひとつではあるのですが。

聖書の引き方踏み方のさまざまを心得ない無知が間違いの元ではありました。牽強付《けんきょうふ》会《かい》、コジツケもまた、教宣のためには、立派な表現形式であり伝統にもなり得る、といつだか電話のついでに大兄が中国の毛詩の古註《こちゅう》の例を引いて呆《あき》れておられたことがありましたが。

しかしもしも、《荒野の花嫁》の結びが預言の書の言葉として生きている、そしてそこよりさかのぼってそれまでの言葉の全体に破滅への、荒蕪《こうぶ》への黙示の情熱《パッション》を吹きこんでいる、そして心の安静も、魂の内のひそやかな業も、いかなる被造物にのぞかれることにも堪えぬという繊細さと羞恥《しゅうち》も、徹底して辱《はず》かしめられたのち求められる元娼婦の花嫁の姿から逆照されているとすれば、これをぬけぬけと訳して、さらにぬけぬけと大兄のもとに送った小生は、ヲコと言わねばなりません。

終末観というものを、小生は好みません。その情熱により時代の節目ごとに民を流血の瀬戸際《せとぎわ》どころかその果てまで追いやり、その反動を利して隆盛に隆盛を重ねてきた世界を、憎むぐらいのものです。

淡い目

猛暑が続いた。舵《かじ》をちぎられた大型機が迷走の末に山中に墜落した夏から、五年振りの日照りとなった。寝苦しい夜ごとに柿原の部屋の窓の外を救急車が通った。夜半の前後が殊《こと》に頻繁《ひんぱん》のようだった。病人が堪《こら》え性をなくしやすい時刻なのだろうか。夜はどうして眠るか、それだけが思案の日々の続くことはある。衰弱の発作にも憤怒のようなものが伴うのだろうか。それにつけても、なまじ辛抱して未明に深く及んで持ちきれなくなっては、よけいに人騒がせになり、我身にとっても大事《おおごと》になりかねない、と日頃《ひごろ》の心遣いがひそかにはたらくのかもしれない。救急車で運ばれる間だけが、苦しいなりにやすらいだ時間だった、と病人の話すのを聞いたこともある。

ある晩、柿原は仕事机のスタンドを点灯する際に、たまたまランプを目の隅《すみ》からのぞきこむ姿勢を取ったようで、白光に一瞬、左の目を射られた。なにほどの晦《くら》みでもなかった。そのまま横文字の本をひらいて、こころもち霞《かす》む程度なのを押して行をたどりはじめた。ところが読み進むにつれて馴《な》れるよりも苦痛が増して、やがて、何字かおきに文字が飛んでいる、見えなくなっていることに気がついた。すぐに立ちあがり、居間のほうに出て周囲を見まわすと、わずかながらたしかに、視界に鮮明さの斑《むら》か歪《ゆが》みのようなものがあり、片目づつ交互につぶって確めるうちに、左の目の視界の中に一点小さな、平行四辺形の結晶体のようなものの掛かっていることが分かった。透明なので見るに障《さわ》りはなさそうなものの、その辺で視力を微妙に塞《ふさ》いでいた。強《し》いて見つめていれば結晶は浮游《ふゆう》するか、数でも増しそうな、あやうさが感じられた。かるい頭痛が始まっていた。

どうしたの、何を見てるの、と傍から妻が声を掛けた。いや、目がよく見えなくてね、と柿原は不用意に答えると、その言葉のほうが事態よりも重く響いて、冗談じゃないと打ち払った。半時間も暗がりで休むうちに視覚の異常はほぼおさまった。平行四辺形の結晶体はスタンドの四角い笠《かさ》の、明暗反転した残像か、あるいは笠の縁の明るさがじかに焼きついたものと考えられた。それにしてもこの夏は、物すべてが妙に白く照り渡る、という訝《いぶか》りはのこった。

それからは午前の散歩にかならず、眼鏡の枠《わく》に略式のサングラスを取付けて行くようになった。家を出る時には眼鏡の上へ、廂《ひさし》のように撥《は》ねあげておいて、道々炎天の照り返しをわざとこらえ、公苑《こうえん》の門前まで来て青いフィルターを降ろすと、苑内の砂利のひろがりすら清涼に見えた。それまでにも夏に入ってから幾度か気まぐれに掛けて出かけた時には格別の感想もなかったのが、こうしていささかの用心だか不安だかに促されてこれに頼ってみると、数段の明視の得られることにいまさら感心させられた。物が細部まですっきりと見える。日頃、仕事やら何やらに疲れた目が、いかに真昼の戸外の光に負けて、物を直視することに耐えられなくなっていたことか。さらに不思議なのは、空に浮かぶ雲を初めとして、もう二十何年来見馴れたはずの苑内の風景にいちいち、ひさしぶりに出会ったような、遠い記憶の味が幾分かづつ添うことだった。

殊に角馬場の芝の彼方《かなた》に盛りあがる雑木林が、葉の一枚づつも見えそうな明視の中で、ところどころ黄金色に輝いた。あるいは青いフィルターの悪戯《いたずら》かと、サングラスを撥ねあげてみれば、楢《なら》の間に混じる櫟《くぬぎ》の大木らしく、周囲よりも強靱《きょうじん》に繁《しげ》って、すでに秋へ向けて熟れかけた葉の群れが、ひときわ烈《はげ》しく正午の陽《ひ》を照り返し、風にあおられるたびに白色に燃えあがりそうなけはいを見せるが、目はこれを凝視しきれない。雑木林には風の越える道があるようで、そのあたり梢《こずえ》の切れ間から目に立って突出するのがたいてい櫟であるところをみると、あれはよほど風に強い質《たち》の樹木なのか、冬枯れの時には猛禽《もうきん》の飛び立つような姿の枝振りを風にさらしている、とやや遠いことを考えながら、目を林の輝きからそらさず、サングラスも降ろさず、いったんほどいてしまった眉《まゆ》をまたゆるく、半端《はんぱ》に、皺《しわ》っぽくひそめていると、段々に淡くなっていく年寄の瞳《ひとみ》の色が思い出された。

角馬場の前の小ぶりな観覧席《スタンド》のベンチに腰をおろして雑木林を眺めている。毎日のように柿原はこの公苑に散歩に来ているが、ここでこうして休む習慣はこれまでなかった。公苑に入ってまもなくのところなのでこの辺はさっさと通り過ぎて、馬場の柵《さく》に沿って向側へまわり、このベンチの上から目で追っていればおそらくたちまちという間合いで、林の中へ消えてしまう。また難渋しそうな一日の仕事を午後から控えて、すでに徒労感から気が立って周囲の風景もろくに目に入らぬことがしばしばあり、たいてい足をゆるめもしない。スタンドの下を過ぎる時には、あそこにいま坐《すわ》りこんでしまえば、今日はもう何をする気力も失《う》せるだろうな、あるいは明日も明後日《あさって》も、もう金輪際、とその影をうらやんで眺めやる日もある。現在でも早足の習性は直らない。サングラスの効果を不思議がって、林の風景をためすために、ここに腰をかけていく日がたまたま続いているにすぎない。しかし、長年この下からちらりと目に留めた、年寄たちの坐り姿によく似ていた。

柿原の住まう集合住宅も建ってからそろそろ二十二年になる。入居当時壮年の盛りにあった住人たちがようやく老齢に深く踏み入りつつあるという歳月であり、その間ずっと、柿原は毎日判で捺《お》したように正午前のこの閑散とした公苑をいたずらに早足で歩きまわって年を拾ってきたか、とそう思えば物狂おしいような気分にもさせられるが、その散歩の途中で、ここのベンチに一人じっと坐る男性の年寄たちの姿をくりかえし見かけてきた。二十年あまり間断なく見うけたのか、それともこの五年ばかりさっぱり目につかなくなったような気のするところをみれば、それ以前の一時期に集中していたのか、よくも思い出せないが、どの姿もまず、小ざっぱりとした風体が柿原の目を惹《ひ》いた。入浴したての、散髪したての、普段着も新しいのに換えたばかりのような。

しかし当世の年寄が一般にむさくるしい恰好《かっこう》をしているわけもないので、おそらく風体そのものではなくて全体の印象、あるいは新しい境遇か心境の表われだったかもしれない。とにかくさしあたり小ざっぱりと片づいた様子で、いくらか所在なげにベンチに腰をかけ、何も演じられていない角馬場へ身をかるく乗り出す恰好から、首は高く伸べて、芝を越して雑木林のほうへやった目がやはり、いったんほどいた眉をまたひそめかけて、ひそめきれぬようで、淡い訝りの色が目の内に点じていた。

あれがじつは、年寄というほどの年配の男性たちではなかった。そのことに柿原が思いあたったのは、そんな姿が見うけられなくなったか、あるいはこちらの目につかなくなり、自身が五十の坂にかかる頃から、追い追いにだった。いずれも五十代はなかば、いくらか老いの痩《や》せは来ているものの、まだまだ男盛りの厚みを保った体軀《たいく》であったことが、その辺の年に近づきつつある我身から推して知れた。閑暇の姿ではあった。あの坐りようからすれば、三日やそこらの休暇とも思われないが、さりとて閑にすっかり馴れたふうでもなかった。転身前の、一時の休止というところか。長年多忙にかまけて家の内ではむさくるしくしてきたのが、その習いで昼日中に構まわぬ身なりでふらりと近所まで散歩に出かけようとするのを家の者に見咎《みとが》められて、小ざっぱりと、やや若造りに着換えさせられる。馴れぬ物を着せられた具合いの悪さもあったのだろう。実際に姿がどこか少年めいて、その分だけまた年寄臭くなっていた。スタンドのベンチに腰をおろしたきり、そこから先へ行くような様子も見せなかった。

そこの裏手の吊橋《つりばし》から先へ、足を踏み入れなくなってから、もう十年にはなるな、とむかし山裾《やますそ》の神社の小屋番が言った。老いの繰り言とぐらいに若い柿原は聞いていたが、翌朝早く小屋を発《た》って山道へ向かうと、百米《メートル》とは行かぬうちにその吊橋にかかり、橋も頑丈《がんじょう》ならば谷も嶮《けわ》しからず、向岸の道もまず何ということもなく、平らかなものだった。前日の暮れ方に小屋の前で斧《おの》を豪気に揮《ふる》って冬の薪《まき》ごしらえを急いでいた姿がちらりと思い出されて、年を取るとはそんなものか、とあの時は首をひねって通り過ぎたものだが、今から考えると、昔の人間の年の取り方の早さからすればあれでせいぜい六十なかばか、とすれば橋を渡らなくなったのは五十代のまだ壮健な頃にあたる。

すぐその先へも用がなければ足が向かわなくなる。もっと若い頃にも多忙の身にはよくあったことだが、それがいっそう徹底してしまう。そうしてあちらこちら、あんがい足もとのほうから、疎遠《そえん》になるにつれて、思慮によって覆《おお》わなくてはならぬ範囲はまた一段とひろがり、いまひとしきり忙しくなる。しかしそんな年齢へいよいよかかる手前にこそ、まだ活力も失せぬ膝《ひざ》を持て余しぎみに抱えこんで、そこから先へはつくづく行けなくなったような気持で、間近を眺める境はありそうだ。それきり実際に足を踏み入れぬことになる場所もあるだろう。

眉をほどいて遠くを眺めやるようにしてから、またひそめがちにして近くへ視点を絞るのは、いささか責任ある地位にある高齢者の、人を見る時の目つきでもある。年を取ってめっきり視覚が機敏ではなくなったという貌《かお》を無言の口実に、相手を目の前にしばらく捨て置き、いわば思慮の野をひとまわり散歩してから、無用の先入観を洗い落して、人をよく見定める、見抜いておいてさしあたり騙《だま》されていることもできる。

スタンドのベンチに坐る男性たちの目つきにも、その老獪《ろうかい》さを思わせるところはあった。しかし目の内に点じた訝りは淡いながらに、思わず固執しかかるようなけはいを帯びた。夏の日もあり、ほかの季節もあったが、いずれよく晴れた正午前のことだった。あれは、芝の彼方の雑木林がどうかして白いまでに照り渡るのを、真昼の陽差しの強さのせいではあるのだろうが、あるいはこちらの目の、いよいよの衰えのしるしでもあるかと、まだ壮健な体力でもって、敢《あ》えて少々の無謀をおかして見つめ、いっとき我身の寿命をひそかに測る姿ではなかったか。

あれはたしか柿原の四十代の初めの頃のこと、真夏ではないが新緑のもうだいぶ濃くなる時節に、例の午前の散歩に角馬場の柵のところまで来ると、スタンドのベンチにやはり男性がひとりぽつんと坐っていた。同じ集合住宅の住人で、幾度か隣組の集会で顔を合わせたこともあり、物言いの渋い人であったが、その日はさっぱりと片づいた、ようやく閑暇に入ったという様子をしていた。柿原のほうから会釈《えしゃく》をすると、相手は不意を衝《つ》かれて、しどろもどろに目礼を返した。その目がやがて暗いようになり、足もゆるめず通り過ぎる柿原の姿をしげしげと、一方的に追っていた。柵の向角《むこうかど》で振り返った時にも、まだ見ている、見つめているようだった。散歩にも忙《せわ》しくする若い者を呆《あき》れ憫《あわ》れむふうな目つきだ、と柿原はそんな印象を受けた。しかしまたどこかしら渺《びょう》として、恨むような目つきでもあった、とすこしおくれて感じた。すっきりと痩せているのが、かえって精悍《せいかん》にも見えたが、その年の内にその人は癌《がん》で亡《な》くなった。最初の停年の直後だったとか聞いた。そのせいで、おくれて抱いたほうの、恨みの印象が後まで濃くのこることになったが、あるいはあの時、照り返る林をしばしよけいに見つめすぎた目に、瞳孔《どうこう》がいまさら俄《にわか》に、一変して過度に絞られて、すぐそこを行く柿原の姿が、黒い影と映っていたのではないか。そんなはずみに、自身の死期を感じ取るということはないか。晦《くら》んだ影が徐々に平常の人の姿を取り戻しながら柵に沿って遠ざかるのを見送るにつれて、自身の内のほうに晦みが、すでに光をまともに仰ぐにも耐えぬ弱りが、ひたひたと沁《し》み出してくるというようなことは、ありはしないか。

あらためてフィルターを降ろして眺める正午の林は、緑の旺盛《おうせい》さのきわみからつねに黄金色へ燃えあがりかけては、静閑を破らずに保った。人の目も脳も髄も、わずかな瞳孔の作動によってしか、もともと陽の光に耐えぬようにできているらしい、と柿原は静閑に守られて人体の脆弱《ぜいじゃく》さを思った。二十の頃に高山の光と風に吹かれて感じたこととあまり変り映えもしないが、平地も平地の、日常の昼中にこれを思うようになったのは、歳月の隔りというものか。このままどうにか無事に、いまひとしきり年を取れば、瞳孔を絞る力が決定的に衰えて、強い光をいきなり直視することもできなくなるので、それなりに安泰にはなるだろう。今の身体《からだ》の半端な分別では、瞳孔を急激に絞りきれなくなっているくせに、白光が閃《ひらめ》きかかればとっさに、目からそちらへ向かって行きかねぬ剣呑《けんのん》さはある。光に目を射られれば、瞳孔がおそまきにきつく締まり、絞られたきりになり、これを、目を晦まされるという。しかしそれよりも恐ろしいのは、目を射られたとたんに、絞りが壊れて、瞳孔が開き放しになることだ。

瞳孔がすっかり開ききりになれば、眼球の潰《つぶ》れるよりも先に、脳髄が破れてしまうことだろうから、いっそ世話はないようなものの、もしもその手前、つねに開きがちの状態に留《とど》まったとしたら、それこそ日常が居ながらの地獄となる。想念や情念が人体の許容範囲を超えて振れてしまった境でも、同じ悲惨は起りそうだが、その場合でも、何かの形において、目を射られるということが先行するのだろう。

目を射られて瞳孔が開くのは、反射の狂いよりも、一瞬晦みに服さなかった肉体の過失、心身の罪なのかもしれない。

いずれにせよ、白昼、暗所に隠れるか、戸外ならばうずくまりこむかしないかぎり、光の猛威にもろに曝《さら》されることになる。その恐怖と苦悶《くもん》もさることながら、その光の嵐《あらし》の中で人が平然と往来して、それぞれの欲望を追い求めるさまが、奇異の光景に映るにちがいない。訝りが恐怖に劣らず凄惨《せいさん》になることはある。自身の恐怖と、周囲の安穏への訝りがつかのま平衡して、往来をむやみによろけまわっていた者がすっくと立ち、そのまま立ち静まって人の目を順々に惹き、眺めやる衆の目の内にもわずかな衝撃により一斉《いっせい》に瞳孔の狂いを来たしそうな境が露呈しかかり——何を告げる。嵐のことか、炎のことか、廃虚のことか。荒野の花嫁のことか。真昼のあまりの静寂を伝えて、ただ崩れ落ちるか。

そうとも限らぬことだ。瞳孔が開きがちでも、光に目を淡く細め、ゆるくそむけして、平常の暮しは続けられる。物言いは穏やかになり、見ることは切り詰められた分だけ適確になる。近頃めっきり、暗いのが嫌《きら》いになった、などとつぶやく。そして夜になれば、物や人の肌《はだ》に光を見る、存分に見る。

雑木林を眺めるのに疲れて視線を手前に返すと、数段下で屋根の陰から日照りの中へはみ出した前列のベンチの、青いプラスティクスを張られたつらなりが、サングラスの色と重なって、上澄んだ汚水を溜《た》めた溝《どぶ》のように映った。それを左手のほうへたどり、分かっていても毎度のように、背に油を塗って平らたく伏せる半裸の醜怪さに、いきなり目に押し入られる。啞然《あぜん》として眺めるうちに、ベンチの長さにそって一人また一人と、数が増えていく。そのつど眉をひそめてサングラスを撥ねあげるが、屍体《したい》の印象はフィルターを通した時とどちらがまさるか、感じ分けに窮した。

似たり寄ったりの年頃の娘たちを持つ親として、これほどの嫌悪《けんお》に捉《とら》えられるのも、禁忌の内に属する。そう戒めて目をゆっくりそらし、サングラスを眼鏡の上へ廂《ひさし》にして、正午の陽を浴びる林のほうへまたやると、樹冠の白く躁《さわ》ぐにつれて、かすかな眩暈《めまい》の兆《きざ》しとともに甘い汗のにおいが、自身の腰まわりからのはずなのに、人はとうに去った跡のような、なごりのまるみをふくんで昇ってくる。

七月の中頃から始まった暑気が切れ間もなしに続いて八月も中旬にかかり、ある日、空がようやく曇って雨雲が低く垂れ、午後には熅《いき》れがきわまって空中に薄い靄《もや》まで立ちこめながら、いつまでも破れずにいた。日の暮れ方に雨がさっと来て、ひとしきり軒を叩《たた》いて通り過ぎ、今度もそれきりかと思っていると、宵《よい》にかけて驟《しゅう》雨がくりかえし走って夜更《よふ》けには本格の雷雨となり、派手な落雷も伴って、およそひと月ぶりに地をたっぷり潤《うるお》した。翌日は朝焼けぎみに明けて、暮れからまた降りとなった。そのまた翌日は台風が来て一日大雨となった。まともに上陸しながら雨だけを降らせて被害というほどのものもたらさず、誂《あつら》えたような台風だった。深刻になりかけていた水不足もおかげで解消され、長かった猛夏もこれで早目に秋へ傾くかと思われた。ところがそれからまた日照りが続いた。

今年の夏はどこかにお出かけでしたか、とたまに来る客にたずねられるたびに、柿原は何事かと聞き返す気持から、避暑とか夏の旅行とかの発想を自身のこととしてはすっかり忘れていたことを知らされた。考えてみれば五年前のやはり猛暑の八月に北海道へ飛んで、馬のセリ市を見学したついでにあちこちの牧場を訪ねてまわったのが、盛夏の旅行の最後だった。北海道は来てみれば東京よりも照りついていた。あの時にも炎天下で日を細くして光に耐えながら、年を取ったなと思った。内臓の暗さを感じさせられた。当時記録破りの高温の暮れ時に北海道を発って戻ると、なか二日おいて、やはり空だけが暮れのこる時刻に同じ会社の同じ大型機の墜落事故が起った。あの秋から白髪《しらが》がめっきり増えて、老眼鏡も備えるようになった。しかし旅行中は、いったん歩き出せば、日陰もろくにない野中の道を二時間でも三時間でも歩いていた。

暑いうちの旅行はもうとても、と客には答えて、あとは言わずに首を横に振っていると、人を前に置きながら、痩せた脛《すね》から汗のじわじわと滲《にじ》む、夜の寝床の苦しさが思われた。日中の猛暑は何ほどのことでもない。柿原はもともと夏場には強いほうの体質だった。仕事は長年の習慣で時節を問わず午後から暮れ方と定《き》まっているので、よりによって日盛りの難行となるが、坐業中の冷房を嫌《きら》って窓を開け放っていると、必要が神経を抑えるのか、戸外の物音も夏に限ってまるで気にならない。日の暮れの、今日も一日どうにかしのいだ、と病人めいた衰弱感もそれはそれとして安らかで、夏にはとかく病みがちだった幼児の頃からの持越しであるらしく、懐《なつ》かしいほどのものだ。しかし夜更けから眠る時刻にかけ、暑さがだんだんに身にこたえて、部屋に風をよくよく通した上で窓を閉めて寝床に横たわり、灯《あかり》を消して静まりかけると、それを待ち受けて、ゆるく立てた脛に汗がしみだす。粒々に浮いたのがやがて崩れて肌を覆い、拭《ふ》けばきりもなくなるのでそのままに放っておくと、閉めきった部屋の内のわずかな空気の流れも、濡《ぬ》れた脛にひんやりと触れた。自身の呼吸の、あるかなきかの余波さえ、遠く足もとに感じ取れるようなこともあった。

死んだ父親の寝姿が見えた。やはり五十代から脛が削《そ》げていった。ときおり、息の塞《ふさ》がったような、あわれっぽく喉《のど》を鳴らす声が聞えた。するとあちこちで、暑さにたまりかねた息が洩《も》れて、ゆるゆると寝返りを打つ。同じ八畳の間で二人の兄たちも寝ていた。隣の六畳では母親と姉が寝ていた。この二人も今は亡くなっている。東京の真夏は昔から、更けるにつれてもう一度蒸し返してくるような夜が続いた。それに、寝苦しい夜にもかならず雨戸を閉《た》てきってやすんだ。ぱたりぱたりと胸の上で団扇《うちわ》をつかう手が停《と》まると、ほそぼそと苦しげな寝息が伝わってくる。

狭いところに六人もひしめいていた家族のうち、今では三人が死者となっている。そのせいでもなかろうが、柿原は近頃、寝つかれぬ夜に、死ぬということを、何のことはない、寝苦しい夜の眠りのようなものに思っている自分を見つけて呆れることが重なった。また気楽なことを、と払おうとするものの、柿原にとってはなかなか陰鬱《いんうつ》な想像だった。

人はいよいよの最期《さいご》に、生涯《しょうがい》でもっとも深く馴染《なじ》んだ日常の苦に就いて、その過ぎ去らぬ時間のうちに閉じこめられて、ようやく力が尽きて息を引き取るのではないか。ある者にとっては寒中の水仕事の手指の痛さであったり、重い荷を担《かつ》いで登る長い坂の膝のだるさであったり、単純にくりかえされた古い苦だけが反復のままにのこり、それより新しい仔細《しさい》な苦はすべて跡形もなく消えてしまう。ある者にとっては稼業《かせぎ》へ通う道であったり、その途中でかならず徒《いたず》らに目にとまる何の変哲もないひとつの風景の物憂《ものう》さであったり。人に物を言い掛ける時のかすかな絶望感であったり。異性に触れる際の陰気な既視感であったり。あるいは上昇殺到の民にとっては、死の表象はかつての貧困の詳細の内に在るのではないか。

いずれにせよ、最期の表象が、寝苦しい夏の夜の眠りと定まったとするならば、自分の生涯はどう括《くく》られたことになる、そこまで来ればどうでもいいようなものの、とやがては皺々《しわしわ》の顔で笑っていた。所詮《しょせん》、夏には夏の、冬には冬の、今この時の苦に閉じこめられて死ぬだけのことではないか、とその辺で手を打つことにしたが、間をおいてひとりでに汗をじわじわと滲ませる脛は、その苦についてひとり先刻知りげな顔をしていた。

八月の下旬に入り、未明の気温が二十九度近くからさがらぬという、一日の最低気温の最高記録が二日続けて更新されたと伝えられた。しかし柿原の部屋の温度計はここひと月ばかりもう、未明に寝覚めしてのぞくと、ほとんどいつでも三十度の目盛りにかかっていた。部屋は東向きなので日が昇るとたちまち気温があがり、日のやや高くなる頃には大の男の発散する熱もふくんで三十四、五度にはなる。これは体温に近い、と眺めたこともある。その中で柿原はしかしおおむね、かえって昏々《こんこん》と眠っていた。

正午近くに起き出して散歩に来る公苑の眺めはとうに秋めいていた。空は高く澄んで絹雲や、ときには鰯雲《いわしぐも》を浮かべ、芝の上には赤蜻蛉《あかとんぼ》が忙《せわ》しく飛んで熟れた草のにおいが流れ、欅《けやき》の葉は紅葉の兆しをふくんでいた。その秋景色がそのまま炎天に炙《あぶ》られている。この残暑の時節には不思議のない光景のはずだが、肌にあたる陽はよほど爽《さわ》やかに乾いて、すでに淡いように感じられ、柿原の目にはどうかすると、地上の物がもはや太陽の熱を受けるよりも、みずからの内に飽和した熱をおもむろに吐き出しつつあるふうに映った。徒労のきわみだ、とある日、柿原はつぶやいて雑木林から目をそむけ、自分が何を見てそう口走ったか、判然としなくなった。ただ、背をことさらゆるりと、言訳めいて起したその感触から、いましがた、ほんのわずかな間ながら、自分がふっと息を詰めて、何かを待ち受ける構えを取った、その形跡が押さえられた。待ち受ける何物もないのに、その反応だけが身体の内に込められているとは、嫌なことだ、と眉《まゆ》をひそめてベンチから立った。

それから数日して、涼しい日が来た。午後から夕立ちも走り、その日は三十度を超えなかった。十八日ぶりのことと伝えられた。しかし涼気を感じながら、肌はくりかえし汗を噴き出した。手の甲にこまかい痛みのような感覚がひろがり、見ると毛穴にきらきらと汗が滲んでいる。細いガラスの破片のように眺めるうちに、額からも滴《したた》り落ちる。夜半に窓を閉めて寝床に横になり、涼しさに安堵《あんど》の息をつくと、脛が冷いように、痛いようになり、粒々の汗が立った。やがて両手の甲から腕の背へ、そして額から胸元から、ねっとりと湿ってくる。呼吸困難の苦悶の影のような発汗だった。

暑気がまた戻って九月に入り、関屋青年から電話が掛かった。

「御無沙汰《ごぶさた》しました。暑かったですね。いかがおすごしでしたか」

「家にこもりきりで、暑い暑いで日にちも分からないぐらいだった。そちらは」

「僕のほうですか。相変らず忙しくて、莫迦莫迦《ばかばか》しくて、また風邪をひいてます」

「風邪ねえ、この暑さに、かったるいだろうに」

「自分でろくにも感じていなかったのですけれど、先週の猛烈な日、ちょうど午後から外をまわってましたが、あまり汗がひどいので、通りがかりの児童公園の木陰のベンチに坐って、額をぬぐっていこうとしたら、おかしなことに、いきなりたらたらっと鼻水が流れ出すんですよ。汗も止まらず鼻水も止まらず、おかげで半時間ほども長居して、ティッシュをひとつ使いはたしました」

「風邪ひきとして、また豪快なことだね。しかし人は、泣いていると見たかもしれないよ」

「夏の昼日中に男が一人、町の児童公園のベンチで、ああ、それはいいですね。そう言えば、泣いてましたよ。火のついたような声で、どこかの家から子供が。その間ずっと。しまいにはもうゼイゼイと泣き涸《か》らしてました。忘れていたな」

「午睡から目が覚めて、母親の姿が見えなくて、泣き叫んでいる子供の声がよく聞えたものだよ、昔は。蟬時雨《せみしぐれ》と一緒になって、夏の午後の風物みたいなものだった。子供の泣き声が立つと、日が赤く傾き出して」

「いや、あの子は病気ですよ。声がけたたましいわりに、もろかったもの。僕は鼻水をぬぐいながら、公園の外の道の照り返るのを、何が見えたわけでもないけれど、炎天下の日脚に癘気《れいき》がひそむと古人が言ったのは、こんな感じだろうか、と考えてましたから」

そんな話がかわされた。それから数日後、未明に柿原はまたぽっかり寝覚めして、眉間《みけん》に険を立てている顔が見え、汗にまみれて物を考えていた。長いこと考え痼《しこ》っていた様子だった。

娼婦《しょうふ》を娶《めと》れという。淫行《いんぎょう》の女を妻に取り、堕落の子を産《な》せという。なぜなら、民が主神に背いて、邪神に走るという淫行をおかしたからだという。

まともに受けたわけではない。まともに受ける謂《いわ》れも、またそれだけの土台もありはしない。終末観というものを、小生は好みません、と奈倉は初め飄々《ひょうひょう》と書き出した手紙を、あんがいに烈《はげ》しい嫌厭《けんえん》の表明で締め括った。これにはもとより柿原も同感だった。折り返し、その旨《むね》を伝えようと思ったほどだった。終末観の反動を瀬戸際《せとぎわ》で利しての、再三の隆盛のことはともかくとして、ここまで至っては、この世界をすこしでも長く持たせることを至上の要請とするならば、核よりも危険物として取り扱われるべきものは、所を変え品を変え、質の反転も厭《いと》わず、ひそかに奔放の機をうかがう、人間の黙示録的情熱の……とその筋をたどりかけて、情熱という言葉にやはりこだわった。奈倉の手紙は自嘲《じちょう》の口調を取りながら、預言の書を引くにつれて、情熱とまでは言わないが、あきらかに興奮していた。何故《なにゆえ》の興奮か、とおくればせに困惑して柿原はとりあえず、奈倉がそれによって中世神秘主義への一時《いっとき》の興味の、足もとをいきなりすくわれたか、ヲコにされたかしたらしい、預言の書のその箇所に、いちおう自分もあたってみることにした。あれだけ懇切な手紙を寄越《よこ》した相手へのせめてもの義理立てであり、邦文を避けて独訳文につくという用心もほどこしたが、所詮はこれも無知の気楽さのお陰だった。

主神がまた預言者に臨んで、お前の妻をふたたび引き取れと命じる。妻の淫行にもかかわらず、お前は妻を愛する、わたしが民をその淫行にもかかわらず愛するのと同様に、と。話の筋道からすれば、女は三人の子をこしらえた後、夫のもとを出奔して、娼婦の身にもどったことになる。預言者は銀と大麦を代価に払って妻を受け出し、これに告げる。今後長くわたしのもとに留まれ、ほかの男と関係してはならぬ、わたしもお前に触れぬ、と。同様にしてイスラエルの民も……。

そこまで読んで柿原は書を閉じて棚《たな》へ戻した。やりどころのない嫌悪に顔をしかめていた。奈倉は自分にここまで読むことを求めたのか、お互いに、見たところ、これとは縁もなさそうな境遇ではないか、電話で木村と名乗った女性にも、声の感触からすると、これになずらえられるような事情があるとは思われない、と訝《いぶか》りかけたが甲斐《かい》もない想像は封じた。あれが七月の中旬の、猛暑の始まってまもなくの頃で、それきり柿原は奈倉の手紙のことを、返事はおろか一切考えなくなり、ひたむき暑気に苦しむようになった。

今になって柿原はつぶやき返していた。自分の声と思われぬほど、いっそう深く嫌厭に染まり疲れた声だった。

――奈倉さんな、あなたはまさか、その手の男とも思われないが、世の中を淫行の巣と見なすならば、世の女は淫行の女、それと産した子は堕落の子、とそう思いなすのは世の男の、むしろおもむきやすいところではないのか。何事をも性の象徴行為と取りたがる莫迦者もいるけれど、性こそとかく何事かの象徴行為であって、象徴行為のおぞましさに汚れやすい。淫行にもかかわらずか。かかわらずのつもりで、じつは女をそのようなものまで貶《おと》すことによってしか、関係を保てぬ男どももすくなくはないようではないか。長く自分のもとに留める、ほかの男と関係させぬ、自分も触れぬか。世の男のざらにやっていることだ。世の終末をみずから、自身が神のごとく民のごとく、表わしているつもりでも、自分たちのあずかり知らぬ象徴だと女たちに言われてしまえばそれまでだ。荒野の花嫁か。一人だけ荒涼の中へ連れ出して、そこであらためて求めるか。それだけ世の中を呪《のろ》っているのなら、あたしを、世に特別の女だとは思わないでよと、そう叫ぶ声が聞えないか……。

その夕刻、柿原はふらりと家を出て、もう門を閉めた公苑の敷地に沿って長い道を行くうちに、空にはまだ薄明りが失せぬのに地面から急に暮れかかり、風は夏の重い湿気をふくみながら肌に冷く触れ、ふと柵《さく》の内の暗い植込みの奥になにやら暖げな賑《にぎ》わいがあるようなのを感じてのぞくと、淡い灯の中に馬たちが並んでいた。長い厩舎《きゅうしゃ》の棟割の馬房の内に一頭づつ、一日の手入れをしまえて、新しい乾草《ほしくさ》を敷かれ、夕飼いも済んだところのようで、艶《つや》やかに肥えた軀《からだ》をそれぞれに、戸をすべて開け放って風の通る中でゆらりゆらりと揺すっている。道のほうへ首を伸べて耳を立てているのもあり、尻だけ胴《きわだ》だけが見えて敷藁《しきわら》をもてあそんでいるのもあり、老いのしるしの背骨の隆起の荒く際立つのもあり、どれももう眠るばかりの安らぎを匂《にお》うようにひろげていた。

柵と植込みとのわずかな隔りながら初めは遠い光景の表情で目を惹きつけたのが、やがて馴染むにつれて、しげしげとのぞく身のほうが遠くへ暮れていった。

何とかしなくてはならないな、と柿原は思案の恰好《かっこう》で手もとが暗くなるまで柵に寄っていた。夏じゅう目の色が淡かったように思われた。

秋土用

柿原のちょうど三日泊まっていた土地の時刻では、日曜日の夜にあたる。十月に入ってからもう三週間になる旅の習いで、酒と夕飯を済ませて宿に戻ると、日がな晴天下を若い者のように足にまかせて歩きまわった疲れから、湯を使うゆとりもあらばこそ、鍵《かぎ》の締まりを確めただけでベッドに倒れこんで正体をなくした。それから遠くの鐘の音を、その数をかぞえながら名残りだけを耳に留めて目を覚ましたのは、あれは夜半か、まだ十時十一時であったか、暗い道端に一軒ぽつんとひらいた日曜の酒場は、まだ晩秋の陽気を楽しむ地元の客で賑《にぎ》わっているだろうかと、燻製《くんせい》麦芽のビールの濃い香りとともに思い出してまた眠りこんだ。

その寝覚めの際《きわ》のことのはずだ。場所柄《がら》おかしな情景を同時にうかべていた。老年に近い夫婦が暗い茶の間でつくねんと火鉢《ひばち》に向かいあっている。俺《おれ》もいよいよ行き詰まったので、長年の恨みを晴らして果てるよりほかになくなった、と夫がそこまで腹の据《す》わったとは思われぬ声で訴える。妻は苦笑して、相も変らぬ虚勢をたしなめるのかと思ったら、ここまで来たらしかたありませんね、やるだけですよ、とあっさり承知する。それだけの場面だった。一向に切迫感もなく、ただ男の口もとの、弱い歯で固いものを嚙《か》みつのる頑是《がんぜ》ないような表情がのこった。夫婦の面立《おもだ》ちが柿原の死んだ双親にわずかに似通った境もあったが、やや遠のくにつれて柿原には自身に縁のある夢とも見えなくなった。まして奈倉とは何のかかわりもない。

息の絶えた奈倉の顔が白さを増すと眺《なが》めるうちに、救急車の音が近づいてきて、夜が明けていた、と未亡人の話したところからすればもっと早い時刻、早朝の五時か五時半か、時差を引けば柿原はベッドに手肢《てあし》を伸ばして、骨つきの肉の大きな塊を脂身《あぶらみ》ごと平らげてきたことに満足を覚えて目をつぶった頃《ころ》になる。連夜床に就けば不眠を知らず、こうもたやすく眠れてしまうことを、恐ろしいようにも感じていた。あの時、土地の救急車の音は聞えていなかったか。

「何も知らずにおりました。ちょうどお天気が続きまして」

ぽつりとつぶやかれて柿原は面前の声の主から、とっさに我身の斜め背後にあたる窓のほうへ目を振り、穏やかに暮れかかる晴天を確めるようにした。天気という言葉に誘われて一瞬、地上四十何階の高さから白い雨靄《あまもや》に込められた空を思ったものらしい。その窓の手前のカウンターに故人と並んで腰を掛けていた雨の暮れ方は十月の下旬、あれから奈倉はまる一年は生きていなかったことになる。マーゴール・ミッサービーブ、恐懼《きょうく》周囲、おそれまわりにあり……マゴのミサ坊、孫の顔は見ずに終ったか、俺などよりはよほど、危機を乗り越した様子だったがな、と胸の内でつぶやき返して、視線をもとに戻すと、もう二時間ほども向かいあっているのに、目の前の女性がまた未知の人物に見えた。

「こちらも天気でしたか」

「はい、あの頃はとくに、毎日毎日が晴れ渡りまして」

天候のことを話す口調が年にしては老いて聞えたが、しかしそんな若さでもない。この四月の寒風の吹く晩に電話でいきなり奈倉の安否をたずねてきた声と変りがなかった。やはり木村と名乗った。名前のほうはいまだに言っていない。いや、名前は柿原に明かす必要もない。

ひと月の旅からもどってまもなく、十一月に入ってすぐの晩に、奈倉の細君から柿原のところに電話があり、お帰りになりましたかと親身な声でたずねて、じつは奈倉が先月の二十二日の朝に心臓発作で亡《な》くなった旨《むね》を伝えた。先月と言われて柿原はしばし、旅に立つ前の九月のことと取って混乱を来たした。しかし十月のなかばに旅先の郵便局から自宅へ電話を入れたついでに、つい先日奈倉氏から電話があったことを妻から聞かされていた。月末まで歩きまわっているそうですと教えると、はあ、元気だなと笑って、それでは戻って落着いた頃に話も聞きたいので気が向いたら連絡してくださいとことづけたという。おそらく奈倉が何気なく口にした柿原の不在のことを未亡人は覚えていたのだろう。

それにしてもこの際のこの記憶の良さは不審に思われたが、事柄を先へ先へ始末していく旅行中の習性がまだはたらいていたようで、さっそく未亡人の都合をたずねて、二七日の法事はとくにやらないと言うので、翌々日の祭日の午後から、黒い身なりを整えて奈倉家を訪れ、まだ白木の位牌《いはい》を拝んだあと、ほかに誰もいない家の中で、ほんのりと白さの中に坐《すわ》りついたふうな未亡人と、日の暮れるまで話しこんで帰ってきた。その晩はこれも旅からの持ち帰りか八度ばかりの熱を出して早目に床に就き、しばらくはまどろみかけると寝床のそばから電話が呼んで奈倉の死を知らせる、そのつど手足がこわばるという、現実に遅れた夢に悩まされたが、やがてぐっすり眠りこんで日の高くなった頃に目を覚ますと、それで時差の狂いは解消したようだった。

ところがそれから一週間ばかり事に紛れて故人のこともろくに考えられずにすごしたあと、昼日中に木村と名乗る女性から電話を受けて、奈倉氏の最期《さいご》の様子をうかがわせていただきたい、じつはそのことはつい今しがた思いがけない方向から聞かされたばかりなので、こんなお願いができたものか、慎しむゆとりもまだありませんが、出来ればお会いしてじかにお聞きしたい、ご都合はいくらでも待ちますので是非ともと泣きつかれ、じつは自分も旅行中だったのでつい先日までつゆ、最期の様子はおろか通夜《つや》も葬式も知らずにすごしていたのでとしどろもどろに弁解しながら、細くつのっていく相手の歎願《たんがん》の声に耳を貸すうちに、頭の芯《しん》にとろりと睡気《ねむけ》が溜《た》まり、今は午後の一時か、旅行中なら朝の五時、まだ昏々《こんこん》と眠っている時刻だ、と深くつぶった目を思っていた。

「奈倉氏とは僕もこの二十年ほど、近年またときたま電話で話すようになりましたが、顔を合わせたこともなかったのですよ。去年の秋にたまたま機会があってこの店でしばらく落ち合ったのと、この四月に、成り行きで、病院まで見舞いに行ったほかは……」

奈倉の最期についてこの女性に伝えられることはとうに尽きていた。それもすべて未亡人から聞かされた話ばかりであり、当座はたくさんに聞いた気分でいたが、いざ第三者に話してみるとさほどの内容もなかった。そのことに気がひけたか、柿原は先日の電話でしたのと同じ弁解をくりかえし、睡気のまた頭の芯に滴るのを感じながら、自分で口にした二十年という年数について鈍い疑惑に苦しめられた。去年の秋にそこのカウンターで奈倉と話していた時には、十二、三年ぶりで顔を合わせたように、終始そう思いこんでいた。奈倉もそのような相槌《あいづち》を打ち、実際に、奈倉の老父の亡くなった直後に一度は会っていなくては通じないはずの話も断片ながら交わされた。あれは同じ十二、三年前でも、直接に会ったのではなくて、ある夜の電話で奈倉から父親の病中の経緯を打ち明けられたその名残りであったことが、あの後まもなく思い出された。柿原が大学の世界を離れたのは今からおよそ二十年前になり、それから二年もして、頑健《がんけん》だった奈倉に心臓の疾患が出た。奈倉と職を異にする人間として、健康状態の変ってしまった奈倉と顔を合わせたことは去年まで一度もなかった。その記憶にまず間違いはない。

とすればしかし、病んだ直後の奈倉の、ひさしぶりに現われた席で、俺の人生はこれで終ったようとうそぶいて、それまでの私生活の乱暴さを知る者たちを苦笑させた、四十代初めの顔が、養生のせいかほんのり赤味の差した唇《くちびる》まで、柿原の目に見えたのはどういうことになるのか。すべて後に伝え聞いたところから柿原の記憶の内に像を結んだものだとしても、同じ時期にあたるはずの奈倉の声が、若々しい声音が今でも柿原の耳に聞える。

駅の階段は苦しいかって、いや、いまではかえって楽だよ、なぜって、もう急ぐにも急げないもの、とあきれ顔で答えている。それよりも、とかくいやな心持にさせられるのは、平らかなところを歩いている時さ、つい足が速くなるだろう、その足もとからいきなり、一歩ごとに、目に見えない断崖《だんがい》が落ちこんでいるようで、身の毛のよだちかけることがあるな、ほんとうは坂でも崖《がけ》でもなくて、恐怖は手前の心臓の内にあるわけだけれど、とほとんど晴れやかに笑っていた。電話の声とも思われない。顔も見えれば、にわかに至るところ暗い穴のけはいのひらいた、駅前広場らしい情景もその声のまわりにひろがっている。

それにまた、去年の秋のそこのカウンターで一度、奈倉の病みあがりの時期の共通の知人について、双方の思出話しがはっきりと嚙み合ったことがあった。かえって長生きするぞと病後の奈倉をからかった先輩がいたことを、奈倉が思い出した。自分は長生きはまっぴらだと言わんばかりの口振りだったことを、柿原も覚えていた。当時還暦を迎えていたが、それまではうらなりみたいな人だったのが、莫迦《ばか》に元気になっていた、近年は寝たきりでいる、と奈倉は教えた。元気で元気で困るとはしゃいでいたことを、よけいな肉のすっかり落ちた姿もふくめて、柿原も思い出した。しかしその頃もその後も、奈倉となにかの集りで同席したことは一度もない。

　あれもすべて、当時、奈倉が電話で教えたことに違いない。しかし病後の奈倉と電話のやりとりをした覚えはない。入院のことも人伝《ひとづて》に聞くばかりで、本人にたずねようともしなかった。住む世界を異にしてそれほど疎遠《そえん》になっていた。それでは奈倉は、それから何年もして、いきなり電話をかけてきたのか。何かの用件でひさしぶりに連絡してきたついでに以前の懇意がまた通じあって、先頃亡くなった父親の、病中の奇妙な行動をつぶさに打明けることになった。それは考えられる、そうであったような気もされる。奈倉としてはそれまで誰にもまともに話せなかった事だったのだろう。さしあたり遠のいた人間のほうが話しやすい。奈倉の心理はそれで腑《ふ》に落ちたとするにしてもしかし、柿原自身のほうの、あれだけのことを打明けられながら、疎遠の年月がまた重なれば詳細はともかくとしても、聞いたということ自体まで忘れる……ここ四年ばかりまたときたま電話を交わすようになっても、去年は本人と会っても、影ほどにしか思い出せなかった、あれはどういうことか。それでいて、思い出したとたんに印象に馴染《なじ》んで、まるでそのことについて奈倉から話を聞かされたのはそれまでに二度や三度ではなかったような気分になっていた。何もかもが取りとめもなく、訝《いぶか》しい。それにもまして、記憶どうしのこれほどの矛盾を、奈倉が亡くなるまでは、まともに考えもしなかった、そのことがいっそう訝しい。

「折角、お会いしましたが、僕は奈倉氏のことを、結局はほとんど何も知らないようなのです。長年にわたって時折の交渉はありましたが、記憶がどうも怪しげでして、自分で責任が持てません。当時からそうだったのか、この頃になってさかのぼってそうなったのか、なまじあらためて惹《ひ》かれると、よけいに混乱がひどくて、取りとめもなくなるようで。もともと、人には関心の薄いほうなのかもしれません」

所詮《しょせん》は無縁の女性が相手だからと言って、こんなことを自分からあっさり口にしてよいものか、と柿原はさっきから目を伏せたきり格別の表情も見せずに黙っている木村を眺めやり、自分こそ長いことひとり勝手に黙りこんで目ばかり相手に向けていることに、これこそ人に関心の薄いしるしの最たるものだとあきれながら、ひきつづき視線をはずさずにいた。痩型《やせがた》の体格の、首から肉の落ちかけているようなところでは、三十代も四十に近いと見受けられた。初めにカウンターのはずれから柿原の顔をすぐに見つけるとためらわずに近づいてきて、これが三度目の名乗りになり、木村ですと頭をさげて柿原の手招くのに従って向かいの席についた。足労させたことをひとしきり丁重に詫《わ》びると、身分も明かさず、奈倉との関係についても言訳もせず、すこしでもよけいな時間を費やさせてはならないという顔で、すぐに柿原の話を聞く姿勢を取った。ごく自然に切り詰めた態度が取れるのはもう長年の職業人であるらしく、それもおそらく奈倉の世界の人間ではあるまいとまでは見分けられたが、それ以上は、何をして暮す人間か、柿原の世間智《せけんち》では間に合わなかった。家庭をもつ女性でもなさそうだが、それは何とも言えない。ひそかに探る気分には、故人のためにもなれなかった。要らざることは聞くまい話さすまいという用心が、奈倉の生前になる、最初の電話の時から柿原の内に持ち越されていて、相手もそれを頼りにしているようだった。

わざわざ来て聞く甲斐《かい》もないような柿原の話に、ときおり律儀《りちぎ》にうなづいて耳を傾けていたが、とくに惹きこまれているようでもなく、悲歎や感慨にひたる様子も、慎んでいるのか見せなかった。柿原の話が跡切《とぎ》れがちになっても、沈黙に苦しむようでもなく、柿原が無言のまま、ほとんど無意識のうちに目を向けていれば、平静に眺められるままになっている。いったん電話で柿原に訴えてしまったからには、無意味と知れても柿原にたいする、自身にたいする、のちの責任と心得て果たしに来たか、と柿原は疑った。しかし霊前にも参れぬ身の上なら、それはそれで同情できる、自分も足を運ぶだけのことはある。それにしても、奈倉とどういう関係にあったかは知らないが、いずれ故人への深い関心からここに居るはずの女性を前にしながら、その人物にいささかも触れず触れられず、目は向けているがろくに見てもいないので、立って左右に別れればたちまち顔まで忘れかねない。時差ボケの後遺か、これも故人の介在のしるしか、あるいは後日になって故人の謎《なぞ》をいきなり口にかまされ、あの女性は一体、どういう人物だったのか、と悔んで呻《うめ》くこともあるかもしれないが、過ぎる時にはこうして過ぎてしまう。

「この辺で、話はまあ聞いたとしてください。せめて通夜にでも居合わせていればまた別だったのでしょうが、奈倉氏のことを考えるにはまだまだ時が要るようで、今では考えるそばから穴があくありさまでして。いや、のちになっても、あなたの知る以上のことに、思いあたることもないでしょう」

仕舞いのところがつい微妙なようになってしまった。そのことに自分で苦がりきり、柿原はきっぱりと切りあげるため姿勢をあらためた。ところが腰をあげるばかりになって、立ちあがってもすぐに左右に離れるわけでなし、はるか階下まで、駅のあたりまで女性と同道しなくてはならぬかもしれないことを思うと苦痛になり、「私はちょっと用件があってここに残りますので」とことわった。

「ありがとうございました。知らずに過ぎるところだった話をいろいろと聞かせていただきまして」

女性は細く澄んだ声で礼を述べて、襟元《えりもと》をかるくつくろって立ちあがりかけた。傍《かたわ》らで女性に長くなった席を立たれる時の習性で柿原は目を遠くへそらし、それにしてもお天気の続いたことを歎《なげ》いたほかは徹底して、自分を耳だけにして振舞った女だな、とすでに目の前を立ち去られたかのように舌を巻いていた。しかし木村はいつのまにかまた坐りこんで、同じ席にそれまでよりも深く腰を沈めて、もどかしげに肩を捩《よじ》ったかと思うと、柿原の目をまともに見た。

「さきほどうかがいました、故人にしばしば見られた奇妙な動作というのは、縁側にしゃがみこんで、なんだかこう、独特な手つきを……あれがあたしには、思いうかべられそうで、どうして見えなくて」と初めて物をたずねた。

「それは、僕だって一緒です、見えやしません」と柿原は憮然《ぶぜん》として払ったが、たちまち押しこまれた自分を見た。木村が言葉にわずかに添えた手つきには、なにがしかの理解の色があるようにも感じられた。

未亡人が終始むしろ楽しげな笑みを浮かべて話した事のひとつだった。十月に入ってしばらくしてからふと目についた姿なので、もっと早くから始まっていたのかもしれない。縁側にしゃがみこんで狭い庭を見ていた。よく晴れた日だったので不思議なことではない。それまでにも、とくに子供が家に居なくなってからは、閑《ひま》でお天気の日にはよくそうやって庭をぼんやり眺めていた。お尻《しり》を垂れて背中をまるめているので、そんな半端《はんぱ》な、みっともない恰好《かっこう》をしないで、坐りこむのなら座蒲団《ざぶとん》を持ってきて腰をおろしなさいよ、と通りがかりに言ってやると、面倒臭くてな、とまじめな顔で答える。そんなことが以前から幾度もあったが、それとはすこし感じが違っていた。そんな無精なしゃがみ方ではなくて、爪先《つまさき》のほうにからだの重みがかかって、膝《ひざ》にも力が入って、もともと柄も大きければ立居も大振りな人なので、今にもむっくりと立ち上がりそうな恰好から、じっと動かずにいる。もう長いことそうしていて痺《しび》れでも持て余している姿に見えたが、いましがた廊下のはずれの手洗いへ通うのは見かけていた。何をしているの、と夫人は声をかけた。良い天気だ、今年の秋は続くな、と奈倉は答えた。たしかにお天気には違いないけれど、暮れ方にかかる時刻で、南向きから東へ振れた庭はとうに翳《かげ》って、この春に肺炎を患《わずら》った身体《からだ》には風邪が大敵なのでガラス戸はぴったり閉《た》てられている。向かいの家の高い壁が日に赤く染まっていた。

長い夫婦の間のことなので、それぐらいの姿はすぐ目に馴染んでしまう。春からの不調が梅雨時まで尾をひいて、この猛暑の続いた夏には表へも出ずに息をひそめるようにすごしていたが、秋からは大学にも休まずに出て、家に居る日には部屋にこもってずいぶん熱心に物を読んでいた。本人も自分ですこしあきれた顔で、長年、いくら物を読んでもろくに内へ染まぬ頭だと匙《さじ》を投げて暮してきたけれど、ここのところ年々、分不相応な、自分が読むとも思われなかった物でも、読むのが面白くなるな、どうせ身にはつかないとよく悟ったせいだろうかね、と感心していたのもつい近頃のことになる。一度は例の廊下にしゃがみこんでいるところを、目ざわりな恰好をしないでよと見咎《みとが》めると、俺《おれ》みたいな鈍器でも、空っぽになって物を読んでいると、この年になってかえってじわじわと、いささかの恍惚感《こうこつかん》は伴って降りて来る物はときたまあってな、柄にもなく興奮すれば心臓に障《さわ》りますので、君子危きに近寄らず、こうして外へ出し抜いているところです、とそう言ってこの時はニヤリと笑った。

　廊下にしゃがんで、おかしな手つきが見えはじめたのは、亡くなる十日ほど前からのことだった。両手をそれぞれ膝の上に置いて、そこをかるく握りしめるようにして、妙に端然としゃがんでいるなと眺めるうちに、右のほうの肘《ひじ》がおもむろに、いかつく張り、そちらの手に指に力がこもり、膝に喰《く》いこむようになり、それにつれて左のほうの手が膝から浮いて、こちらは力なく、惑うふうに、支えでも求めるふうに、わずかにわななく……。

　さきほどそこまで伝えたところで柿原は木村の顔をうかがったものだが、それ以上の説明の言葉にたちまち窮して思わず知らず胸の前で半端になぞってみせた手つきの、おのずと誇張された醜怪さのせいだか、木村はわずかに目を下へそむけはしたものの、ほかに格別の表情も見せなかった。

「ほんとうに、こういうことは、言葉では伝えられなくて。おそらく、親しく目にした未亡人にしても。ましてや私などは、ろくに思いうかべられてもいないので」

　いたずらに言訳を重ねるよりほかになかった。さきほど木村がちらりと見せた手つきは、おそらく柿原の手ぶりがおのずと伝わって女の手にくりかえされたもので、よけいに醜怪さが際立《きわだ》ちそうなものなのに、そんな気も混らなかった。そのことをひそかに訝りながら、柿原は未亡人になりかわり繕って話しつづけ、その口調にもいくらか染まった。

「それに、声をかけるまでもないわずかな間のことで、両手はまた静かに膝の上へ置かれて、立ちあがって書斎へもどるのです。書斎で物を読むうちに深い印象を受けたか、何事かひらめきかけたかしたので、廊下に出て吟味しなおしていたとも見られないではない。実際に、近頃、何か興味深いテーマを手もとまで引き寄せていたようで、書斎から出て来る時にはしばしば、顔が紅潮していたそうで。まあ妙な癖ですけど一日のうちにそう何度も、頻繁《ひんぱん》にくりかえすわけでもなし、暮れに雨戸を閉てたあとはもう、そんなことはなくて、家の内を歩きまわるようなこともまるきり……」

もっとも、わたしの眠りこんでしまったあとのことは知りませんけど、と未亡人は笑っていた。舅《しゅうと》と主人と、この家はここも二十年近く、病人の家だったので、わたしとしても夜中にあまり神経質になっては身が持ちません。そのかわりに、変ったけはいがあれば目覚めるともなく耳を澄ます習慣はついているはずなのですよ。幾度かは夜中に二階へあがって行くことがありましたけれど、思いついて本を取って来るようで、これもいつものことで……。

あらためて眺めると、木村は得心の行かぬという顔つきでもないが、言訳めいたものには逸《そ》らされずにいるようだった。もとより柿原には、うかつな想像を口にすることも憚《はばか》られた。故人の見せたおかしな手つきのことを話すうちに、未亡人は膝に置いた右の手首に左手をかるく添えて、やがて抑えるようにした。柿原が目をそらすのと同時に、視線に気がついたようで、その手をほどいた。それからお互いに深入りは避けてその話を切りあげたものだが、未亡人が何を思っていたのか、ほんとうのところは知る由《よし》もない。

「あなたは何を……」と柿原はようやく相手に問いを投げ返すことに思いついた。「いや、どんなふうに想像しているのですか」

「何も思いうかべられなくなりました」と木村は答えた。それきりまた黙りこんで、人に物をたずねておきながら取りつく島もない応対だったが、その声音《こわね》に柿原は憫《あわ》れみのようなものを覚えさせられた。

せっかく来たのだから、おそらくこれきり顔を合わすこともあるまいから、何かを聞かせて、かりそめにも何事かを得心させて、帰してやらなくてはならない。とそんなことを考えて、考えこむふうになり、故人の目くばせをどこかに感じた。しかしあらためて話すこともなかった。

故人はその時まで平生と、どんなに様子が変らなかったか、夫人はそのことばかりを縷々《るる》と、楽しそうに、ときおりは訴えるように話した。不安な兆《きざ》しは何ひとつ、さっぱりなかった、と強調した。それだもので、主人が物を言わなくなってしまった時には呆気《あっけ》に取られたけれど、おかげで普段の気持のまま別れることができました、とおかしそうに言った。いいえ、別れぞこねたみたいで、今でも主人がその辺からぬっと入ってきて、わたし、そちらも見ずに話しかけているのですよ、返事も聞えているのです、もともと言葉数のすくない人ですから、とさらにおかしそうにして、こんな話をするとたいそう哀《かな》しんでいるように聞えて嫌《いや》ですね、と笑った。でも、別れぞこねて困るような年でもなし、と。

夫人が話すにつれて、柿原もその平生とすこしも変らなかったという故人の暮しのいちいちに、夫人は立居に至るまで事こまかく話したわけでなく、柿原も不案内な家の中を見まわしては勝手に目にうかべていたにすぎないが、心が和んだ。お風呂《ふろ》にもいつものように入っていたのですよ、夜更《よふ》けにお茶を呑《の》んでお煎餅《せんべい》みたいなものをいつまでもつまんでいたのですよ、とそんな話にも心賑《こころにぎ》わいがこもった。そのすべてを木村に伝えたわけではなかった。あまりにも詳細にわたることは、それ自体何事でもなくても、木村に話すに忍びない気がした、というよりもさきに、木村を前にしていると念頭にろくに上って来なかった。例の手つきのことも、木村に話してみればおのずと奇怪な印象を呼び寄せたが、夫人はそれさえも、たわいもない事だけれど今は懐《なつ》かしい思い出として、面白く話していた。柿原のほうも一度は夫人の手もとへ思わず目の行くようなことがあったものの、そのあとは木村に話すその時まで、とくに重たるい印象ものこさなかった。迂闊《うかつ》なことだった。

しかし今と似たような境が夫人と話す間にも一度挿《はさ》まったことを、柿原は思い出した。言葉がようやく跡切れて、二人とも黙りこみ、戸外はまだ明るかった。この辺が汐時《しおどき》と柿原は不謹慎ながら思わず楽しいようになった長居を切りあげようとして、そのきっかけをつかみかねていた。ちょっとした気迷いのせいか、聞き手としておのずと話の続きを待ったか、それとも夫人の沈黙の或《あ》る感触に、待たされたのか。とにかく柿原が辞去の言葉を言い出す前に、夫人はまた話しはじめた。やはりほんのりとした声だった。柿原もすこしばかり困惑の心はつきながら同じように和んで受けていたが、そのうちにだんだんに、夫人がそれまでとは逆に、死の前触れとも取れそうな夫の様子を数えあげている、いや、どれもほとんど同じことを、まるでひとつづつ数えあげるふうに、ひきつづき楽しげに、繰り返していることに気がついた。これもおよそ十日ばかり前から、故人は何かにつけて、長年見馴れたはずの家の内をしばらくしげしげと見まわす癖がついたという。

たとえば居間に入って来て、夫人の顔を見る、その目に何かの表情が動く前に、夫人の背後のあたりから、壁に沿って鴨居《かもい》の高さまで、部屋の内をすっと見渡す。たとえば、息子たちが居なくなってからまた持ち出した古いちゃぶ台に夫婦で向かいあっている最中に、目がうろついたかと思うと障子の外、廊下のほうを見る。古い木造家屋なので夜がすこし冷えこんだり表で風が走ったりすれば、あちこちで建具が鳴り、梁《はり》の材木に罅《ひび》の進む音がする。廊下の床や天井が軋《きし》んで、人が居るように感じられることもある。思わず目が行くのは長年住み馴れてもしばしばのことなのだが、それにしては目つきが粘る。いまにも立ちあがって確めに行きそうに宙を見ている。その目がぼんやりとしてくる。どうしたのとたずねると、この家も古くなったな、といまさらのことを言う。

ある日は廊下に立ち停まって、庭の塀《へい》を眺めては不思議そうにしているので、何か見えますかと脇《わき》から声をかけると、困惑した目つきになり、あれがブロック塀になったのは近頃のことか、とたずねた。これには夫人もとっさに昏乱《こんらん》を来たして、十二年前とは近頃なのか昔なのか、おぼろげになった。お父さんの三回忌の済んだあとに思いきって直したのではありませんか、とやっと答えると、そうだったな、長いことぼろぼろの板塀のまま放っておいたものな、とすぐに思い出してくれたが、俺はなんだか今の今まで、板塀のままのようなつもりでいたよ、と離れ際につぶやいて、書斎へ引っこむのかと思ったら、空間同然になっている二階へあがって行く足音がした。

あの時には夫人もしばらく立ったきり塀を眺めていた。いまの夫の言葉は、それでは、いつもここにしゃがんで何を見ていたのだろう。この家の塀はもう三十年ほど昔に嫁に来た時から、板はくたびれ、路《みち》のむこう角から近所の家並みの中で蒼然《そうぜん》と目につくほどのものだった。それでも舅と夫が、一向に構わないようでいて、お互いに相談するでもなくかわるがわる閑な日に一人で庭に降りて、板なども町から買いこんできて、破れをすこしづつ繕うのを、十年足らずでも女手なしに暮してきた家の男性にはこんなマメなところがあるのかと感心していた。おかしいように継ぎはぎだらけになった板塀を廊下から指差して、ああして話をかわしているのね、あなたがた親子は、と夫をからかったこともある。それが子供たちも育ちかけた或る時期から、舅のほうは年を取って精がなくなったせいとしても、夫の生活が乱れぎみになり、塀の手入れはまるでされずに放っておかれるようになった。夫人は夜遊びよりも塀のことで夫をしばしば責め立てた。そのつど夫は、そのうちに俺が半日で片をつけてやるよ、親父にはもう無理だ、と請《う》け合うばかりで一向に埒《らち》も明かなかった。塀が破れてしまって道から庭が行け行けになったら、子供たちは喜ぶでしょうし、あなたも朝帰りに便利でしょうけれど、お父さんにはこたえるのではありませんか、家が身体みたいになっておいでのようですから、と迫ったこともある。

その夫のほうが先に病人となるとは思いがけないことだった。まもなく舅も病んで、亡くなって、その間、塀どころではなくなった。一周忌が過ぎた頃にも、夫人は迷信めいたものにどこか囚《とら》われ、夫の身体を気づかって、ほかにいろいろ必要な家の修繕にも手を出しかねていた。そのうちに塀はあいまいに傾いて左右にゆるくうねり、見ていると家全体の状態が思われて空恐しいようになった。三回忌の後で塀の建替えの話を切り出すと、夫はあんがいすぐに承知したので、気の変らないうちにと夫人はさっそく手配した。ほかの手入れもおいおいおこなわれ、息子たちが家を出るようになってから、用もないことに思われて止《や》んだ。

考えてみれば、以前の塀は十何年も破れるにまかせていたわけで、その間のほうが夫にとっては後の十何年よりもよっぽど長く感じられたことだろうから、いまだに板塀を見るようなつもりでいたことに無理はないようなものの、となればあちこちの修理の跡もろくに目に入ってこないことになり、いったい夫の目には何時の家に映っているのかしら、と夫人がさらにあきれている間、二階ではしきりと歩きまわる足音がしていた。その夜はしかし、夫婦はいつもより閑な顔を会わせていた。この家のことでそろそろ、息子たちにも相談しておかなくてはなりませんね、と夫人は何となくそれを言う心持になった。昔は新開地のまたはずれの、こんな狭い地所でも、近年とみに地価の高騰《こうとう》がこの辺まで及んで、代替りの様子が近所のあちこちの家で見うけられるにつけても、夫婦はよけい面倒なようで家の先々のことを口にしないようになっていた。マンション暮しも気楽そうだね、と夫はあっさり、時代遅れみたいな答え方をした。あなたがそのつもりでいるなら、あたしはなにも、ひそかに取越し苦労なぞしなくて済んだのに、だって年々歳々、まだそんな年でもないのに、この家よりほかにはとても置けないような、昔の年寄みたいな立居になっていくじゃありませんか、と夫人は亭主の顔を見た。すると、

こういう古屋は、爺《じい》さん婆《ばあ》さんだけになると、どうかして妙に賑やかになるのでいけない、俺も心臓が悪いのでそうも、夜中に物音を聞きつけてもつきあうわけにはいかなくてな、と故人はそんなことを言った。視野でもにわかに暗くすぼまったような目つきで、自身の膝のまわりを見わたしたという。このぼろ家はことに冬場になると夜中にあちこちで小さな物音が立って主人《あるじ》の見まわりをのべつ催促する。面白いこぼし方だと夫人は感心して、笑って黙った。亡くなる三日前のことだった。

それは主人にとって、ここはお母さんの亡くなった家ですし、お父さんも最後の入院まで暮した家ですから、と夫人は一度に歎きつのる声になり、柿原は部屋の内が刻々暮れていくのに夫人が電灯を点《とも》そうともしないことに困惑して腰が浮きぎみになったが、夫人の声はそこで折れて低いつぶやきに終った。

あたしもここであの人に抱かれて、子供たちをこしらえたのですよ、と言った。むしろ淡い声音だった。それ以上の感情も口にされなかった。

あの一言のために柿原は木村にたいして、未亡人から聞いた話のうしろ半分をまるまる伝えないことになった。木村としてもあまり聞きたくない話に違いない。しかし木村はたずねる姿勢をまだ崩さず、答えの続きを待っていた。柿原の報告にどこかすっぽり欠け落ちたところのあることは、おのずと感じ取っているらしい。一緒に席を立つのを嫌って姑《こ》息《そく》な策を弄《ろう》したばかりに自分から腰があげられなくなったことを柿原はひそかに悔んだ。そしてこちらの困惑も構わず、眺められていることにも苦しまず、ずいぶん世馴《こわ》れてもいそうな様子にもかかわらず人前でひとり静まり返っている女性の、寡黙《かもく》な情の強さに気おされて、やはり身体のつながりの力か、と感心させられるにつけても、またしても包んでやろうと配慮してかえって露《あら》わすことになったか、と自身の優柔不断さの、つまるところの質《たち》の悪さをうとむ心から、この場を繕うためにも何かもうひとつ話さなくてはならないとまた思った。木村の待ち受ける心がひとりでに張りつめてしまったので、ここはどんな些細《ささい》なことでもよいから、とにかくほんとうの話の一片を伝えれば、木村の緊張もそれなりにほぐれて、この相手からは聞くほどのこともなかったことに得心するだろう。そう思案してしぶしぶ自分を促し、電灯が点《つ》いてから未亡人がすでに客を送り出す気づかいを見せて名残りを惜しみねぎらう口調でまたおかしそうにした話をおもむろに手繰り寄せ、にわかに無力感を覚えて、思い出したところから取りとめもつけずに放りはじめた。

「物のにおいが、亡くなるやはり一週間ほど前から、とかく鼻についていたようです。外から来るにおいでもなかったらしい。におう時にはあらゆる物に、空気にも水にも、食べ物にも着る物にも、自分の唇《くちびる》にもうっすらと染むと言うことですから。漏電の不安などは、あなたの若さでは、御存知ないでしょう。ふいに手をとめて、眉《まゆ》をかるくひそめて、まず鼻を利《き》かすよりは、耳を澄ます顔になる。どこぞに火の気でも感じたように。ところが聞けば、嫌なにおいでもないと言う。ずいぶん陰気ではあるが、どこかしら甘たるいにおいなのだそうです。手足が重たるくなる、と。ついでにいとけないような気分になるところを見れば、人が一段と衰える、老《ふ》けこむ際のにおいか、と自分で笑っていたそうで。なにぶん、繰り返したことのようなので。強《し》いてくらべれば金木犀《きんもくせい》、それも盛りではなくて、すがれてまだ散らない時の、あのにおいをはるかに淡く、あるかなきかにしたようなと。そう言えばあの家にも、玄関の脇に一株、植わっていたな。しかしあの花は、十月の中頃までにはすっかり仕舞えていますでしょう。僕は九月の末から不在でしたが……」

頭の芯《しん》がとろりと融《と》けかかり、窓の下を行く深夜の足音が敷石に響き返り、奈倉がわざわざ訳して寄越したあの中世の説教はやっぱり女相手のものだったそうではないか、と声にまで出してつぶやきそうな昏乱から、柿原はもうひとつ啞然《あぜん》と我に返った心地になり、あれは心臓の、苦悶《くもん》のにおいではないか、あれを聞きすごしたことこそ未亡人の痛恨事ではなかったか、もっとも悔まれる事をしまいにさりげなく笑って客に伝えたのに、何を聞いていたのだ、と目を剝《む》いたその瞬間、その目の前で女性が身悶《みもだ》えた。やや前へ傾けていた背をゆらりと、汐時を感じたか、細く伸ばしたまでのことだった。しかし椅子《いす》から腰を、据《す》えられたまま逃がそうとした気味はあり、初めてかすかな笑みをふくんだ目の内に、やめてくださいと懇願する色が見えた。

どこぞで赤ん坊が生まれているみたいなにおいだ、風の強い日に、と奈倉はついでにぽろっともらして黙りこんだという。その奇っ怪な言葉はさすがに、女性の前で包んでいる。その包み隠しが自分の顔に、奈倉本人にはなかったはずの、陰惨な面相となってやや露呈しているようなのを危《あやぶ》んで、

「遠いところをわざわざ、無駄足《むだあし》を運ばせました」

立場のまるで逆転した詫びを言って柿原はまだ明るいうちに女性が姿を現わした長いカウンターのはずれのほうへ目をそらし、どこから来たかも知らないくせに、と自分でまたあきれた。

けのんガ淵《ふち》

夜に雨の叩《たた》くことは一、二度あったが十一月の天気はさらに続いて、月末には季節はずれの台風が近づき、西から上陸して未明にかけて北へ抜けると、年の瀬はとりわけ暖い一日で始まった。その日、柿原はたまたま会合の用があって暮れ方に大川へ注ぐ運河に掛かる橋を渡りかかり、上手から釣舟《つりぶね》を浮かべて烟《けむ》るような水の眺《なが》めに、九月の陽気だと言うけれど、これではそろそろ花でも咲きそうではないか、と溜息《ためいき》をつかされた。十月あたりにひと月でも仕事をあけるとその皺寄《しわよ》せが年末まで及んで、いや、以前の例では年末にもとうてい片づかず、どうにかやりくりがついてきたと息を入れる頃《ころ》にはどうせ春先になっている。鬼みたいに働くな、と一人でつい苦笑していると、背後の川口のほうで声があがり、三度ばかり細くあがり、やがて自分の名が呼ばれているのだと分かった。振り向けば同じ橋の上のすぐうしろを知人がやはり苦笑しながら、呼んでも聞えないようなのでゆるゆると通り過ぎるところだった。ひさしぶりに人に会った気がした。

鬼みたいに働くな、とこの半月ばかり、そうも頻繁《ひんぱん》ではないが仕事中の口癖に近いものになっていた。もとより柿原の仕事はそのように烈《はげ》しい質《たち》のものではなく、のべつ停滞して、ただ気のつながるのを待っている。ただ机の前に身をしんねりと据《す》えているだけの、無為の間《ま》のほうが大半になる。その間がやや長くなる頃に、それが口をついてこぼれる。自身の苦労をからかう陽気さにもとぼしい。鬼という言葉には、馴《な》れぬ意味合いがおのずと忍びこんでいるようだった。その後で、静かだな、とべつにそうも感じていないのに、いたずらに口走っていることもある。

「いいえ、そんな。こちらこそ大切なお時間をずるずると、申し訳ありませんでした」

木村はあんがいにゆとりのある声で答えて立ちあがり、そこまで話さなくても、とうとむような笑みのなごりをまだ目に溜《た》めて、テーブルから離れるとやんわりと一礼して去った。たちまち後姿になる女だ、と柿原は妙な感心のしかたをしながら、遠ざかるにつれて年相応に背から腰がたっぷりしてくるようなのを、カウンターのはずれから壁のかげに隠れるまで見送った。それから、故人の跡なら身体《からだ》がひとりでに見つけていくだろうよ、と一人できりあげると疲れを覚え、寄ってきたボーイに、これも旅中の癖だか、赤ワインをグラスで注文して、これからまっすぐ家に戻って晩飯を喰《く》ってひと眠りして、今夜もひとつ片づけなくてはならぬ仕事があるな、とテーブルに肘《ひじ》をついた。

一週間ほど前から故人の鼻にとかくついたという臭気、どこから来るともなく、陰気で甘たるく、けだるくていとけないようなにおいを、あれは心臓の苦悶《くもん》の前味だなどと、どうしてそんなことに唐突として思いついたものやら、何も知らないくせに、と自分で眉《まゆ》をしかめた頃にはグラスの中身もすくなく、その赤さが底に重く澱《よど》んで見えて、額を左手に支えていた。やがて席を立って家に戻り、食後に小一時間ほども宵寝《よいね》をして、ぐっすり眠ったばかりに酔いの染みた身体を机の前に据えつけ、しばし仕事に手がつかずにいる間、そっくり同じ恰好《かっこう》で額を掌に沈めていた。ふいに黙りこんだ奈倉の顔を、まるでどこかの天井に漏電の火の気でも感じたみたいだ、と細君は見た。漏電と言われて奈倉もさすがに照れくさそうに笑ったが、ひきつづき心ここにあらずの目つきで、においだというのに、遠くへ耳を澄ましていた。風の強い晩ではあったらしい。しかしいくら戦前からの古屋だからと言って、と柿原は故人になりかわり苦《にが》いような思いをさせられた。いまどきヒューズに針金を使うわけでなし、ブレイカーも利《き》いていることなのに、何とも執念深いような習性ではないか、と大げさに慨嘆しながらしかし自分も、こここそ鉄筋コンクリートで、十一月にしては暖かな晩なのに、背中からしんしんと古屋の底冷えがひろがって、ときおり風も天井を走るかのように耳を澄ますうちに、鼻の奥から触れてくる臭気があり、甘くて青くて胸苦しく、

「そうだな、梅干しの種の殻《から》を割って、中の実を嚙《か》んだような、あんなにおいがするんだ、青酸カリを呑《の》んだ女の唇《くちびる》は」

やはり敗戦直後のこと、暮れ方の川ふちで自転車にまたがったまま餓鬼どもをまわりに

集めて講釈する中学生の、その声まで思い出した。そしてそんな連想をいましめるより先に、なぜ女なんだよ、なぜ唇なんだよ、と四十何年も隔てて突っかかっていた。たまたま女の死者《ほとけ》さんを見てしまった、唇を見つめてしまったのだろうな、といまさら取りなして、それに奈倉のは、熟れた木犀《もくせい》の花のにおいに近かった、それも強《し》いてくらべればの話と本人も言っているではないか、と穏やかに払いのけたとき、女の背をまたつくづく見送っていた。今の今まで間近から向いあっていたとも思われぬほどに遠い後姿になってくれたが、そこでいきなり、立ち停《ど》まられはしないか、振り向かれはしないか、とちょっと身をこわばらせた。

そんな境はたしかに一瞬あったようだ。しかし実際にあの場でのことだったか、宵寝の夢の中のことか、その夜のうちに分からなくなった。

あれ以来、二十日あまり、実際に忙しくてほとんど人にも会っていなかった。

晴天は続いて、電話は鳴らなかった。いや、電話はいくらでも鳴ったが、故人の方角からは無音のままだった。未亡人からの連絡のほうを柿原はひそかにおそれていた。じつは柿原さんに、読んでいただきたいものが見つかりまして、と明るいような声で切り出される場面を想像した。それは自分も求めるところで、このままでは故人のことはともかくその間の自身について腑《ふ》に落ちぬところがのこる、とは言うものの、もうひと月、もう半月でも、日を重ねてからにしてほしかった。

十月の初めに北ドイツの街を歩きまわるうちに、小さな広場に面した角に品の良い本屋を見つけて、店内でしばらくくつろいで本を一冊もとめた。ごく若い頃から翻訳で読んで、その後も三十のなかば頃までは離れきりにならずにいた北方の作家の作品集だった。近年また古い翻訳を読み返すと以前よりもよほど重い印象を受けたので、原書を本棚《ほんだな》に探したがどこにも見あたらない。十何年か前に長年貯《た》めこんだ本を部屋に山と積んで、厄払《やくばら》いでもするような痛快さにまかせて、容赦なく売り払ったことがあった。無茶なことをしたとあきれるうちに、機会があったのであらためてドイツまで注文すると、数ヵ月して届いた一冊本の作品集には、怪奇掛かった小説がおもに収められていて、若い頃から好んだ淡い味の短篇はわずかしか見あたらなかった。本国でも嗜好《しこう》が変ったのかとあきらめていた。ところがその書店で手に取った小型の簡素な造りの本には、若い頃に翻訳で馴染んだ短篇がずらりと目次の始めのほうに並んでいた。よろこんで店を出て来た。まだ先の長い旅に荷物の重くなるのを厭《いと》わなかった。ちょうど雨がまた降り出して街が暮れるところで、まる一日歩きまわったので今夜はもうこの足で宿へ戻り、宿で食事をして明日は早く汽車で発《た》つ予定だったので、どこででも買えるような本ではあるが最後に良い物にめぐりあった、と満足感に暖まってだいぶの道を来た。その本のことではない……。

そこで立ち停まって、しばし思案の顔をしてから、踵《きびす》を返したものだ。一段と激しくなった雨の暮れかかる中を、どうしたことか焦《あせ》りに取り憑《つ》かれて、見馴れぬ街がいっそう見馴れぬ様子になり、大股《おおまた》で急いでいた。先の書店に駆けもどり、階段の上あたりで働く音はして姿の見えない店員を現われるまで呼んで、同じ棚の上にあった同じシリーズの、さきほど手に取って目次をちらりとのぞいた、中世神秘家集の本を買い足した。今から思えば後暗いような振舞いをした。しかしあの時にはまだ何も知らなかった。まだ何も起っていなかった。初めの本を見つけた時にも、この作家が奈倉の専門の領分に入るということに、思い至らなかった。しかし二冊重なってさすがに分厚くなった本を肩掛鞄《かばん》に押しこむひまもなく腋《わき》に抱えてそそくさと店を出ると、迂遠《うえん》なことをするな、奈倉に直接たずねもせずに、帰れば時間のゆとりもないくせに、とようやく首をかしげた。それから、「この本なら、家にあるじゃないか」と咎《とが》める自分の声を耳にして、一遍に暗くなった広場を、何かが振れかけたように眺めた。同じ本ではないが、奈倉の訳して寄越した奇妙な説教を原文であたるつもりなら、部屋の書棚のどこぞに押しこんである古いテキストで間に合う。そのことを知っていて探そうともせず、ひと夏を過したはずだった。しかしこちらの本のほうが、読むには気楽そうだ、と折り合った。

無為の安易さをもとめて来たはずの旅の間、あれでいくらかは重荷となっていたか。あちこちへ移る列車の中でときおり、厄介なほうの本を鞄から取り出すほどの律儀《りちぎ》さはあった。列車のコンパートメントは灯《あかり》が暗くて、長旅の目の疲れもあり、それにもともと、柿原の語学力からしても事柄《ことがら》の知識からしても、あるいは気質からしても、とうてい楽には読み取れる内容でもないが、さいわいそれぞれ短く区切られた文章を、どうにか分かるところだけ拾って、あまり泥《なず》まぬよう、そのかわりくりかえし読むうちに、そのかぎり全体の輪郭のようなものがほの見えかかることはあった。

神に遠ざかられて苦しむ魂が、その遠さを神自身よりも好ましとして、さらに遠のいていてくれるよう神に呼びかけるくだりにはさすがに啞然《あぜん》として、疎遠の極地をいよいよの恩寵《おんちょう》と感じるのかと歎息させられたが、さて本を閉じれば頭の中は真っ白、白い緊張があるだけになり、よくもこう記憶に留《とど》めにくい、像を結びにくい方へ方へつきつめていくものだ、とまた感歎させられた。それはしかし奈倉が一種憮然《ぶぜん》たる関心を示した神秘家の文章ではなくて、もうすこし古い時代に生きた半俗の女性の体験の表白だった。アンソロジーの冒頭から読んでいた。これでは旅の間に例の神秘家のところまで行き着きはしないと思いながら、目次の順を飛ばそうとはしなかった。それでもわずかづつ進んでその神秘家の章まで来て、小解説を半分ほどまで読んで、この神秘家の説教はやはり多くが修道《しゅうどう》尼《に》相手であったらしいことを知ったところで、車中ではもっぱら窓外の景色を眺めるか眠りこむかになり、本は鞄の底に押しこまれたままになった。十月のなかばに入っていた。あとは思い返すこともなかった。

旅から戻って二十日あまり過ぎると、夜の時間が余ってきた。仕事机の脇《わき》に寄せられた小机の上に、辞書などにまじって、例の街から買ってきた本が二冊重ねて置いてあった。先を読むつもりはあったようだ、と柿原はときおり机から他人事《ひとごと》に眺めた。しかし閑《ひま》があればほかの本をひらいた。こんなに読みつのって疲れをためこむと先の仕事が苦しくなるぞと用心しながら、長い物を先へ先へ惹《ひ》きこまれて読んでいた。

宵の口に三十八度からの熱を出したことがあった。とりあえず寝床にもぐりこんで、これでわがままができるか、と一時間ばかりまどろんで計りなおすと、平熱までさがっていた。それきりぶりかえしもせず、気管の深くに鈍い痛みはのこったがそれもしこらず、旅から食欲が続いて、忙しくしながら目方が増えていった。三年ほど前からじわじわと減って、困った病気を疑ったことも再三あり、つまりは早くも老いの痩《や》せ、だんだんにひからびはじめたか、とそう思っていたところへ、奇特なようなことだった。

奈倉のは、あれはやはり、右手を左手で抑えこんでいたのだ、右腕のひとりでにいかめしげに持ちあがりそうになるのを、とある晩、あっさり認めた。未亡人もそう見ていた。自分も聞いてとっさにそう取った。こんなあからさまなことを、未亡人の手前はともかく、一人になっても見ぬふりをしていた。それでは右腕は何に向かって挙がろうとしていたのか。何事かを告げるためか、戒めるためか、それは知れるわけもない。むやみに想像すべきことでもない。あるいは身体の動きのことなので本人にも分かっていなかった、知りたくもないと思っていたかもしれない。しかし故人は亡《な》くなる三日前の夜にも、家の内に人のけはいがあるようなことを口にしたという。未亡人はどうやら故人の亡父の、もう十何年も昔になる、夜な夜なの夢遊の振舞いのことを思ったようだった。八十歳にかかり病んだ父親が夜に起き出して寒い家の内を二階まで歩きまわる。そのつど物音を寝床から聞きつけて、やはりすでに心臓を病んでいた息子が、父親と揃《そろ》いの青いガウンを着こんで、手は出せずにただ付いてまわる。それが年の瀬に始まって、元旦《がんたん》の夜明けまで続いた。細君にとっても満足に眠れぬ時期だったに違いないが、しかし、老父はときおり息子のほうに向き直って、片手をおもむろに押し挙げ、呪文《じゅもん》のごときを唱えて、自身の心臓も庇《かば》わなくてはならぬ息子を閉口させた。それはまだしも、その呪文がマーゴール・ミッサービーブと、旧約聖書の内に見える預言者の、汝《なんじ》らは「至るところ恐怖」という名で呼ばれるであろうと、迫害者たちを呪《のろ》う言葉であったことまでは、奈倉はさすがに、あまりにも病人の底意地が悪いように聞えるのを憚《はばか》って、細君には話していなかったのではないか。

いや、話してはいないな、と柿原はそれから何年か後に奈倉が電話のついでに亡父のことを打明け、やがてその呪文の意味を教えた時の、じわりとひそめた嗄《しわが》れ声を思い出し、そいつは無理だ、配偶者《つれあい》にとても聞かせられる話ではない、とつぶやくとその返しに、あたしもこの家であの人に抱かれて、子供をこしらえたのですよ、と未亡人がたった一度だけ、いきなり慎しみを破ってぽろりとこぼした声が恨みをふくんで耳について、黙りこまされた。

なぞらえるんだよな、是非も吉凶もないことだ、と三日ばかりして物を言っていた。いまさら始まったことでもなかったのだろう。長年、毎日、わずかづつ、身体でなぞっていた。その件だけでなく、ほかにもさまざま過去の跡をそれぞれ半端《はんぱ》に踏んで紛らわして、それで人の平生の立居は成り立っている。それまで細君の目に、それひとつは触れなかっただけのことだ。しかし先の時間が詰まってくるにつれ、それひとつがやや際立《きわだ》って外へあらわれる。固執のしるしか、あるいは本人にこそ、それが他人事のように見えていた。切りつめた恰好でしゃがんでいるなと自分で眺めるうちに、両手がおかしな、どこぞで見たような振舞いをはじめる、そのうちに、真剣な動きになりかかる。どんな心持がしたことか。深い困惑か、あんがいの懐《なつ》かしさか。

いとも繊細なる質《たち》にして、いとも深い羞恥《しゅうち》の器であるからして、いかなる他人にも、自分自身にすらも、眺められることに堪えぬのだ、と埒《らち》もないようなひとり言が耳もとを流れて、誰から聞いて誰へ伝えた言葉やら、とあきれていたかもしれない。マーゴール・ミッサービーブとつぶやいて、内心くりかえし苦笑をひろげるその顔が、目の前にひらいた闇《やみ》を茫然《ぼうぜん》とのぞいているように端からは見える、自分にもそう見える。身体が真剣ならば、真剣には違いないが。

死ぬということのひたむきさを、恥かしがるような心持はあるのだろうか……。

気がつくと柿原はがさつな両手の甲を目の前に並べて、故人のではなくて、話を聞いて女性がちらりと見せた手つきの、ほそやかにくねる様子を、逃がれる裸体でも垣間見《かいまみ》たように、記憶の内に探っていた。故人は預言者のようなものの話をもしやしたことがあるかどうか、それぐらいはあの女性にたずねておくのだった、惜しいことをしたとやはり悔まれた。

それからある晩、仕事を済ませて夜半から一人でコニャックを呑《の》みだして、ついすごした。とろとろともしたようで、瓶《びん》が半分も明いた頃に、ふいに酔いがさめて、客がいましがた帰ったような気分で、取り散らかした部屋を見渡した。酒の前にその辺を片づけたはずなのに、この子供部屋のような乱雑さ生暖かさはどうだ、とまわらぬ頭であやしみ、しかし家の者もとうに寝静まったので、とにかく片づけにかからなくてはならないな、どこから手をつけたものか、と大まじめに思案するうちに、まず手洗いに立つことにした。その手洗いからもどって、また椅子《いす》に腰をおろし、遠くへ耳をやり、働き出すと時間が走るので嫌《いや》だな、人が死んだばかりなのに、とぼやいて手足をぐったりとゆるめた。そのとたんに腰の下の椅子が抜けて、ことんとうしろへ、倒れて冷い床に頭を打ちつけ、手洗いの扉《とびら》の前に仰向けに返っているのに気がついた。そのまましばらく、洗面所のタイルやら戸棚やら、風呂場《ふろば》のガラス戸やらを、谷底から見あげていた。倒れた身体の向きからすると、まだ手洗いに入る前のことだと知れた。やがて五体不満足の不安が降りて来て、あわてて身を起しにかかったとき、足よりも先に、左手がしゃにむに右手をひっぱるような、胡散《うさん》な動きを見せた。

憮然として部屋に戻ると、一人で肴《さかな》もなしに洋酒を呑む分に取り散らかすもないもので、椅子がひとつあらぬ方へ向いているほかは、部屋は仕事をしまえたあとのまま片づいていた。腰の鈍痛が翌一日だけのこった。

「旅行はいかがでしたか……ああ、ヒトラーですね」

小卓にのせた二冊本の伝記に関屋青年はすぐに目をつけた。

「いや、帰ってすぐの頃に、本棚の隅《すみ》に押こんであったのをたまたま、手に取ったばかりに……こういうものは、いずれ、おもしろくて」

思わず照れて柿原も小卓へ目をやった。伝記の隣には例の北の街で買いこんで来た本が二冊、まだ積んであった。行儀よく、以後指一本触れていないという恰好で重ねてあるが、数夜は旅の続きをすこしづつ進めていた。長くはない説教を一篇づつ、とにかくしまいまで読み通して、途中でかならず目が浮いてしまうので、力を抜いてもう一度読み返せば、おのずとあれこれやはり歎息させられる箇所はあったが、同時に何とも索漠《さくばく》としたような心持にもなり、伝記のほうを手もとにひき寄せると、荒涼とした事どもにたちまち惹きこまれて夜半を過ぎる。じつはその二冊本の伝記はとうにしまえて、それよりはよほど新しい、やはり二冊本のヒトラー伝記の上巻にかかり、いましがたまで読んでいたのを、夜の十時が過ぎて玄関のチャイムが鳴ると、仕事机の上に本を裏返して、背表紙は壁のほうへ向けて押しやり、客の目から表題を匿《かく》したつもりが、参照のために小卓にのこしておいた古いほうの本がまる見えになっていた。

「上巻が四百円の、下巻が五百円ですよ」言訳の口調が続いた。「下巻の最近の版の日付が、昭和三十五年の七月となっているところを見ると、それ以降に買ったもののようで」

「六十年の直後になりますね」

「そうでもないんだな。読んでいたら、古いメモ用紙がはさまれていて、柿原さん注文、と赤い字で撲《なぐ》り書きしてあった。本屋の親爺《おやじ》の、と言っても今の僕よりはよっぽど若いのだけれど、顔を思い出してね。東京を離れていた頃だから、昭和の三十七年よりは後、たぶんその頃でしょう」

「僕の生まれた頃ですか」

言われて柿原は青年の顔を眺めた。六十年の頃に同棲《どうせい》に入った知人たちの、疲れた自《じ》嘲《ちょう》気味の顔々がついうかんだ。

「あなたは、いつまで経《た》っても、三十にならないね」

「自分でもそう思ってます」

そっくり同じことを言われて、そっくり同じ答えをしたことが、三十手前の柿原にもあった。それでも三十の歳《とし》には父親になっていた。

「あれはどういうものでしょうか」関屋は柿原の困惑に感じたか目をそらして、話題もそらすのかと思ったら、

「おふくろが厭《いや》がりましてね。根っからノンポリのくせに。いや、いっとき、ヒトラーの写真を集めたことがあるんですよ。僕がです。親父《おやじ》の死んだ頃に」

言葉を切って今度はそちらが柿原の顔を見た。

「何のため」と柿原はひややかに問い返した。

「なぜ、あの顔が人を惹きつけたのか、不思議でならなかったのです。あれは何と言っても、醜悪な顔でしょう。あれがなるほど美しい、崇高だと感じられるまで、手に入れられるだけの写真を見てやろうと、若いのですぐ思い立ちまして。集めるのに、けっこう、苦労しました」

「で、どうでした」

「そこまではとても。同じような写真ばかりで、あれだけ一色なのは憂鬱《ゆううつ》なものですね。しまいには腹が立ってきました。今ならもうすこし見分けられるのかしら。人のあわれをひく顔ではある、と分かりました」

「人のあわれ……」

「あれだけの情念に振りまわされる人間には、目にかなしみがあるでしょう。できるな

ら、楽にしてほしいと訴えるような」

「そう思っているうちに呑みこまれてしまった聡明《そうめい》な人間たちも大勢いるわけだよ。僕などは、温厚端正な顔立ちをして、荒涼たる煽動《せんどう》に感応して熱狂している人間たちのほうへ、関心が行くな。まあ、何事も全部が全部ということはないのでして、世の中の人間がすべて熱狂したわけでなし、熱狂している一人の人間の内でも、四六時中でもなければ毎日でもなく、憎悪《ぞうお》の興奮もふくめて感激が五分の、自他への侮蔑《ぶべつ》が五分の、夜には叫んで昼はいっそうしらじらしているとか、情熱の掠《かす》れたところから来る激昂《げっこう》もありますし……実際に、最後の曲がりなりの自由選挙では過半数を制していなかったそうだけど、しかし五分はもう全部にひとしいのだろうな。あるいは五分で全部を超えてしまっている場合もあるのかもしれない。いや、三分でも傾いたら、全体がぐらりと動き出して、煽《あお》ったほうにも、もう抑えがきかなくなる。そのぎりぎり間際まで、どこか戯《たわむ》れ気分は抜けないのだろうな。あとはもう真剣になるよりほかにない」

青年がちょっと呆気《あっけ》に取られていた。平べったい声で喋《しゃべ》っている自分に柿原は気がついた。

あの大仰な抑揚を特徴とすると言われる演説はひょっとして、その抑揚の力動によって人の情念を揺すったよりも、むしろその芯《しん》にひそむ、はてしもない単調《モノトーン》によって、人の自制心を狂わせたのではないか、と疑いが頭をゆるく掠めた。燃えあがりそうでいつまでも燃えあがらぬ重苦しさに、場内のあちこちで人がたまりかねてすでに咽《むせ》び泣きに崩れかかる情景が漠《ばく》と見えた。もっぱら否定形に否定形を重ねて話していたような後味が口中にのこった。

「弁士の額にひとすじたらりと、汗が流れたのを境に、満場の雰囲気《ふんいき》が一変してしまうこともあるだろうから」とようやく笑って取りなした。「写真や印刷物では分かりませんよ。ビヤホールのスタンドに立ち寄って、ビールをちょっと三人前、三十億マルクで買ってきた身にならないとね。男の三人に一人がろくに職につけずにいるような世の中に住んでみないことには。深刻きわまる現実だけれど、渦中《かちゅう》にいればかえって内心、現実として踏みにくい、踏みきれないいやね。これではたいていの非現実が、その場その場では通りそうじゃないか。その場その場でも、積み重なれば、そらおそろしいことで」

「ジョッキ一杯、十億マルクのビールですか。僕も呑んでみたいな。人にもおごってみたいな」

若い歎声のあがったのを汐《しお》に、気づきませんで、それではとりあえず二十億マルクばかり、と柿原は腰をあげ、手を振って恐縮する青年をなだめて、師走《しわす》にしては生暖かい晩だったのでビールを運ばせることにした。

雑談をかわしながら、ビールがウイスキーへ移る頃、青年の顔が夏から見ない間に、やつれてもいないが、どこかしら峻《けわ》しく削《そ》げて、おまけに左の首すじから顎《あご》へかけ、色白の肌《はだ》にうっすらと血の色が凝っているようなのを柿原は目にとめて、酔うと幾夜か前の跡がまた浮いて出るものか、それにしても生来端正の顔立ちにはちょっとの事でも凄惨《せいさん》の翳《かげ》が差しやすいようだ、とあやういものを感じながら、何となく酒の始まる前の話題に自分から舞い戻った。

「あの独裁者は、癌《がん》ノイローゼだったらしいよ」

「ほんとに、癌でも患《わずら》っているみたいな顔をしてますね」

「ごく若い頃に、おふくろさんを癌で亡くしているので。一心に看取《みと》ったらしい。それはともかくとして、例の、ユダヤ人を癌や腫瘍《しゅよう》にたとえたがるんだね。人種の健康をみるみる蝕《むしば》んでいくところの」

「どういう神経だろう……母親のことを」

「それは、胸にわだかまっているものだから、比喩《ひゆ》となって出やすいだろう。しかし比喩以上の物と思われるな。あちらは、われわれよりははるかに、象徴の内に現実を見る民のようだから。現実より象徴のほうが、より現実だというような……」

「本人にユダヤ人の血が流れていたそうですが」

「ほんとうのところは、本人にも確認できなかったらしいよ。しかしユダヤ系と言わず、混血の頻繁《ひんぱん》そうな土地に、御先祖が暮らしていたようなので。ボヘミヤの森へかかる高地ですか、いや、今度もその辺を汽車で通り抜けて来ましたが、車窓からのぞくかぎり、わびしげな土地でね、国境の駅でながながと停車されると、平和な世の中でも、無縁の異教徒でも、あれはしきりと不安なものです。なんだか、また兵隊みたいのがどやどやと乗りこんでくるようで」

「実際に混血なのではありませんか、あの顔は」

「それも本人にとって、すでに正確にはたどれなかったのではないかしら。大体、その土地と言わず、ウィーンの都と言わず、ヨーロッパ中で混血が相当に進んでいたはずだから」

「混血が、純血の防衛を叫ぶとは、ひどい話ですね。いや、不思議はないか。しかしようがないものですね、それで世論が集結するというのだから」

「もしも金髪の容姿端麗な人間が、純血がけがれるのどうのと叫び立てたとしたら、大多数の人間の反発を招いたことだろうな」

「血がけがれるねえ……」

関屋は黙りこんだ。醜悪な顔とさっきは言ったが、劣等というような形容は、この年の人間にはかりにも口に出ないのだろうな、と柿原は思いやって、不快なものについまた触れさせてしまったようなうしろめたさを覚えた。あの独裁者は、としかし一人でまた考えつづけた。あの煽動家は拳《こぶし》を振り叫ぶばかりではなく、大衆心理の場を踏むにつれて、相手によっては至極静かに穏やかに、謙虚らしく、それなりに理路も整って、時には人好きのする気おくれも見せて、諄々《じゅんじゅん》と説くことを心得たそうだが、その話術の円熟しかかる時期こそ、話す内容はいよいよ殺伐露骨、ひどくなるようだ。話す内容の質をもはや聞き手に感じさせないような、玄妙だろうと荒涼だろうと、説教の境はおそらくあるのだろう、と想像がつきそうでつかず、耳を澄ますようにするうちに、かるくうつむいた青年の顔にやはり妙な、いましがたの話の続きではあるのだろうが、ちょっと殺気立ったけはいが頰《ほお》のあたりから、椅子の肘《ひじ》掛《か》けを握った拳にまであらわれ、柿原は首すじを掃くほのかな血の色から目が離せなくなり、やがて顔をあげた青年に、

「どうしたの、その傷は」とたずねていた。

「来る途中、駅のホームで喧嘩《けんか》に巻きこまれまして。遠いところですけれど、ここからは」

関屋はあっさり答えたが、笑いから陰鬱そうな表情がきわだった。

「売られたの」

「仲裁に入ったのです」

「また親切な。酔っぱらいですか」

「いえ、あれは酔っては いませんでしたね」

「いよいよもって剣呑《けんのん》だ」

「ほんとに、剣呑《けのん》ヶ淵《ふち》」

「うまいことを言う」

「良いところの勤め人風の男が二人、どちらも四十ぐらいでした、最初は肩を斜めに寄せて話しこんでいるのかと思いました。ところがその肩の動きがおかしくて、見れば肘で小突きあっているのですよ。手はあげずに、二人しておどおどとあたりを見まわしては、後へひかず、いつはてるともなく、ずるずると」

「見たような光景だな」

「餓鬼の頃から喧嘩ひとつしたこともない奴《やつ》らだな、と眺めているうちに、そのしつこさにむかっ腹が立ってきました」

「つかつかと歩み寄ったか」

「じつはたまたまそこに立っていたら、すぐ鼻先で始まったのです。こちらもその前で腕組みをしたきり、仁王立ちみたいにしていたから、親切なことではありましたが。ほんとうのところは一日飛びまわった後で動くのも面倒だったのです。そのうちにまわりがやっぱり、連れと取ったようで、何とかしてやれよという目で見るんですよ。なまじ隠そうとするから、人目に立つんだ」

「電車が入ってくれれば、やんだだろうに」

「あれでだいぶ間がありまして……。しかたなしに、周囲の要望に答えまして、黙って片方の男の、腕のつけねをつかんで、ちょっと暴れましたが、ひっぱるとふわりと従いて来るので、売店のあたりまでひき離しました」

「そのとき、顎《あご》をこすられたな」

「やっと思い出したみたいに手をあげやがった。睨《にら》みつけてやりました」

「しかし強いんだね。まあ、その体格だから」

「中学生の頃には親が再三、学校に呼びつけられたほどでしたから。さんざんしぼられた母親が帰ってきて、お前がそんなに強いはずはないのよ、と口惜《くや》しがっていたものです」

「おふくろさまがねえ、それは、そう思うのだろうね」

「はい」と関屋は答えて、当時の母親の苦い顔でも思い出していたらしい笑いをおさめ、この小事件の話題もそこまでと思ったら、長い息をついて、なにかひどく恥かしいものでも見てきたように声をおとした。

「そこまではよかったのですけど、あとが変なことに。気がついたらその男と肩を並べて、二人で呆気に取られて、今の今までいたあたりで、乱闘が始まっているのを眺めてました」

「立ちまわり……誰が」

「ええ、背広にネクタイの男たちばかりが、六、七人もいたかしら、ひとつにかたまって、いとも静かに、争っているのです。殴りあいなんてものじゃない。てんでに小突きあって、よろけてぶつかれば、誰かまわず押しのける。全体の動きはごく緩慢でしたが、でも、入り乱れている、乱闘なんです。それぞれ腕はかたくすぼめて、書類袋などを抱えているのもいましたけれど、肩と肘と小手先だけ使って、自分はとりあえず払いのけているまでだという顔をして、突かれれば結構な剣幕で突き返す。そしてまたあらぬ方をつんと眺めている。声は一言も発しません。見るからに蒼《あお》ざめながら誰一人としてその場を離れようとしないのです。あの徹底した黙《だ》んまりにくらべれば、さっきのほうがよっぽど喧嘩らしかった。しかしやっぱり似てるんですよ。二人の小突きあいがいきなり拡散したみたいに。もっと執念深いようになって」

「もしも一人が叫んだら、どうなっていたかしら」

「それでも蹴《け》りをひかえているのはさすがに紳士的なことだ、と妙なことに感心して、膝《ひざ》から下のほうへ目をやったら、足の先をちょこちょこっと動かして、靴《くつ》の脇腹で隣の踵《かかと》をはたいたり、なかには大まじめに甲を踏みつけあっているのも見えました。それが順々に及んだのもふくめれば、十人はゆうに超えていたかもしれません。やはり酔ってはいなかったようですよ、ほとんどが。まだ宵《よい》の口でしたから」

「聞くほどに陰々滅々としてくるなあ、喧嘩のくせに」と柿原はついに音をあげて、陽気なほうへ振ろうとした。

「剣呑剣呑、けのんヶ淵。淵の主は、いや、黙んまり騒擾《そうじょう》の火つけ役は、あなただったかもしれないよ。引き分けっぷりがあんまりあざやかだったもので、後に置かれた片割れが憮然《ぶぜん》として、やみくもに荒れだして、その余波を順繰りに払いのけるうちに、まわりもたちまち感染された、それと違うか」

「狂ってました」と青年はかるくふきだした。「あれは一体、何事ですか、と脇からたずねられました。咎《とが》められた気分がして振り返ると、その片割れが口をあけて、乱闘に見入っているのです。狂ってるよ、とそうつぶやくんです」

そうつぶやいて、またふっと笑った。

初だより

――蓬萊《ほうらい》に聞《きか》ばや伊勢の初便

最後の年の正月にまた目出度い形《なり》の句を詠《よ》んだものだ、と柿原はあらためて感心して眺《なが》めた。茶箪笥《ちゃだんす》に年末から置かれた屠蘇散《とそさん》の移り香に、どの器も、酒も茶もほんのり染まっていた。ところで伊勢から、何の便りだ、と今年もまた余計なことを考えた。西の方のはやりやまいの消息をたずねているのではありませんか、と関屋青年の声が聞えた。

それが元日《がんたん》早々に、流行病《はやりやまい》のかぎり、図星だった。不精がる身体《からだ》をひきずって記録にあたると、その前年、元禄《げんろく》の六年は六七月の間大旱《おおひでり》、八月初より俄《にわか》に寒冷、暴風霖雨《りんう》も加わり、白露たちまち霜に変じて、国中の諸人、一時に時疫《じえき》に感じたとある。その病状は発熱悪寒《おかん》、頭痛裂くるが如《ごと》く、身体重く、流感であったらしい。頭冷えて氷の如く、あるいは泄痢《せつり》し、あるいは瘡《かさ》の如し、ともあるのでほかの疫病も紛れこんでいたかもしれない。芭蕉《ばしょう》もその秋、八月の二十七日と二十九日に、それぞれ旧知を亡《な》くしている。

――入月の跡は机の四隅哉《よすみかな》

この句は幾度読んでも、人ひとり片づいてしまったことの、そらおそろしさを感じさせる、と柿原はまた唸《うな》った。流行病は季節とともにたいてい西から寄せて西から引いたそうなので、春になったらと旅の心支度を整えながらそちらの様子をうかがっていたとは、考えられるところだ。それでも江戸出立は仲夏五月十一日、伊賀上野着が五月の二十八日、夏は嵯峨《さが》、膳所《ぜぜ》、大津などで過し、七月の盆には伊賀の郷里にもどり、八月には江戸の尼の死を二月遅れで知らされ、九月の八日には手をひろげたる栗《くり》のいがと詠んで上野を立ち、翌重陽の日には奈良から暗がり峠を越えて難波《なにわ》へ、二十六日には此道《このみち》や行く人なしに、また同じ日に此秋は何で年よる、二十八日には秋深き隣は何を、そして二十九日から泄痢で病床に臥《ふ》して、十月八日に枯野の句、十二日に没。

迅速ですね、と関屋青年なら言いそうだ。柿原には近頃《ちかごろ》そうも思われない。別れに麦の穂をつかんで達者に歩き出した人間がやがて弱りやがてこれきりの床に就くまでの日かずとして、これでも充分に緩慢ではないか。常人の場合でも、いずれ衰弱の長い跡を暮しの中に、見る者が見ればあらわにひいて片づいていく。生前からこれを想像するだけでも、迅速につけ緩慢につけ、なにやらひどく恥かしいような心持がする、というような理不尽さは若い者には分からないだろうな、と書棚《しょだな》の下にちんまりしゃがみこんで本をめくっていた。その尻《しり》がいっそう不精たらしく垂れさがり、いきなりすとんと床に落ちて、ひかれて全身がのけざまに返るかと目を剝《む》くと、本をひろげたままの腕の中に膝《ひざ》を抱えこんで、窮屈な恰好《かっこう》でひたりと停《と》まった。膝頭に力を入れ、尻をひき起そうとして、また往生させられた。いったんあきらめて、脚をひろげて投げ出した。

ある日、買物から帰ってくると、暗くなりかけた居間の真ん中で、両脚をひろげてキョトンと坐《すわ》ってました、熊《くま》サンみたいでした、そんなこともありました、と奈倉の細君は話した。あれは亡くなる何日前のことでしたか、とその記憶も遠くおぼろになった顔つきをしていた。

この足萎《あしな》えの感じの始まったのは、いつ頃からだろうか、と書棚を見あげて、柿原も遠い日かずを数えるようにした。じつはまだ十日、いや、一週間と経《た》っていなかった。七日ほど前の、まだ年末の仕事の忙しい最中に、ちょっと首をかしげてはいた。それから暮れの二十八日だったか、年内にできる仕事はとにかく済ませて、日の暮れから人に会いに出かける道で、しばし歩道の境の白線を目でたよっていた。その翌日は家の者にたのまれて踏台にあがり、居間の天井灯の笠《かさ》に手をかけたそのとたんに、膝から下が棒のようになり、ふわりと前へ気楽に落ちかかり立ちすくんだ。足を踏み変えて何事もなかったが、おかげでその後は仕事部屋の大掃除にも高い書棚の昇り降りにすっかり怖気《おじけ》づいて、それにつれ実際に膝からふくらはぎの筋肉が硬いようになり、あげくは床の物を拾いに屈《かが》むのにも難儀させられた。夜になり遅ればせに年賀状にかかると、両手が肘《ひじ》の辺まではっきりこわばっていた。これは訝《いぶか》らずとも、このふた月ほど休む間もなかった書き仕事の皺《しわ》寄せであり、月の中頃から慢性になっていた。二十日過ぎに、親類の何軒かには早目に賀状を出してくれるようにと家の者に催促された時には、手が痛くてな、と顔をしかめながら承知した。しかしいよいよ押し詰まって、一夜の内に二、三十通づつも賀状を書かなくてはならぬ段になると、硬い手もいつのまにかほぐれて、夜の更《ふ》けるにつれてせっせと働いていた。気がついてみれば、ついでに膝の辺もほぐれて、それで正体は見たと思った。大晦日《おおみそか》の掃除には午後の進むにつれて脚がまた硬く、膝に力が入らず、外へゴミを捨てに行く階段のくだりにはおのずと壁や手摺《てす》りにたよって年寄のようにもたついたが、いっそ一時の足萎えを楽んでもいた。緩慢に片づいていく部屋の内で、のさりのさりとして、日永にふける心とどこか似通った。考えてみれば不自由らしきものを覚えたのはわずかこの三、四日のことに過ぎない。

除夜の鐘が聞えてから蕎麦《そば》を茹《ゆ》でさせ、酒をまた少々入れて、厚着をして土地の稲荷《いなり》まで出かけた。地元とは言っても、柿原の住まいは地域のちょうど境界に接するので、社《やしろ》までは徒歩で二十分ほどもかかる。穏やかに暮れたはずの空がいつのまにか曇ってしんしんと冷えこんで、とうに成人した二人の娘たちの話し声と強い足音を背中に聞きながら、閑散としたバス通りを先に立って歩いて行った。この二人のどちらだったか、あるいは両方にそれぞれそんなことがあったか、二つ三つの頃に、高熱を出してようやくおさまったあくる日、暖くした居間のソファーの上にちょこんと足を投げて坐って、さすがにおとなしく、絵本などを見ているのがときどき、はあっと深い、早くも人生に疲れはてたような溜《ため》息《いき》をもらす。誰に訴えるでもなく、ひきつづき一人でほんのりとしている。そのつど親たちは顔を見合わせて苦笑したものだった。

脚はやはり硬くてかすかな麻痺感《まひかん》もあったが、さっさと歩く分にはさしさわりもなかった。それでも一歩づつ前へ深く踏みこむふうな足取りをしていた。若い頃に氷雨のもう来ようかという時節の山から一人で降りてきて、暮れた麓《ふもと》の荒畑の中の一本道をひたむきに歩いたことがある。黒雲に追われて尾根から長い谷を一気に逃げてきたので、膝はもうこわばり、歩みをゆるめればかえって切ないので、なまった膝から足をことさら深く踏みこんで辛抱して行くうちに、いつか暗闇《くらやみ》を押し分けて飛ぶような勢いで突き進んでいた。煙りだした雨の中を、背中のでかい荷物の上から合羽《かっぱ》をすっぽりかぶり、ひたひたと進む自分の足の先から、薄明りが地面に漂うのを、ただ眺めていた。ようやく街道まで出てバスに拾われ、滴《しずく》を垂らして乗りこむと、十人ほどしかいない乗客がてんでに妙な顔をこちらへ向けた。

夜道怪という言葉がうかんで、そんな物は見たこともないけれど、あれも夜道を前のめりに行くのだろうか、背中の荷物が瘤《こぶ》のように見えて、とあらぬ想像をそそられ、長年住まっても深夜になるとたちまち見馴《みな》れぬ顔にもどる近辺の風景を、暗いなあと見渡したとき、

「ずいぶん速く歩くんですね」とうしろから声をかけられた。二人して肘をつきあって、照れ臭さそうに笑っていた。

遠くでかなりの広さにわたって、爆竹のはぜるような喧噪《けんそう》が寒空へ昇っていた。足がのろくて若い者たちにうっとうしがられまいとして、つい精を出した。

「あの騒ぎは何だ。戦争が早目に始まったか」とまずい冗談を言って、すこしがたつく膝で立ち停まり、よろけながら二人を先にやり、肩を寄せて話しこんで行く背中のくつろぎを、あの子らには、ここが地元なのだ、といまさら眺めた。

知らずに娘たちをひき離して歩いていたようで、背後からつかつかと、弾力のある足音が寄ってきて、あきれ声をかけられるそのまぎわ、男の子の影をちらっと思ったのは、不可解なことだった。

元旦は終日寒い雨が降った。午前の遅い時刻に雑煮を祝ってから、あげたばかりの蒲団《ふとん》をおろして酔いにまかせて昏々《こんこん》と眠り、目を覚ますと暮れ方に近かった。夜には夜でまた酔って例の宵寝《よいね》にかかり、十一時になり起き出した。いつのまにか晴れて月が照っていた。わずかに歪《いびつ》に見えたので暦をひいてみると十六夜《いざよい》だという。

二日もしかし曇り、午睡はやはり昏々として三時過ぎまで続いた。綿のようになった手足で起きて公苑《こうえん》まで散歩に出ると、底冷はするが風はなくて、雑木林の中の熊笹《くまざさ》のそよりともせぬ白さが目に染みた。枯枝にとまる鳥の羽ばたきまで聞える静かさがあたりを占めて、左の脇腹《わきばら》まで筋肉のこわばりはあがっていた。宵寝も深くて、覚めてしばらく、昼も夜も分からぬほどだった。それから何時間とおかずにまた床に就いてすぐに眠りこみ、これが初夢にあたるのか、高い建物に囲まれた広場のようなところにぎっしりと人が集っていた。野球だかサッカーだか、中継の伝えるところでは地元のチームがじりじりと追いあげられ、いよいよ窮地へ詰められてどのみち逃げきる望みもなくなった模様で、逆転の瞬間に立会うのも業腹《ごうはら》になった群衆がたったひとつの出口になる小路《こうじ》のほうへ順々にひしめき、やがて雪崩《なだ》れだした。それが、切迫感はなかろうはずもないのに、大量の濃い黒い粘液がうねりを打つような緩慢さにしか見えなかった。

三日も曇りがちに始まったが、午前の雑煮を喰《く》う最中に部屋の障子がさっと照って晴れとなった。三時前に午睡から起きて散歩に出ると、家の近くの路《みち》をひとすじ横切るように、散りかけた山茶花《さざんか》の匂《にお》いが流れていた。振り返り、竹馬に乗ったようなぎこちなさを膝に覚えて通り過ぎた。暮れ方になって読んだ朝刊によれば、元旦の未明の空に爆竹と聞えたのは、某テレビ局が主催して、晴海《はるみ》の湾岸のほうで季節はずれの大花火大会を除夜の鐘と同時に始めてまる一時間も鳴らし続けたのだそうで、都内のかなり広域にわたって、眠りを妨げられた住民たちから難詰《なんきつ》の電話が警察などに殺到して、一部回線が不通になったとかいう。テレビ局は番組の最中に詫《わ》びのテロップを流しながら、人迷惑のほうは押し通したものらしい。夜になって電話をかけてきた知人にその話を持ち出すと、「ああ、世の中、景気が下向いているのです」と答えた。「何かにつけてイベントで掻《か》き立て、またたのまれもしないのにエキストラになって騒ぎたがる客も大勢いて、ここ五年ほどそうして景気をつけて来たので、しばらくは禁断症状で一段とひどくなるのだろうな、これにも限界域はあるんですよ。狂うより、弱るのが心配で……」

　無風の日が続いた。四日から朝酒も午睡もきりあげて坐業《ざぎょう》に入ると、閑暇の日がもう遠く思われた。硬さは腹からみぞおちまで及んでいた。こわばって冷えがちなその筋肉がどうかすると、きっかけらしいものもなしに、内からほのぼのと温《ぬく》もってくる。春だな、と一人で冗談を言って笑った。七日には初めて外出して、平年ならばこの時季には埃《ほこり》を巻きあげているはずの畑の、葱《ねぎ》の青さに目を細めるうちに太い霜柱の立っているのを見た。寒さながらにいよいよ穏やかになった日の暮れには、薄曇りの下を溝川《どぶがわ》の水が冷たく澄んで流れ、遠のくにつれてほのかに、しかし空よりは赤く夕映えを集めていた。棒のような脚を丁寧に運ぶ姿が、もう長年見馴れたものに自身の目に眺められた。奈倉の四十九日はもうひと月も前に過ぎたな、とそんなことを考えた。その明くる日の朝方の夢に、

　どこぞの資料室というような所に勤める知人から、終戦直後のおもしろい記録フィルムがあるので見に来ないかと誘われた。あなたにも関係がないでもないかもしれないのでと言われて、そこの映写室に来ていた。杖《つえ》をついて来たようで、その柄《え》にもたれて睡《ねむ》い目を

やっていると、白黒の画面が瓦礫《がれき》の目立つ街の風景を映し出した。どれも石の建物だった。その荒れた通りを男の子たちが十何人か群れて、横へひろがってこちらへやって来るのが見えた。年かさの子でせいぜい小学生の四、五年というところか。それぞれ半ズボンをはいて、頭ばかりが大きく、痩《や》せ細った臑《すね》があわれだった。髪は黒かった。しかしどの子も素足に粗末ながら靴《くつ》をはいている。モノクロなので分かりにくいと思うけれど、たいていが茶から黒にかかった髪なんだよ、と脇から知人が説明した。東の方の街なんだろうなあ、と首をかしげていた。そのうちにひとりひとりの顔がおおよそ見分けられるほどまでに近寄り、おい、僕がいるぜ、と柿原は声を立てた。ほら、向かって右から真ん中にかけて年かさのほうの子たちがちょっと与太って来るだろう、その左のほうさ、ひょろっと長い、気のやさしそうな子に肩へ手をまわされて、迷惑そうにしている小さな子、目の落ち窪《くぼ》んでいる、あれが僕だよ、と身を乗り出して指差すようにした。だから呼んだのさ、と知人は事もなげに答えてフィルムを停めようともせず、せめてもう三秒、もうひとつくっきりと顔立ちを、と柿原がもどかしがるうちに、場面はかまわず飛んで、まだ黒焦《くろこ》げの衣服の端でもあちこちにのぞいていそうな瓦礫の原がひろがった。

あれから四十何年も経って、五十の坂も越してしまって、いまさら自由のヘチマの言われたってどうなるものか、と知人がつぶやいた。かすかな歯ぎしりのけはいがもれた。歩くのがすこし不自由に見えたがなあ、あの子は、と柿原はもっぱらそのことを未練らしく悔んでいた。

つぎに映ったのは爆撃をまぬがれていっそう煤《すす》けた裏町へ、ゆるく折れる小路を入って行く子供たちの、すでに後姿だった。半数はもう建物のかげに隠れ、腹をすかせた足音だけがぞろぞろと聞えて、のこりの子たちもけだるそうに角にかかり、闇でも横流しでも何でもいいから、もっと喰わせてやったらどうだ、と柿原ががっかりと気落ちして見送るばかりになったとき、角の手前で何人かが立ち停まり、ゆらゆらと小突きあって戯《たわむ》れはじめた。と、その中から一人がくるりと振り返り、さっきの小さな男の子がとことこっと、ピノキオみたいな恰好で小路を駆けもどって来て、茶色のしわしわのまぶたもはっきり見えて、こちらに向かってヒョコンとお辞儀をした。その思いつきが自分でもよっぽどおもしろくて気に入ったようで、すっかりはしゃぎたち、膝骨の無残に突き出た細い脚で荒れた敷石の上をあちらこちらへ跳ねまわり、大きな頭をぐらぐらさせて、よろけよろけ8の字を描いて走り、正面に来ると、前へのめって転《こ》けそうな勢いで頭をさげた。それでいて悪ふざけや目立ちたがりのずるがしこさも見えない。あわれみを引くようでもなく、やがてはカメラも眼中になさそうな様子で、一人いよいよ楽しそうに熱心に、両手を翼にひろげてひとまわり駆けては、路の真ん中に立って宙へお辞儀を繰り返した。いつまでもやめなかった。

あれは僕だよ、よく映っているじゃあないか、暮れ方などにあんまりひもじくなると、誰も見てない所でああやって一人ではしゃいでいたんだよ、思いがけない土地に居たもんだなあ、と柿原はたまらず笑い出した。胸の底から吹きあげながら、ほんとうは泣くところを笑っているのではないかと疑って、いよいよ手放しに笑った。

よくも思い出せなかったが、そこへ来るまでにだいぶ長い、よほど暗澹《あんたん》とした夢を見ていたようだった。しあわせな目覚めだと思った。

その日、暮れ方からようやく風が走り出した。


夜にはかなり冷えこむようだったが、日中は相変らず風が吹きしこらず穏やかな天気が続いた。夜の更けがけに家にもどる娘たちをつかまえては、外は寒いか、と柿原はたずねていた。手から肘が冷えやすくて、物を読むうちにそこの肌《はだ》が机の面に触れると痛いように感じられ、膝にも寒さが溜まりがちで、だから夜更けの冷えこみは分かるのだが、脇腹からみぞおちにかけて筋肉が、冷えているのかと思うと、懐炉でも入れているように、またぬくぬくとしてくる。肘のあたりの素肌が机に触れるのも、腕まくりをしているせいだった。

しかし筋肉のこわばりが露骨になるにつれて、どうやらたいして深刻な奥もなさそうな様子が見えてきた。これがいつもの手口で、おおよそ安穏の見当をつけてから、柿原は俄《にわか》に思い立ったように近間の行きつけの病院へ出かけた。じつは手足にこわばりが来ましてとは、剣呑《けんのん》に聞える切り出しだったが、医者は年末からの話を聞いて二、三の事を確め、寝台にねかせて脚を触診してから、末梢《まっしょう》の循環が滞りがちなのでしょうと言った。末梢ならば脳の毛細管もそのうちに入るが、と柿原は思ったが、そこは本職のことだから客の顔つきや目の光を見たり声の強さを聞いたりして判断しているのだろうと、それに頼ることにした。坐業で身体を動かさないのが原因だろうと言われた。もともと坐業に向かぬ体質であることは、そんな職へ迷いこんだごく若い頃から、本人とうに勘づいていた。とくにこの十月には旅先で来る日も来る日も、足にまかせて七時間も八時間も歩きまわってその後で、十一月十二月は一変して、溜めこんだ仕事に追われてたいていはおなじ七、八時間ほども机の前に据《す》えつけられていた。鉈《なた》でも握らせておけば安楽そうな右手に小さな物を摑《つか》ませて、おまけに恥の荷物までのせてギグシャクとこきつかえば、そのひずみがかえって無為の左手のほうへ負わされる。その理不尽さには四十の頃から苦しめられてきたが、それが手の業に罪もない足にまで及んだ。いや、足にだって罪がないことはない。自業自得だと合点《がてん》して診察室を立った。

寝ている間でも、人間はたえず身体を動かして結滞をふせいでいるものですから、と医者は運動不足をたしなめた。夜になり物を読むうちに柿原はふっと目をあげて、身じろぎもせずに眠っていた時期はあったな、と思い返した。つい近年の内のことのはずだ。今ではけっこうな寝相をしているらしく、しばしば蒲団をはがして目覚める。しかし、起きている時の身体がもしも、寝ている時ほどにも実質動いていないとしたら、覚醒《かくせい》と睡眠との、関係は微妙になる。覚めている間のほうがよほど睡眠に通じ、眠っている間のほうがより覚醒に通じるという逆転は、多忙にしている日々にも、あることか……。

神は魂に、魂自身が魂に近いよりも、さらに近い——ドイツ語の文章をわざとたどたどしい日本語に移して、一瞬の熟《な》れ加減に乗じてどうにか取りこもうと、苦労していたところだった。奈倉への義理を、迂遠《うえん》もいいところながら、しるしなりとも納めようという律《りち》儀《ぎ》さと見えた。原文は晦渋《かいじゅう》ではなくて、柿原などにはどうせ及ばぬ奥底はともかく、文章のかぎり簡潔、平明そのものだった。神は魂自身にもまして魂に近くある、とでも訳してしまえば日本語としてもそれで済むのだろう。しかし柿原はすでに、彼は私に、私自身が私に近いよりも、さらに近い、という変型のほうへ引きずられていた。彼は私自身にもまして私に近くある、とこれでは熟れすぎて、よけいな発酵も加わって、腹をくだしそうだ。ところで、自分よりも自分に近いものが、そんなものがかりにあるとすれば、何を考えたらよい、と無造作にたずねていた。だから神じゃないか、と苦笑する顔が見えた。

「あなたにも覚えのあることだろうけれど」といつだか奈倉は電話で笑っていた。「初等文法を教えるうちに、ごく簡単な構文の、その自明さにつまずいて立往生することが、何十年経っても、いまだにある。どう説明したら、初習の学生の頭にすんなり入って、後に昏乱を遺《のこ》さずに済むか、つい実直になやんでしまうわけだが、じつは自分自身が、むかし初習の時にすっかりは越しきれなかったところを、今以《も》って越しきってはいないんだよ。年々歳々、手前の頭の出来の、お粗末さを罵《ののし》って来ました。しかし近頃ではこうも考える。自分の頭脳にとっては、指の関節にたとえれば、ちょっとの曲《きょく》でも、出来ない動きがあるのだと。ここまで来れば、面白いものですよ、出来ないということも。自分はそれをしてはならない、という禁忌の心へいささか通じていくだろう。初めのうちはどうしても、暗いですね。そのうちに段々に、明るいようになって……」

わかってますよ、と柿原は答えていた。私が私にだとか、私に私よりもだとか、それがこなしきれないのです。初めのしつけが悪かったせいだか。

——魂《たま》ふり、ということをいつだか話していたね。身体から遊離しようとする魂をつなぎとめる所作や儀式だとか。あれを考えたらどうだろう、折角のこと。

——なるほど、忘れていたな、離魂《かげ》ねえ。魂《こん》よ帰り来たれか。再帰の関係の、厄介《やっかい》さはなくなるね。しかしそれでは、神は魂に、私がそれに近いより、さらに近い、ということになるな。

——それでいいじゃないか。

——さて、ただの魂としたものか、私の魂としたものか。私である魂は、どこへやったものか。魂でないところの私との、折合いはどうしたものか。

——すべて生前ですよ、生前。

——生前……なに。

なにと目を剝いて柿原は独り言をよそに聞いていた自分に気がついた。三寸どころか、三尺ほどの隔たりがあった。家族もあることで、独り言を口にもらす癖はさいわいまだついていない。年末に入って仕事のいよいよ詰まってきた盛りには、とかくほかの事で勘違いや見落しをやりがちなので、変更のきかぬ予定などを確認する時にはつとめて声に出して自問自答の形を取ることにしていた。あれも口をつぐんだとたんに、わびしい心持のするものだ。あのなごりに違いなく、口中には取り急ぎ打合わせの後味がのこった。しかしなにと聞き返した時には怪訝《けげん》なかばの、すでになかば了解の呼吸であったはずなのに、生前という言葉の出た道筋ははたりと絶えてたどれなくなった。まして自分の声のほか、人の声が聞えていたわけでもなかった。

筋肉が硬直すると、むやみに冷えるものだな、ともうひと声もらして、腋《わき》をすぼめ背を揺すってからまるめこむと、肌にしこった冷たさの底に、紙一枚ほどの薄さで、弛緩《しかん》の温みのこまかくひろがってくるのが、真綿の入った軽い物でも羽織っているようで、よけい寒々しい形《なり》に感じられた。そのまま、台所へ炭でも取りに行きそうな背つきをうかべながら、やはり輿か何かに去られたようだが、寝るまでにはまだ間もあるので、先をもう少々読み進めておくことにした。寒夜にうわのそらで、鼻水垂らして読経《どきょう》するみたいなものではないか、とあまり悪意もなさそうな自嘲《じちょう》がおくれて、足をひきずって従《つ》いてきた。

しばらくして、魂の日と神の日というものがあり、区別はいっこうに読み取れないが、その神の日において、魂は永遠の日にあって本質的な今の中に立ち、そしてそこで父はそのひとり子を現在の今の中に産み、そして魂は神の中に産まれる、とあった。山中の夜の雨を伝わる太鼓の音が聞えた。最後にひとつコトンと叩《たた》いて止《や》むという。

この誕生の起るそのたびに、と言うから、魂が神の中に産まれるたびに、その魂はひとり子を産む、とある。はあ、見つけたぞ、あんがい浅い所に埋まっていたな、とようやくつぶやいた時にはしかし、いきおいこむよりも、目も頭もくたびれ、なにやらかけ違ってもいるような、あやしいあんばいの筋をもう一度たどり返す気力も失《う》せていた。それでも列車のコンパートメントでこの本をめくりはじめてから、跡切《とぎ》れがちに細々と読み継いで、もう三ヵ月ほどにはなる。意気地はないなりに執念深いようでもあった。読みはじめた時には、奈倉はまだ生きていた。

産むとは、神にしても魂にしても、聞き手が男の場合、やはり苦しいな、と控え目に息をついて、今夜のところは深追いをやめて本を閉じると、産む、産まれる、とそのあたりにこだわりが尾をひいた。産む、産まれると訳しては文法の態として対称にならないわけだが、そもそも日本語で、産むの受身は何だ、この世にうまれたことについて受動の観念はどれだけ発達しているのか、と危惧《きぐ》に似た心持で考えていた。

風の強い日にどこぞで赤ん坊がうまれているみたいなにおいだ、と奈倉はもう残りもすくなくなった日にぽつりともらした。その話を聞いたとき、柿原は息をつめて、未亡人の顔つきをうかがったものだった。未亡人は目をかるく伏せて、ただうっすらと笑っていた。客の目は意識していた。許すわけにいかないからだを求められた時の女の無言の答えに似ていると、柿原がもっと若ければ、あるいはもうすこし年を取っていれば、場所柄《がら》わきまえずそんなことを思ったかもしれない。あれはしかしはるかに深い、広きにわたる拒絶だった。その言葉については人にどんな表情も見せるわけにいかないという笑みだった。

うむ、うまれる、やはり行き違うんだな、とぼやくようにして柿原は机の脇に立ち、縁にかるく手をかけてまた往生した。本を押しやって椅子《いす》から離れたはよいが、歩き出そうとすれば脚が、まる一日坐《すわ》っていたように棒になまって、膝が折れたら床に落ちてそれきりほんとうの足萎えになりそうで、どうしてくれようかと、とたんに難儀な広さになった仕事部屋を高くから見渡した。

あくる日の正午前、公苑の林の中に入ると、陽《ひ》がふいに翳《かげ》って、暮れ方に似た薄明の中で、下生えの笹の葉が一面ほのかな紫色に照り渡るように見えた。

そのまた翌日は朝の内に小雪まじりの雨が降り、柿原が相変らず重い足を濡《ぬ》れた土に踏みこみ踏みこみ林のところまで来た頃には、雨はあがり雪の跡ものこらなかったが、雪明りのような白さが林の中に漂って、若い枯枝に萌《きざ》した芽の、熱でもふくむようなふくらみに縋《すが》って、硬い水滴の玉が澄んだ音に鳴りそうにつらなっていた。毎日のように、この季節にしては風の走らぬ林に来て、筋肉をこわばらせたままでしっかり肥えていく身体を訝っていた。

案ずるより産むがやすしという言葉がつい頭にうかんで、この際連想の不都合さに、柿原は眉《まゆ》をひそめて笑った。奈倉からの、故人からの音信があっさり机の上に届いていた。

——前略、荒野の花嫁のこと、この夏中、あまり夏向きの課題ではありませんでしたが、あなたに責められまして、すこしづつ考えてみました。ひとつは預言者の告示した終末の業火《ごうか》、飢饉《ききん》と疫病《えきびょう》と殺戮《さつりく》の果ての荒蕪《こうぶ》、夏なのでどうしても旱魃《かんばつ》のようなものを思いうかべました。もうひとつは神秘家の見た究極、神なる者をさえ突き抜けた背後にひろがるらしい等質の無辺、これは思いうかべられないのだそうです。このふたつが相通ずるものなのか。はるかに来てまた出会うものなのか。いずれも救いだという始末のつけかたは初手に封じましたので、とにかくそれがひとつのものと感触できる機会はないかと、考えるよりも、のろまな想念情念を押したり引いたり、盗《ぬす》っ人《と》が隙《すき》をうかがうみたいなことをしてましたが、なにぶんこの夏は暑くて長くて。

涼しくなる頃にはとうに断念してました。思うところは、何もありません。一日づつ暮らすほかに、格別の荒野もないのではないか、と今ではちょっと、そんな気がします。

死んだ親父も別の空間を見ていたわけではないように思われます。ただ歩きまわる足の内に、荒野はあるのかもしれません。

日ごとに、日が永くなるように感じられるのは、季節の運びは逆なのに、妙なものです。暮れるともう、睡《ねむ》ったようなこころもちになってます。

電話をしましたが、旅行とは知りませんでした。


手紙の途中で徒労感におそわれて電話を掛けてしまうことはあるな、と柿原はうなづいた。日付は添えてなかったが、柿原が旅先で硬貨が足りなくて郵便局から自宅に電話をかけ、つい先日奈倉氏から電話があった旨《むね》、妻から知らされたのは十月の、十日の頃だった。同封された未亡人の手紙には、この正月の七草も過ぎてからようやく故人の仕事机の抽斗《ひきだし》などを整理するうちに、白い封筒に入ったこの手紙を見つけたとあった。宛名《あてな》も欠いていたが、故人は簡略な備忘録に昔から手紙のやりとりの相手の名を書きこんでおく習慣があって、近頃めっきり空白がちになったところへ、柿原旅行中、とぽつんと見えたので、たやすく確められたという。十月いっぱい、帰って来ないそうだよ、と故人の口からも聞いていた。それに、荒野の花嫁という出だしを目にしておおよそ見当もついた。夏頃、故人がその言葉をつぶやいているので、何ですか、それは、開拓村の人と再婚でもするつもり、とからかったら、いや、中世ですよ、柿原氏に話したら、思い出したようで、えらい興味をもたれた、と答えたという。

十月の初めのほうの欄に、とだけ未亡人の手紙にはあったが、柿原には何となく、故人のこの手紙も天気続きの日曜日の午後からの手すさびのように思われた。それにしても、穏やかな笑い声の立ちそうな未亡人の文面だった。故人が亡《な》くなってからついこの頃まで、三ヵ月あまり、四十九日もふくめて、人には何もかも失礼させていただいた。というのも、故人は生前、俺《おれ》が死んだら三ヵ月は、加減が良かろうと、一切義理を欠いて、先のことも考えず、寝たり起きたり、とにかくぶらぶらしていろ、と再三忠告した。だまされたと思って、と妙なすすめ方までされたのでという。

そうこうするうちに年末になって、次男のほうがこの家に一緒に住みたいと言い出したので、家の始末のこともひとまず考えなくて済むことになった。聞いた初めは本気にも取れなくて、ひろ子さんはよろしいの、などと聞き流していたところが、ある日、女性がひとりでふらりとやって来て、陰気臭いあばら屋を隅《すみ》から隅までアッ気にとられたみたいに見まわしているので、これはやっぱり無理だと思っていたら、あたし、こんなところで、子どもをうみたあい、といきなりな声をあげるので、こちらこそアッ気に取られた。春には移って来る予定になりました、まだ妊娠もしてません、と手紙は闊達《かったつ》に結んであった。読んで柿原も腹を抱えて笑った。何日も、思い返すたびに、奈倉さん、あなたには悪いけれど、この成行きだけはおかしいよ、と一人で笑みくずれた。それから或《あ》る日ようやく、日ごとに、秋なのに日が永くなって、暮れるともう睡ったように過すとは、どんな生き心地だろう、と思いやるうちに、自分はこの夏に、荒野の花嫁のことで、奈倉に何をたずねたことも、まして答えを責めたこともなかったはずだと首をかしげた。ひょっとして、自分に宛てた音信ではないのかもしれない、ととっさに疑った。

白い蚊帳《かや》

曇天の午後の公苑《こうえん》の、寒風の中を歩くうちに、やわらかな睡気《ねむけ》に柿原は撫《な》でられた。ちょうど冬枯れの林の縁にベンチがあり、旅先の街でも冷いベンチに冷えた腰をゆっくりおろしたことがあったな、と眺《なが》めやりながら、足をひきずって通り過ぎた。物の一分でも、慄《ふる》えが来て覚めることになっても、まどろむにまかせたかった、と惜しむ心はのこった。その暮れ方、雨も降り出しそうな頃《ころ》にまた公苑前の欅《けやき》並木を通りかかり、路上に転倒した老人を助け起すめぐりあわせとなった。

柿原の目にとまった時には、老人は斜めうつぶせに、ひしゃげていた。近寄って顔色をのぞいてから声をかけると、しっかりした返事があったので、両腋《りょうわき》へ手を入れて支えると背までは起き直ったが、そこで急に重くなり、暗い臭《にお》いをひろげて、路上に端坐《たんざ》した。自分で立てますからとことわって、しきりに垂れる水洟(みずばな)を手の甲で拭(ぬぐ)っていた。なまじ人の手を借りれば、立ってからが難儀なのだろう、と柿原は察してやや遠くへ離れた。やがて老人は両手を丁寧に地について、腰から徐々に押しあげ、前屈《まえかが》みに立つと膝《ひざ》の揺らぎのおさまるのを待ってよたよたと、ずいぶん広く見える並木路を小足に渡り、向岸のベンチにたどりついて腰をおろした。柿原のほかには、終始、人目を惹かなかったようだった。

数日後には柿原自身が、近所のストアの自動販売機の前で煙草《たばこ》を取ろうと屈《ひ》んだとたんに、ずるずると斜めに、抵抗もなく膝が崩れかかり、立て直そうとしたはずみに腰を落してしまった。両足が床から浮いて、少時ながら紛れもない転倒の形になり、女たちが大きな目を向けていた。家に戻るとむやみに気が立った。二時間後には人中に混じり、車に乗るにはもう堪えなくなった腰を固く伸ばし、駅の階段を壁の手摺《てす》りにたよって昇り降りしていた。空港まで行って夕刻の便で飛ばなくてはならなかった。旅先の仕事は病人の急《きゅう》遽《きょ》代役なので、重ねて変更はきかない。それをひきうけた一週間前には、歩行はまだ自在の内だった。進退きわまったようだが、しかしこうして一歩づつ、取り乱さずに足を運んでいれば、着くところには着く、着けば先が見える、何のことはない、と気楽にしていた。それでもときおり顔つきがひとりでに切迫して、そのくせ口の隅《すみ》から薄笑いがひろがり、喘《あえ》ぐようでもあり、ことさら慎重に踏み出した足が、膝からふっと折れかかる。とたんに周囲の雑踏が肌身《はだみ》に迫って感じられたが、そのつど念頭にさわさわとひろがるのは雑木林の縁の笹原《ささはら》のようで、力の尽きかけた者の明視か、笹の葉の一枚づつが強い質感をおびて映り、その間へ寒くなごんで沈んでいく、灰色の首が見えた。階段の上では人迷惑な牛歩ながら立ちすくみもせず、こうして眺めると世の中には足に故障の来ている人間が多いものだ、本人が気づいているかどうかは知らず、と観察も怠らなかった。

翌日の正午頃には旅先の街の神社の境内で、盛んに降り出した霰《あられ》を吹抜きの小殿の棟の下へ避けて、あと二日、どうもたせたものかと思案するうちに、その脚が軽くなってい
た。さきほどホテルで遅い眠りから起きた時には足萎《あしな》えに近くて、小一時間もベッドのまわりをうろついて膝に屈伸などを呉《く》れ、いくらか硬直のほぐれたところでためしに戸外へ出て大通りをおそるおそる渡り、広い石段を斜めにゆっくりと登りつめてきた。昔は北の海上を行く船のために灯台の役もはたしたという三層の神門の前から振り返り、昨夜はホテルの最上階のバーから同じ方角の、街の灯につい見入った気の弱りを、眉《まゆ》をひそめて責めた時にも、足はしっかり石を踏ん張っているのに、肩がかすかに左右に揺らいでいた。それらすべてが嘘《うそ》のような、脚の軽快さだった。すぐ正面の本殿も横手の池や築山《つきやま》も掻《か》き消して、霰はさらに叩きつのり、長い夢から覚めた心持がした。何をしていたんだ、悪いところはどこもないじゃないか、と四方を籠《こ》めた白さに酔って歩きまわっていた。やがて霰があがり、石段をとことこと降りて、大通りを渡るまでの小康だった。

旅から戻ると、寝たり起きたりになった。その三日目にまた、雨の暮れ方に長い午睡から覚めて、これで良くなる、峠はようやく越した、と安堵《あんど》につつまれた。全身にほのぼのと、足の先まで血の気がめぐり、ふくら脛《はぎ》にはうっすら汗が浮いていた。そのままたまどろんだようで、窓の遠くから細く冴《さ》えた鐘の音が伝わって部屋の内では息がほぐれて流

れるけはいだった。翌々日に病院を訪れて原因不明のまま入院を申し渡された。

数日後には、家も木立ちも西へ向って赤く照りながら、周囲に輝きをひろげず、それぞれに冷えて、水のような暮色の中へひたされていくのを、居間のガラス戸の前に立って眺め、すでに表の風景から隔離された心持でいる自分に気がついた。入院と決まってからさしあたり床上げという半端《はんぱ》なことになっていた。

入院の前日には風がまた吹いて、午前中に公苑まで来てみると、雑木林の櫟《くぬぎ》や楢《なら》の痩《や》せて直立した幹がてんでに長竿《ながざお》のように揺れていた。その暮れ方にもう一度欅並木まで出て、薄暗くなった枯枝の下で少女が一人、縄跳《なわと》びにふけっているのを眺めた。寒風を酷《むご》いように切る赤いロープと、赤いジャケットが目に染みた。先日の老人がやっと腰をおろしたベンチの、ちょうど前あたりだった。

どこかで女性が泣いていた。ひさしぶりに空は晴れあがった。ここの病棟では部屋の扉《とびら》をそれぞれ開け放しておくことになっているので、声は春めいた午前の廊下を伝って遠くまで、病人たちの耳に届いているはずだった。年の豊かな嗚咽《おえつ》を、もう溢《あふ》れるにまかせていた。

何々さん、再入院になったのがかなしくて、もう大泣きなの、と若い看護婦の明るい声が廊下から立った。同じ道をまた運ばれてきて病室のベッドに落着いたそのとたんに、こらえてきたものがひとりでに喉《のど》から迸《ほとばし》り出て停まらなくなったものと見える。それでも気持はだいぶほぐれてきているようだ。泣くだけ泣いてから身のまわりの整頓《せいとん》に取りかかるか。柿原もいつのまにか他人の手放しの悲歎《ひたん》に染まっていた。

嗚咽がおさまるとあちこちから、テレビの音が寄せてきた。相も変らず沈痛なような口調で、数日前から始まっているらしい湾岸の地上戦の形勢を饒舌《じょうぜつ》に分析していた。談話室では病人たちが揃《そろ》って目から吸いこまれるように見ている。神経麻痺《まひ》系の障害を治療する病棟なので、どうしても高齢の、長びいている患者が多くて、戦争となれば格別心の騒ぐ世代か、と柿原は煙草を吸いに立ち寄るたびに眺めていた。しかし報道特集が終って、おふざけやら、おひゃらかしやら、いたずらに人をいたぶる番組に移っても、画面へ一心に向けた顔つきはかわらない。気がついてみれば壮年の病人も見舞いの客たちも同様だった。ある時は大勢がベンチに並んでドラマを見ているところへ、四十代と見えるパジャマの男性がふらりと入ってきて、最前列に腰をおろすやリモコンを手に取ってチャンネルを切り換えてしまったが、周囲には何の差障りも起らず、一同ひきつづき、クイズ番組に見入っていた。見舞いの客ばかりが高笑いをしていたこともあれば、誰もいないベンチの前でつけ放しのテレビが大きな声ではしゃいでいるので、切ろうとして中に入ると、隅のほうで重病人の親族らしいのが額を寄せあっていたこともあった。

あれは入院二晩目のこと、九時の消灯時間が過ぎて、柿原が寝つけそうにもない床に就くと、廊下へ開け放した扉から、電子音が耳についてきた。いずれ止《や》むだろう、としばらく辛抱していた。それから、その出所に思いあたった。宵《よい》の口に廊下を通るたびに、また隣りの病室の、そこも個室になるが、開けた戸口から、壁際《かべぎわ》の低いソファーに窮屈そうに並んで腰をかける、男が一人と女が二人の、年配の姿が柿原の目にとまった。病人の容態が思わしくなくて家族が夜も詰めている、と見て取らなかったわけではなかった。しかし廊下にあちこちからテレビの音が流れていたせいか、三人して坐《すわ》りこんでもう長いことテレビに見入っているような、けだるい印象をかならずしも払いきれずに通り過ぎた。二十年前には母親を、九年前には父親を、四年前には姉を、それぞれ入院の末に亡《な》くしているけれど、四年前の時でさえ病院の廊下までテレビの音が押し出すようなことはなかったな、とそのつど索漠《さくばく》とした感慨にふけっていた。消灯の直前に、煙草の最後の一服のために部屋から出た時には、もう静かになった廊下に足音を聞きつけて、壁際から三人が揃《そろ》って目をこちらへ向けた。思わず外を羨《うらや》むような、あらわな気詰まりの目の色は、柿原にも身に覚えがあった。心電図の画面もすぐ戸口のところからこちらを向いていた。寝床に入ったあとも、ナースセンターからひっきりなしに廊下を小走りに横切るサンダルの音を、それと耳にしていた。それでもはっきりと気がつかなかったとは、何にしても鈍いことだった、と柿原は肩をすくめてベッドを降り、あちらの耳を盗むようにして、扉を閉めさせてもらった。

しかし寝床に戻って目をつぶると、一方の扉を閉めただけでは遮断《しゃだん》にならなくて、心電図の音はむしろ一点づつ際立った。これでさしあたり、眠ることはあきらめた。明日の仕事のある身ではなし、辛抱は夜明けの起床時間までもするつもりだが、とにかく、待ってはならない、という奇妙な窮地だった。ときおり、まさかあの音に、この心臓が、鼓動を合わせに行くような真似《まね》はするまいな、と埒《らち》もない冗談が、あんがい真剣な危惧《きぐ》の顔を剝《む》きかけた。一時間ばかりして、音は止《や》んだ。とたんに、その暮れ方、例の部屋からいきなり男女の歓声があがって、口々にはしゃぎ立ち、病人に沢山の便通のあったのを喜びあっていたことが思い出された。静かだった。なにやらはにかむような静かさだった。音の絶えた瞬間を聞いたことだけでも、うしろめたく感じられた。まして家族の愁歎には、赤の他人として、もう聞き耳を立てまい。そういましめて眠りの中へ背を埋めこむようにしたその時、音はまた始まった。何かの都合で部屋の扉をしばらく閉めていたものらしい。しかしなぜまた開けたのか、医師や看護婦がのべつ駆けこむ必要はあるだろうけれど、ここまで来ては、家族は病人の部屋をよその耳から隔てることを願わないのだろうか、と訝《いぶか》りだけがのこり、ほかの感情が頭をもたげかかるのを押さえこむうちに、その訝りも薄紙一枚ほどになり、これが今の世ではもう自然なのだろうなとつぶやいて、眠りこんだ。

目を覚ますと夜はとうに明けていて、例の部屋のほうはひっそりともせず、まもなく検温に入ってきた看護婦が、「昨夜は眠れましたか」と型通りにたずねて顔を見た。「ああ、眠ってしまった」と柿原もその事には触れずに答えた。

「見まわりの時にのぞいたら、目をつぶって、じいっとしてたけれど」

「それ、何時頃のこと」

「一時過ぎでしたけど……知らなかったの。なら、よかったわ」

すぐそこの他人の不幸を知らずに寝すごしてしまった、そのなごりのような静かさの中から、やがて女の泣き声が聞えてきた。いや、そうではない。人の亡くなったあの朝は高曇りで始まって、西側の談話室の窓から、まるで輝きのない富士がいたずらにくっきりと見えた。午後からは黒い雲が押し出して、柿原は湯あがりに似た妙な火照《ほて》りになやまされ、それにしては汗の一向に出ないのを怪んでベッドから起き出しては六階の窓から、病院の玄関前の人の往来を見おろした。目はおのずと足元へ行った。身の丈にしては小足をつかう人間が、老若男女をさほど問わず、やはり多いようだった。進むにつれて歩幅がすこしづつ詰まって、何歩目かごとに足がかすかにもつれかかる。手の振りも総じて少なく、まっすぐ先を急いでいるはずなのに、左右にこころもちよれる。そう眺める柿原自身は足の弱りもさることながら、仰向けに寝かされて目をつぶらされ、片手の小指の先で鼻を触るように言われてやってみると、かならず一センチほどはずれた。頸椎《けいつい》に難があって神経障害に出ていると見立てられ、枕《まくら》をはずして寝るよう指示されていたが、詳細はまだ分かっていなかった。あの日はいよいよ蹌踉《そうろう》となっていくような人の歩みに眺め入るうちに玄関前の公園の棕梠《しゅろ》が枯れた葉を大仰に揉《も》みはじめて、やがて小雪まじりの驟雨《しゅうう》がくりかえし走った末に、左手の遠くに見える高層ビルの群れを薄靄《うすもや》の中に降りのこして、赤黒いような光に暮れていった。

それから二日苦痛な検査が続いて、土曜日の四時過ぎの、病院ももう休日に入ったと思われる頃、柿原が病室の窓の前で腕組みをして、この殺風景な街の眺めをどう取りこんで、どうほぐして風景としたものかとあきれていると、若い担当医がふらりと入って来て検査の結果を伝えた。頸椎と頸椎との間を詰める軟骨が潰《つぶ》れて、内へはみ出して、脊髄《せきずい》を圧迫しているという。患部は第五、六椎の間にあり、そこの脊髄腔《こう》の狭《せば》まっているのが横断面写真にはっきり出ている。破損した間板を除去する必要があるが、その手術がとにかく可能かどうか、その判断は内科ではつけられないので、整形外科のほうの診察を受けることになる。そう告げられて、五分ほどの立ち話のまま終った。大筋は明快であり、疑問の余地もなかった。科学に疎《うと》くして暮しているようでも、こんな際《きわ》でこそ、おのずと客観の態度を取る。是非もないことだった。ただし、手術はむずかしいと申し渡された場合には、どうするか……その時にはこの四肢《しし》のまま余生を渡ることに腹を据《す》えるよりほかにないが、しかしその前に、手術の可能性を求めて病院から病院へめぐることになるだろう、そのうちに哀われな歎願者の存在になっていく、と病院への道のりや待ち時間を想像したとたんに、目の前に相変らず平板に散漫にひろがる市街が、限りもない徒労と希望にふさわしい風景に、初めて風景に映った。諦《あきら》めて折り合うには、あまりにも殺風景とむしろ言うべきか、と憮然《ぶぜん》として目を返すと、部屋の内は薄暗くなっていて、その中で生涯にかかわる伝達をあっさり立ち話にかわす若い医師と柿原自身と、親子ほどの年の隔たった者どうしの、どこか互いに似たような姿がもう一度見えた。

その晩、談話室のベンチに片膝を立てて坐りこむ女があり、はしゃぎ立つテレビに向かって、前歯で物を嚙《か》んではほき出すような口つきから、どこか捨て鉢《ばち》の、底意地の悪そうな笑いを剝いていた。三十ほどの若さの、この辺ではついぞ見かけない顔で、どこが悪いともつかないが、赤いガウンを着こんでいるので病人には違いない。けだるそうな恰好《かっこう》から、画面の内のおふざけにいちいち、肩を荒く揺すって笑いこける。その傍若無人の様子が、今にも画面を指差して、あれを見てよ、何をやってるの、とあげつらいそうに見えた。病人の間で際立った印象を柿原は受けて、談話室を出てからまた首をかしげ、しかしあれも、本人にはそんな意識もなくて、ただテレビに取りこまれているだけかもしれないぞ、と考え直しかけたその時、廊下のつきあたりになる柿原の部屋の内に、オートバイにでも乗ってきたような身なりの人影が見えて、やがてこちらへ笑いかけたのは柿原の長女だった。何だ、その恰好は、とたずねると、チャリンコで来たと答えた。今日は会社が休みなので、半日自転車を乗りまわしていたという。診断の出たことを話すと、そうなの、とあっさり受けたところでは、途中で自宅に連絡しているようだった。饅頭《まんじゅう》などを喰《く》って、面会時間の尽きる頃に、また来るねと言って帰って行った。それから今夜も早い消灯時間にそなえながら、柿原はしばらく暗い道の端を漕《こ》いでいく自転車の息づかいに耳もとに伴われ、会社を辞めると言っていたが、父親がこんなになって、どうするつもりだろうと考えていた。

月曜日になり整形外科の診察所のほうへ呼び出されて、エレヴェーターで地階まで降り、閑散とした廊下を一人、ぺたりぺたりとサンダルを鳴らして行ったのは、夜のことのように思い出されるが、じつは午後の三時過ぎの、外来の客のひけたあとのことだった。ここまでよく歩いて来られましたね、と医師はレントゲン写真を前に並べながら感心した。その一枚を指差されて、柿原もほうと息をついた。患部の頸椎を輪切りに撮ったその内に、三日月ほどに細く削《そ》げた、脊髄腔が白く映っていた。それ以上の説明は無用だった。かなり進行しているので、できるだけ早期の手術が必要であることを医師は申し渡して、きわめて安全な手術ですと請《う》け合った。そう言いきってくれたことに柿原は感謝して頭をさげ、たずねられたことに答えるだけで、こちらからは何もたずねなかった。無事に済むかどうかはしょせんこちらの身体《からだ》の性《しょう》にかかることだと思われた。手術から退院まで二ヵ月と言われたが、それも今の自分には数えられない時間だった。これで箸《はし》は使えますか、とまた不思議がられたあとで診察室を立って、廊下のはずれに出て気がつくまで、あのとき実際に、夜更《よふ》けの時刻の中にいるような心持でいた。このままでも、ただ歩くだけなら、どこまでも歩ける、家にだって帰れる、とそんなことを思いながら、またぺたりぺたりと帰って行った。

東の談話室の窓から埃《ほこり》っぽい朝日を老女が拝んでいたのは、いつのことだったか。赤いガウンの女はそれきり見受けなくなった。翌週の末に整形外科の病棟に移ってまたその翌週に手術、とおおよその日程を知らされたが、それでは手術は今から何日ほど後にあたるのか、柿原にはよくも算術がつかなかった。そのうちに予定が繰りあがって、つぎの月曜日に移転の、木曜日に手術と決まった。手術後は二週間から三週間、固定されると言われた。

ある夜、消灯時間を過ぎてから隣室の老人が騒がしくて、看護婦がのべつ駆けこんでは、あきれ声で物を言いかけるのを、若いのに腹を立てそうでなかなか立てないものだ、と柿原は寝床の中から聞いていた。夜明けに柿原が目を覚ますと、老人はまだ落着かず、失《う》せ物を探して二人部屋の隣のベッドをのぞきたがって看護婦を手古ずらせているようで、窓の外では雨が降っていた。朝食の後で軽い地震が二度ばかりあった。その頃には隣も静まっていた。月が改まって三月に入り、午後からは柿原にとって見舞客の多い半日となった。ベッドの上に起き直って自分の病気のことを説明していると、何もかも済んだ口調になる。客がすっかり帰ったあとで、手術が無事に終ったならばの話だ、と一人でつぶやいてさすがに少々のこわばりを覚えた。

夜に入り夕食も済んで、居のこった妻を家へ帰そうとしているところへ、白衣を着た血色の良い男性が大きなボール箱を抱えて現われ、装具屋と名乗った。そう言えば、手術後につける固定の装具が夕刻に届くと看護婦に言われていた。装具師と呼ぶらしい。それにしてもよく笑う装具師だった。装具をボール箱から取り出して、これがいかに軽くて丈夫で、すぐれた発明であるか、能書きを言っては笑う。柿原を立たせて、後頭部と胸部と顎《あご》の下とにそれぞれ部品を合わせ、ペンチで曲面を直してまたあてがっては、「やあ、ぴったりだ」と自讃《じさん》して笑う。ことに顎を下から支えあげるところがしっくり決まった時には、「顎の線も人さまざまでね」と一段と高く笑った。やがて柿原は首から顎から胸まですっかり固定され、「この上、ベッドに縛りつけられますか」とたずねると、「いや、それで十分、それで十分」と請合われて急に安易なような気分になり、「なるほど、この肩のところのパイプなどは、これなら米蹴《アメラグ》だってできそうだ。しかし鉢巻《はちま》きをしているところは、まるで鎧《よろい》だ、合戦《かっせん》だね」と悦に入った。妻もその恰好をおもしろそうに眺めながら、「義足もあつかうのですか」と装具師の仕事をたずねていた。装具をはずして箱にしまいこみ、装具師がひきあげたあと、あの陽気さには覚えがあるぞ、と柿原は思い出しかけた。

まもなく家に帰る妻をエレヴェーターの前まで送ってから、消灯時間も近いので仕舞いの一服のために談話室に寄ると、テレビは消えていて、肩身の狭い隅の喫煙席に、ここでよく出会う老人がたった一人、例によってシャツと股引《ももひき》だけの、腹巻でもしていそうな恰好から、憮然とした面持《おももち》で煙草をふかしていたが、柿原が傍に腰をおろすと、「消灯が早すぎるよ」と話しかけてきた。「子供じゃあるまいし、今からどうやって寝ろって言うんだ。夜中に寝覚めしたら、どうしようもない。こんなところ、明日にでも飛び出してやるから。家に帰ったら酒は呑《の》むさ。呑まずに生きていて何になる」と言いつのりかけて、「あんたは、どこが悪いの」とたずねた。「首です」と答えると、「何だ、首か」と数にも入らぬように受け流して、「俺は九回目だよ、この病院で」ともらして黙りこんだ。そこへ廊下にぱたぱたと足音がして、黄色のトレーニングウエアの上下を着た、年は三十代か、長身の男性がやはり眠る前の一服のために駆けこんできて、その辺にある低い小椅子を灰皿の前にひょいと据え、長い脚をもてあましぎみに坐り、「ここでいくら煙草を吸っても、せわしないばかりで、うまくないもんだねえ」とぼやきながらいっそうせかせかと、たちまち一本の半分ほどまで吸ってしまうと灰皿の中へ落して腰をあげた。「あぁあ、また長い夜になるなあ」

廊下から大きな独り言が聞えて、足音が小走りに遠ざかって行った。外ではまた雨が降っているようだった。柿原も立ちあがった。老人は相変らず忿懣《ふんまん》やる方なさそうに新しい煙草に火をつけた。灰皿には二口三口で置かれた長い吸殻《すいがら》が並んでいた。

翌日は穏やかな曇り日となり、柿原が起き出して談話室に来ると、老人は昨夜と同じ恰好で、長い吸殻を前にずらりと並べて、盛んに煙を吹き上げていた。

「すぐ、ここに来ちゃうんだから」と若い看護婦が廊下からその姿を見つけて、傍にしゃがんで血圧を計りはじめた。上が一八四に、下が一〇〇あるという。

「何だ、そんなもの」と老人はそっぽを向いた。「寝かせられれば、もっと高くならあ。家では二三〇もあるんだから」

「元気なのはいいけどさ」と看護婦は扱い馴《な》れた様子だった。「病室で煙草を吸うのだけはやめてね。まわりの人は黙っていてくれても、わかるんだから。火事になったら、歩けない人もいるでしょう」

「かまうもんか。皆、焼け死んじまえばいいんだ」

「あんなこと言ってる、可愛《かわ》いい顔しちゃって」

看護婦は笑って肩を小突いて出て行った。なるほど、と柿原は憎まれ口を叩くにつけても潤《うる》む老人の目を眺めた。

日曜日の午後の見舞いの客で騒がしい談話室の中で、「いいから、煙草をよこせ」と細君らしい人を叱《しか》りつけている老人の姿が見かけられた。それから病棟内のようやく静かになった宵にまた談話室に出てくると、いつもの席に老人がぼんやり坐りこんでいたが、その一日俄《にわか》に手足の弱りを覚えた柿原はそちらへ気も向かず、一人もっさりと煙草をふかしだした。そこへエレヴェーターのほうからパジャマ姿の高年の男性が客を送った様子で戻ってきて、黙りこむ老人のほうへ横目を流してにやりと笑い、通り過ぎがけに老人の脇へひょいと物を放り、すこし離れたベンチに腰をかけると、「あんまりしょんぼりしているんで、見ちゃいられないよ」と独り言にそらとぼけた。「ありがたい」と煙草の箱を摑《つか》んだ老人の目がとたんに輝いた。包装をばりばりと破り、「火、火。ライター、ライター」と一人で騒いで病室のほうへ駆けて行った。

消灯時間が過ぎてからもう一度、柿原は息苦しさを覚えて寝床から起き出し、手洗いへ通うふりをして、もう明日にも力の尽きそうな、妙に長く高く感じられる足を壁際に手摺りも見える廊下にことりことりと運んで談話室までやって来ると、暗くした広間の、誰もいない喫煙席の灰皿の上から、吸いかけの煙草が一本、白い煙をまっすぐに立てていた。年寄の気はそらされやすい。火を消す前にまた長い夜の苦しさに頭を占められてしまったものと見える。皆、焼け死んじまえばいいんだ、と拗《す》ねた言葉がもう懐《なつ》かしいように思い返され、人に去られていかにも穏やかに昇る煙の、張り番でもする心持で、柿原は自分も一服、ゆっくり味わいながら、幽霊がしみじみと煙草をふかしている様子だ、と笑った。

翌日の正午前に身のまわりの物を台車に載せ、看護婦の後について、一階上になる整形外科の病棟に移り、そちらの看護婦から、さっそく手術の心得を聞かされたついでに、禁煙を申し渡された。その日はよく晴れて、看護婦の呉れて行った呼吸機能回復訓練器なるラッパの玩具《おもちゃ》みたいな物を寝ながらもてあそび、息をぎりぎりまで出し入れするのがなにがなし面白くて、破れた音を飽きず鳴らしているうちに、窓の外に見える団地の壁が西日に赤く染まりはじめた。夜は病院に来てから初めていつまでも寝つかれず、今までよくも眠れてきたものだとあきれるほどに目が冴《さ》えて、二時間ばかりの眠りから起床のチャイムに起されると、部屋の内は白っぽくて、外は雨になっていた。降り出しかと思ったら、降りのこりだったようで、朝食の後には陽《ひ》が差して、いかにも平穏無事な春日和《はるびより》となり、大事の前々日という、どちらつかずの一日の長さに苦しめられた。夜には看護婦に装具をつけさせられて、何のことはないと思ったが、未明に全身が火照《ほて》って、恐《こわ》いような息苦しさにおそわれ、かなぐり棄《す》ててやろうかといきり立ったがだいぶ不自由になった手に余り、看護婦を呼んで顎のところだけをすこしゆるめてもらった。

翌朝は首から胸までしっかりと固定されたまま、なにやらきわめて端正で明快らしい文面を頭にうかべながら目を覚ました。眠る自分を端から自分で無念無想、見まもっているような、すでにそんな眠りだった。また晴れて暖かな、陽差しに枯木の霞《かす》む一日となった。午前と午後にひとつづつ検査がのこり、そのつど長い廊下をたどるその足取りが、膝《ひざ》からは力が抜けて歩幅もすっかり狭《せば》まり、まるで歩行の影ながら、それにしては行儀が良くて、不思議に軽々としていた。暮れ方には看護婦に強くすすめられて、病院の地下にある床屋まで、伸びた髪を切りに行った。

宵の口に妻と一緒に医師の前に呼ばれて、午後に撮ったばかりの横からの写真を見せられると、脊髄《せきずい》が首のつけねの上あたりで、はっきりとくびれていた。

「あそこで、どれぐらいの細さなのですか」

「健全なところでも、人差指ほどの太さしかないのですよ」

軽い薬の一錠で十時前に眠ってしまって寝覚めもせず、朝の六時に部屋に入って来た看護婦に起されると、巻雲のようなものをうかべた空は、輝きはないままに晴天へと明けていくようだった。装具をはずされ手術着をつけさせられ、あとはすることもなく、歩きおさめに談話室まで出ると、窓際の隅のベンチの上に背広姿の中年の男性がひとり横になって眠っていた。廊下の角の部屋から、扉は閉じているが、心電図の音が聞えていた。この病棟に来てから三日間、その前を通るたびに耳にしていた。昨夜は看護婦の出て来る扉の隙間から、母子らしい女性の詰めているのも目にした。この男性は、背広にネクタイをきちんと締めた身なりからすると看護に来た家族とも思われず、昨夜もたしかこの談話室から、扉の閉まった病室のけはいを遠慮がちに及び腰にうかがっていた。今もごく控え目に、小さく縮めた身体をきっちりと狭いベンチの上に倒しているけれど、人が近くに立ってもすこしの反応も見せぬほど昏々《こんこん》と眠っているところを見ると、夜じゅうここに坐って待ったあげく、いましがた睡魔にひきこまれたばかりにちがいない、と眺めるうちに室の内が赤くなり、窓の外に朝日が照り渡った。北から風が出ていた。

部屋のベッドに戻り、あれだけ眠ったあとでまたすぐに麻酔をかけられて眠るわけか、とあきれながらまた眠った。八時になり家族たちがやって来た。日頃疎遠《そえん》にしている柿原の長兄もこの早い時刻にやって来ていた。

身を小さくすくめて物にすがりつく体感で目を覚ました。手術室の内だったが、すでに担架車の上へ移されていた。小枝につかまる蟬《せみ》のようなものを思った。その体感によって四肢の動くことを確めたのにちがいない。また眠りこんだ。

無事に済んだと聞かされた。その日のうちに手術後のレントゲン写真を、自分から所望して見せてもらった。翌日には酸素吸入も導尿管も取れて、朝は粥《かゆ》、昼からは固い飯になった。

病室の天井に昼間から蛍光灯《けいこうとう》が点《とも》っていた。表は雨天だった。仰向けに寝たきりの上に装具に固定されて首を左右に振れず、すぐ右手にある窓もろくに眺められなかったが、天気の崩れは息苦しさによって、たずねる前からほぼ分かった。天井は今の世の建物並みの低さで、ベッドは病人への手当ての必要から通常のより高くされているので、どうしても天井を近くに見るかたちになる。その天井に蛍光灯が一本、さすがにベッドからはずれる位置に取り付けられているが、それが裸のままだった。あれに覆《おお》いが掛かっていれば病人の目にはずいぶん楽になるのだろうけれど、しかしそうなるとランプの交換の手間が、全館あわせれば、相当になるから、とそんな余計なことをしかつめらしく、閑《ひま》をかけて考えていた。

天井の建材は軽い合成物質を築き固めた物のようだが、表面はコルクか、あるいは月面のような、あばたに覆われて、雨の日にはその点ごとに影を溜《た》め、仰向けにされて見つめていればおのずと点がつらなってさまざまな物の像がうかびかかる。頼みもしない心象投影テストを受けさせられているような、いまいましい窮地になるが、そんなことにこだわらず、さからわずにいれば、なかなか陽気な図柄《ずがら》も見えてくる。大勢の人間の、頭だけが見えて、往来にひしめいている。洛中図《らくちゅうず》のようなものか、群衆はしかし左右に分かれて双方から迫りあっている。合戦は合戦でも、口合戦とか囃《はやし》合戦とか、そんな雰囲気《ふんいき》だ。笑っている顔はなくて、どれもこれも大真面目《おおまじめ》に、てんでに敵方に向かって嘲弄《ちょうろう》やら罵《ば》詈《り》やら威嚇《いかく》やら、顰《しか》めづらを精一杯に剝いて、なかには苦悶《くもん》に近い面相を露呈してしまっているのもあるが、それがそのまま、それぞれ奔放なお道化《どけ》になっている。さらにその合戦の上方に、ちょうど雲の上に乗ったような寸法で、こちらはどれもなまなましい坊主頭の、僧侶《そうりょ》やら法師やら入道やら、聖《ひじり》やらの合戦が反復され、これが一段と不逞《ふてい》な、猥雑《わいざつ》の盛りにさしかかった。しかしよく見れば、俗人のほうの群れのあちこちに、殺到の内にいながらにそこからひょいとはずれたかたちで、およそ明後日《あさって》のほうへ、こちらへ顔を向けて立つ者たちがあり、どういう身の丈になるのか、足は地に着いているのか、胸からぬっと群衆の頭の上へ抜きん出て、顔は大きくて赤褐色《せきかっしょく》がかり、唇《くちびる》は黒いように膨れて、やや伏せた目の切れが長く、白眼《しろめ》がちでいかめしく、両腕はだらりと下へ垂れているが、あれはあちこち同時に群れの中から湧《わ》いて出たばかりの、てんでに山越来迎図だ、と腹を抱えて笑いかけたところが、いや悪疫《あくえき》の図だ、と声が聞えて、図柄が反転して陰惨になりかかり、首が振れないので、手の先で目の前から払った。

それから疲れてしばらく眠り、目をひらくと顔の上の、手を伸ばせばすぐに届きそうな高さに、白いパネルのような物が宙に掛かっていた。長方形の中に、中心のあたりには三重ばかりの同心円の図型が描かれ、それより左へ寄った細長い溝《みぞ》の中に蒼《あお》く塗った円筒状の器具が嵌《は》めこまれている。何だろう、これは、と鈍い目で眺めていた。寝たまま本が読めるよう、誰かが持って来てくれた新式の書見台だろうか、それとも新手の検査の機械が部屋に運びこまれたか、いずれにせよアームはどこから伸びている……どうでもいいけれど、と投げやりになったとき、言いようのない圧迫感が、しかもつらい非現実感を伴って降りてきた。両手が重たくて間に合わない。しょうことなしに、覚めきらぬ目をきりきりと見ひらいて、睨《に》らみ睨らみ押し返すと、パネルはゆらゆらと遠のいて、そのまま天井となって落着いた。同心円の図型と見えたのは換気孔だった。

ベッドの傍に居る妻に声をかけて吸飲みを取らせ、水を口にふくんだとき、息に苦悶の臭《にお》いがかすかにあった。少々泡《あわ》は喰わされたが、どうせ全身麻酔の後遺症にちがいない。取るに足らぬことだった。しかし天井がパネルほどに縮まって手の届くところまで降りていたと話せばいかにも病的に聞えるので、妻には黙っていた。とくに瞬時ながら、両手で突っ張ろうとした覚えがあり不快だった。

日の暮れまで三度まどろんで、そのつど覚め際《ぎわ》に同じ感覚異常を見た。三度目にはすぐ顔の上へ掛かる白い板をはっきり天井と意識して眺めながら、押し返しもせずにいた。寝たきりの人間の空間感覚は、それは狂うとも、とつぶやいていた。しかし日頃から、これと大差もない空間の中で暮しているわけだからな……四角四面の空間はもろいな、揺らぎやすい、ちょっとのことでおかされやすい、と自身に言い聞かせていた。

表が暗くなると、もうまどろみもしなかったが、空間異常の起りそうなけはいも感じなくなったところを見れば、それまでのは雨天の外光のまやかしでもあったか。夕食の後、長女が勤め帰りにやって来て、昨日の朝から詰めている母親と交代した。女どうしの話があり、妻が帰るとまもなく消灯時間となった。介添の要ることはすべて済ませて、自分の手で使える物は届くところに置かせ、窓をいったん細く開けさせて、痒《かゆ》みを帯びて火照る身体をしばらく風に冷やし、最後に水を一口だけ気やすめに呑んで枕もとの電灯も消させて胸の上に手を組んで目をつぶり、ベッドの脇の狭いソファーに娘が横になりやがて落着いたようなのを待って、眠りの来ない目を暗がりへぼそっとひらくと、上からベッドをちょうどすっぽりとつつんで、白い蚊帳《かや》が掛かっていた。

またかと息をつかされて、目をつぶりなおし、間を置いてからひらいて眺めたが、蚊帳の形をしたほの明るさは消えなかった。天井の白さからもはっきりと隔たっている。さりとて実質感には乏しい。どこぞから薄明りが部屋の中へ差しこんで、ベッドの上へそんな形に漂って見えるらしい。しかし廊下への扉《とびら》は閉まっていて、窓のブラインドも降りている。

ブラインドの隙間《すきま》から雨の夜の白さが滲《にじ》み入っているのだと考えた。さしあたり、それよりほかに思いあたることもなかった。いずれにせよ、蚊帳の形に見えるのは錯覚である。火照りと痒みに苦しめられる身には露骨なまやかしであり、嘲弄のように見えなくもないが、怪しいようなけはいは帯びていない。いくら目をつぶってはひらきしても消えないからには、この程度の不可解さは、そのまま受け容れるよりほかにない。さいわい、眠りを妨げるほどの閉塞感《へいそくかん》も及ぼさなかった。

ひょっとしたらこれは、思ったよりも衰弱した身体から立ち昇る何かしらが、ベッドをつつんで、ささやかながら発光しているのではないか、戸外の雨天の変化にも反応しているのかもしれない、と荒涼とした想像が動いた時には、睡気がもう差していた。安堵《あんど》にも自足にも伴われない睡気がある。動きの取れぬ身体の、かすかな恐怖とも戯《たわむ》れながら、物を喰らう群れのように寄せてくる。

だいぶ時間が経《た》って、柿原は直立していた。

背を壁にひたりと押しつけ、その壁がいくらか前傾しているようで、両足を下へかつがつに踏ん張って、目の前に立つ白い壁を睨んでいた。倒れまいとして、すでに形相が変っていた。それでいて、深い鼾《いびき》が聞えていた。

やがて眠りが落ちて、前に立つ白壁がじつは天井であり、背にした壁はベッドであることが分かった。ベッドの末端に足を突っ張っていた。しかたのないことだよ、と仰臥《ぎようが》を守って恐怖感を宥《なだ》めた。人間、ほどほどに歩きまわっていればこそ、垂直と水平の軸をたえず摑《つか》みなおして、感覚を平常に保っていられるのだから……ところが病むということは、自由に動きまわっていた者が病室の内に閉じこめられ、ベッドの上に繋《つな》ぎ止められ、肉体苦の中へ押さえつけられ、二重三重の拘禁なのだから……あまり甚《はなは》しい拘禁は空間を狂わせる、空間を死なせる。

そんなことをつぶやきながら、直立の体感はなお続いて、背中はベッドをひしひしと押した。装具をつけて立つ姿が見えた。後頭部と胸とに固い物をあてがわれ、あて物は肩越しに梃子《てこ》の形の金属パイプで連結され、額には後頭部からまわした鉢巻を締めている。胸の甲の真ん中から角《つの》が、パイプがもう一本上へ伸びて、先端の受け皿でもって顎《あご》をがっしりと支えあげている。壁にそって押しあげられて、まるで高いところへ架けられたみたいだった。はあ、あんなグロな恰好をしているのか、と自分でつくづくと眺めえて、もう切羽詰まっている。見てはいられない。娘に声をかけて起きてもらうか、と考えたが、疲れきって熟睡する若い者を叩き起すのは不便に思われた。たかが錯覚だった。

故人の姿が見えた。蒼然《そうぜん》とした棚《たな》に向かって立ち、書きこみの激しい本をひろげて、帳簿の間違いを探すような目を注いでいた。青いガウンを着こんでいる。寒い寝覚めのにおいがした。幾夜も繰り返された姿にちがいない。

「あれは、荒野の花嫁の手紙は、こちらへ宛《あ》てたものではなかったね」

たずねたが、返事はおろか、振り返りもしなかった。声そのものが、風にちぎられて、届いていないようだった。すぐそこに見える近さが遠方の気を孕《はら》んだ。静かにうつむく姿が、頁《ページ》をさらりと繰る指先から、ふと息をひそめた首まわりから、周囲の空間がおもむろに走りだしたような迫力を帯びた。

「生前とすこしも変りがないね」

取りなすつもりで呼びかけたのが、暗くはるかに響いて、果てに叫喚のなごりをのこして消えた。その跡を追って、高い壁に後頭部を押しつけた皺々《しわしわ》の泣き顔が、下から顎を突きあげられたまま大きく口を割り、どうしても声にならぬ叫びに喘《あえ》いだ。

あれは夜が明けても過ぎ去らぬものだから、とベッドの上では息を細く抜いた。また白い蚊帳につつまれた。

よろぼし

机から顔をあげて、柿原はおもむろに我に返った気がした。椅子《いす》をひいて立ちあがった後にもおなじ心地が続いて、長らく留守にした部屋の内を見渡した。五十日の入院の末に自宅へ戻ってから、すでに一週間ばかり経《た》っていた。

人に礼状を書いていた。初めての仕事だった。後頭部から胸にかけてはまだ首をまっすぐに固定する装具を着けて、顎《あご》にも下から支えをあてがわれ、おかげで高いところから便《びん》箋《せん》を見おろすかたちになり、手先の不自由さも遺《のこ》っているので、一字ごとに目を凝らす。その緊張が二通目には息づかいにまであらわれて、顎を突きあげられながら口もとを弛《ゆる》め、皺《しわ》ばんだような顔つきになっていた。

遠くに大工仕事の音が立って、部屋の内には西日を受けた古障子の、黄ばんだ和紙のにおいがふくらんだ。しかし表では朝から雨が降り続いていた。留守とは、人が留守だったのか、部屋が留守だったのか、とつまらぬことにこだわりながら、錯覚はあっさり落ちた。居間のほうに出ると、暮れかけた雨脚が淡い桜色に染まっていた。

それまでにも、幾度かにわたって、我に返った心地のした境はあった。あれは手術の五日ほど後のこと、婦長が鏡をもってきてくれた。使い古した電気スタンドの、自在に曲がる蛇腹《じゃばら》のアームの先に鏡を取りつけた廃品の工夫になり、これを寝床から手の届く台の上に置けば、もっぱら仰臥《ぎょうが》を強《し》いられた病人でも自分で鏡の角度を変えて、部屋の内から順々に、断片づつながら、窓の外まで眺《なが》められる。柿原はまず窓辺の花瓶《かびん》を映した。百合《ゆり》の花が鏡の内から宙へ落ちかかりそうに傾《かし》いだ。それでも天井ばかり眺めていた目には、空間を取り戻した心地がした。しかし鏡を外へ向けると、手術の前日につくづく殺風景と眺めた団地の赤煉瓦《あかれんが》風の壁が映り、いくら角度を変えてもそれしか映らず、鏡面をすっかり塞《ふさ》いで人家の窓をずらりと並べながら、テラスごとに据《す》えた冷房機の換気扇の円型の反復ばかりが目に立って、壁の無表情さは破れなかった。マンションの通夜《つや》に参じたことがあるけれど、あれもこの近辺になるな、とそんなことを思った。そしてくたびれた手をおろし、もとの天井に向かって換気孔の同心円へ目をやり、いやに睨《にら》むじゃないかとあやしむうちに、息を詰めている自分に気がついた。険悪そうな面相をしていた。

辛抱しきれずに起きあがってしまって、骨がはずれて再手術になった人もいますから、と婦長は注意して行った。いくら長くても、癌《がん》などと違って、しっかり安静にしていればなおる病気なのですから、と。おそらく、病人が手術後の衰弱期を抜ける頃《ころ》に、こうして励まし旁々《かたがた》、短気を戒めて歩いているのだろう。それにしても前の晩、寝つきにまたあちらこちら痒《かゆ》さに苦しめられることに閉口して、検温に来た看護婦に、病院では気楽にミンザイと呼んでいる導眠剤を頼むと、看護婦は急に用心深くなり、医師に許可をもらってほしいと言った。慎重という以上に、怖がるような顔つきだった。

その暮れ方、午後の回診に来た若い医師に、柿原は昨夜のことを思い出して、手術の前日にももらったミンザイをまた出してもらえないかと頼むと、医師もちょっと困惑した曖《あい》昧《まい》な顔つきになって、副作用はありませんでしたか、と妙なことをたずねた。いや、薬自体はごく弱いものなのですが、あの程度のもので、錯乱をきたした患者さんが、あったもので、と言った。どうも近頃の騒ぎのようだった。

まもなくベッドの頭のほうを三十度まで起すことを許された。それだけでも当座は視野がひろびろとひらいて、身体《からだ》も救われたように感じられたが、半日もすれば平たい仰臥と変りもなくなった。しかし夜の消灯時間が過ぎて、そのまま眠ろうとすると、背中がすこしばかりずり落ちるせいらしく、顎の支えが下から一段ときつく押しあげ、喉《のど》を締めつけて来て、そんな時でも、このまま朝まで辛抱しよう、きりがないことだからといったんは分別するものだが、結局は傍のソファーに横になっている家の者を起してベッドの頭をさげてもらうことにした。そうかと言って昨夜までの完全な平臥はもう我慢できなくなり、それ以来、寝る前のベッドの角度の調節が煩《うるさ》くなった。

夜の眠りは難儀なような、たわいもないような、どちらともつかぬものだった。痒みがひとしきり騒いでおさまると、眠りこんでしまう。眠ったなという意識がどこかに伴って、いかにも深い寝息を自分で感じている。やがてこれも自分の鼾《いびき》が聞えて、目が覚める。あとに眠りの形骸《けいがい》のように置きのこされる。装具が刻々と、身体よりも厚くなる。しかしいつのまにか、夢を見ている。そこまで流れはあったのかなかったのか、そのつどったひとつの風景に固着した、毎度索漠《さくばく》とした夢だった。たとえばおなじ街角をくりかえし折れかかる。あるいは、その角がただ見えている。どこも空気が薄くて息苦しい。紹介された病院へ入院の手続に行くところだと思っている。そんな夢の行詰まりの浅瀬から浅瀬へと目覚めかけ、こうも時間が凝滞しては眠れるものかとつぶやきながら、たいていは夜の明けきるまで寝覚めらしいものもしない。朝ごとに、よくも眠れたものだと自分で舌を巻き、起床のチャイムを聞いて、また一日が過ぎたと数える。

後日、交代で泊りこんでいた家の者たちから聞いたところでは、鼾をかいていたのが急に静かになる、まるで死んだように、ひっそりともしない、そのうちにまた寝息が立ち、ときおりうなされて細く呻《うめ》いていたという。

手術後十二日目の朝にベッドの頭を四十五度に起された。この角度までは、首を左右に振れないので、仰臥の内に入る、と医者は言った。なるほど、そんなものか、とうなづくほどに病人にも余裕ができていた。すぐ右手の窓も、目の隅《すみ》にあることはあるけれど、外の景色まで見えているとは言えなかった。しかし窓辺に置かれたソファーに坐《すわ》る家の者の顔が、今までは見えていなかったことに気がついた。天井もいかつさを失って、眺めるほうの随意と言った、無害な感じになった。何よりも、これだけの角度があれば、首は曲げられなくても、一人で食事ができるということには感心させられた。目をつぶってしまうとたしかに仰臥の体感からあまり出なかったが、それでも目尻《めじり》を初めとして、顔の筋という筋が弛緩《しかん》して垂れるようで、坐らされた赤ん坊の顔が思い出され、よく晴れた一日だったが、ほとんどまどろんで過した。しかしその暮れ方の回診のついでに、いきなりベッドを六十度まで起された時には、目は大きく剝《む》かれ、胸には深い息が走り、顔には血の気が昇った。まるで世界が違う。寝たふりをしていたのが、一瞬の機をとらえて、穴倉からひょいと飛び出した、脱出してから取り乱しているような心持だった。

翌日の暮れ方にはもう歩いていた。ベビーサークルを高く細身にしたような歩行器というものにつかまらされて、部屋から廊下までよたよたと押して出たところで、「そのまま歩いて」と背後から医師に声をかけられて踏みこむと、竿《さお》でついと岸から舟を突き離したように、足が滑らかに動いていた。廊下の中途まで来て立ち停まり、首はまわらないので、歩行器ごと横にひねって振り返ると、医師の姿はもうなかった。さらに進んで廊下の角まで来た時には、歩行器の手摺《てす》りに両手を軽く置くだけになっていた。

数日後には歩行器を押してエレヴェーターに乗り、地下の売店まで新聞を買いに行った。その翌日にはエレヴェーターから寄り道して、日曜日の閑散とした一階の外来ロビーを自在に歩きまわった。歩行器には頼るようでもあり頼らぬようでもあり、ときどき壁際などにしばらく放置しておくこともあり、あるいは今が生涯の内でもっとも事の軽快に運ぶ時期かと思われた。しかし寝たきりの床で待ち望んでいたほどには、立って歩くことに解放感はなかった。

あれは手術後一週間ほどした頃から、夜の消灯の近づく時刻に、廊下で話す年配の男性の声が柿原の耳につくようになった。ギブスはようやくはずれたものの、いざ立って歩いてみればどちらかの脚に痛みがのこり、医者も原因が知れないと首をかしげ、どうにも埒《らち》が明かないというようなことを、つとめて陽気に張った声で人にこぼしていた。退院後に大事な予定があったがそれも断念して、もうしばらく病院で辛抱するつもりになっているようだった。ある晩、その男性のしきりにつぶやく声が柿原のベッドまで伝わってきた。「そうら、そうら、それでいいぞ。じっくりためていけよ。よし、その調子だ。我慢して我慢して」とひっそりと、いかにも孤独に、はげましている。それがくりかえし、「ああ、いかんな。何をしてるんだ。これじゃあ、とても、勝てやしない」と落胆の歎息《たんそく》に破られる。消灯時間前の廊下で一人、歩行の訓練にはげむ姿を柿原は目にうかべた。そのうちにテレビの音が聞えてきて、ボクシングの実況を見ているのだと分かった。日本の選手の旗色がよろしくないらしい。それと知って聞いていても、声にふくまれる悲歎はいよいよ深かった。泣き出したいのを、喉元でこらえているかのようだった。どんな顔をしているのだろう、と柿原はベッドの中から思った。声は柿原の歩き出す前々日まではたしかに聞えていた。しかし声の主らしい姿は辛抱しきれずに退院してしまったものか見かけなかった。かわりに、とうに放免されたと思われた病人たちが手術前に見うけたのとまるで変らぬ様子で廊下を歩いているのを、柿原は不思議なように眺めた。

それから、立って歩けるようになって一週間も経った良く晴れた朝のこと、歩行器を手先で弄《もてあそ》ぶようにして廊下をやって来た柿原は、角を折れるところでふいに馴《な》れぬ静かさの中に踏みこみ、つい昨夜まで、このあたりに心電図の電子音が聞えていたことに気がついた。そう言えば手術の前の夜にもその朝にも聞えていた、と啞然《あぜん》としてそこを通り過ぎ、談話室まで来ると、ちょうど着いたエレヴェーターの中から小柄な中年の男性が小走りに出て、背広姿に見覚えがあり、先の角の辺の部屋へ駆け込もうとして、たまたま通りかかった看護婦に物をたずねかけ、答えられると深く一礼して、扉を閉ざした部屋の内に入ることは遠慮したようだった。柿原が手術を受けるその朝に、談話室のベンチで小さく眠りこんでいた男性に違いなかった。あれから三週間、病人の重体は続いていたわけだ、と柿原はもう一度歎息して、まもなく降りてきたエレヴェーターに乗りこんだ。

その日は一階の外来ロビーの人の賑《にぎ》わいの中を歩きまわるうちにその気になり玄関の外へ出て、歩行器を近くに置き捨て、玄関と構内のバス停の間を、往来する人に混じって行きつ戻りつしはじめた。浴衣《ゆかた》に丹前を着て、額には鉢巻《はちまき》、顎も胸から棒で支えあげられ、後頭部から胸にかけては装具で固められるという面妖《めんよう》な恰好《かっこう》でいながら、人中に紛れているような心安さでいる自分がおかしく、場所柄か、人もおよそ頓着《とんちゃく》しないのがおもしろく、たまたま高い階の窓から、気持の行き詰まった病人が見おろしているとしても、この姿は、打ち沈んだ心には突拍子もなさすぎてしばらくは映らないのではないか、ようやく気がついて、あの巫山戯《ふざけ》たのは何だ、と眉《まゆ》をひそめて目を瞠《みは》るのではないか、と白昼の幽霊めいた想像を楽しんだ。

半時間ばかりもうろついてから病棟に戻ると、談話室の隅に置かれた古机を囲んで、親族らしい高齢者たちが五人ほど集まり、なかでも長老格の一人が相談の口上をすでに切りはじめたところで、末座にすわった例の男性がそそくさと腰を浮かして席を離れ、つけ放しのテレビを切った。病室に詰めていたはずの母娘《おやこ》らしい女性の姿は見られなかった。つぎに廊下を通りかかった時には、病室は扉《とびら》を開け放って風を通され、人の姿もなかった。一度だけ、未明に柿原は呻《うめ》いた。声を聞きつけて看護婦が飛んで来た。手術後三週間が過ぎて歩行器も無用になり、雨さえ落ちていなければ病院前の公園の芝生に出て鳩《はと》に餌《えさ》をやってすごすまでになった頃だった。退院も来週の末あたりに予定されていた。ただ数日来、いよいよ春の移り目の悪天候が続いて、昼間はうすら寒く曇り、宵《よい》から朝方へかけて雨が降った。消灯時間の間際《まぎわ》に廊下から人の病室をのぞくと、眠るばかりになって、扇子や団扇《うちわ》を使う病人があちこち見うけられた。室温は二十度ほどに保たれて暑いということもなく、むしろ湿気が冷いように肌《はだ》にまつわりつくのに、そんな夜にはとくに、骨をいじられた病人は身体が火照《ほて》るものらしい。重い湿気の中で、火照りをこらえて、眠りの来るのを待っている。

日々に体力がついて、行動の範囲もひろがっていくという、幼児期を圧縮したような回復期にあっても、夜になり灯《あかり》を消してベッドに横たわればすべてが停滞する。このたびは幸運にも逃れたが、すでにつぎの病気に捕まって夜ごとにつらい眠りを待つ自身が、想像よりも造作なく今のこの苦に重なってくる。手術から何日経って、退院までおよそ何日と、指折りかぞえることがなしくずしに無意味になる。そうでなくても夜には日数をかぞえる気になれない。朝になり、また一夜をしのいだという安堵《あんど》がなくては、数えられない。その朝が手の届かぬ遠さに感じられる。

部屋の扉の外にひろがる廊下の空間を寝床から思い浮かべている。そのひろさを仮にも助けとして、無念無想のつもりでいるが、その廊下を昼間歩いている時でもどうかすると閉塞感《へいそくかん》におそわれる。廊下の先の談話室の窓からは、ここは七階になり、病院は高台の上にあるので、ほぼ百八十度に街の風景が見渡される。つい先日もその窓辺に寄って、風景が風景にならぬ徒労感に苦しむうちに、目の下にある女学校の、二面の校庭の間に段差のあるのが見えてきた。一面は崖下《がけした》にあたり、さらに段をなして崖は西へさがり、やがて一帯が建物に隙間《すきま》もなく塞《ふさ》がれながら谷の姿をあらわし、谷は高速道路の下まで流れていた。あらためて全体を見渡すと、風景ははるばると土地の起伏を取り戻した。我に返った心地がしたものだ。今の今まで、風景が死んでいたのでなければ、自分が死んでいたのか、とそう思った。しかしその安堵の底からすでに徒労感がまた染み出てきて、この風景はしかし、時間に見捨てられているな、とつぶやいていた。

ここに装具に締めつけられた身体があり、固いベッドがあり、四角四面の病室があり、それと大差もない廊下があり病院の建物があり、そして戸外の風景に至るまで、おなじ閉塞が反復され、箱から箱へ、入れ子のように籠《こ》められている、とそんな自虐《じぎゃく》の想像がうかびかけるが、箱というものが何かの情念をふくむその手前で、わずかに隔てられ、俺《おれ》は装具をつけているが、ベッドに縛りつけられているわけじゃないよ、と払いのけられる。

手術の直後には幾晩か続いて、電灯を消すとベッドをすっぽりと覆《おお》って、白い蚊帳《かや》のようなほの明るさが垂れかかったものだが、今ではそんな物の影さえ見ない。しかし雨の夜には、ときおり、白い靄《もや》が部屋の内にそこはかとなくこもるように感じられることがある。ある夜、手洗いに立ったついでに、窓を細目にあけて外をのぞくと、腥《なまぐさ》いような湿気が吹きこんで、向かいの団地の上空にひとすじ、月代《つきしろ》に似た白光が黒い雲塊を照らし、そしてすぐ目の下の低い平屋根に溜《た》まった雨水が、直接に差すはずもないその光を、くっきりと受けていた。寝床からふっと天井へ見ひらかれた、病人の目の蒼《あお》さを思ったものだ。

そんな湿気の中で、水が呑《の》みたいな、と思っている。水道の錆臭《さびくさ》い水を呑んだところで渇《かわ》きはおさまらぬどころか、もっと清浄な水を欲して聞き分けもなくなる。そのことは先刻心得ているので、起きあがりたい衝動を刻々先送りしていると、そのうちに渇きが息苦しさに変って、一瞬、喉から心臓をじわじわ締めあげにかかり窒息の凄《すご》みを帯びる。しかし毎夜のことだった。喘《あえ》いだり、まして呻きでもしたら、発作は本気になりかねない。ただ口をゆるく開けて出し抜いている。進退きわまって、それで眠ってしまう。やがて明けて行く部屋の中へ、口をゆるく開けたまま、目を覚ます。途中で寝覚めもしたはずなのに、口中が渇いていることもある。

その日は夕刻に見舞いの客があった。同年配の客であれば、話はいきおい他人の、第三者の重病の身の上に及ぶ。陰鬱《いんうつ》な話題には年齢からして周囲に事欠かない。絶望的なことを話しながら、口調は楽天的なようになるが、それも承知の上のことであり、それで病人の気が紛れるわけでもない。ことさら暗くなりもしない。その日の客は同じ階のもうひとつの病棟にもうひさしく後遺症の言語障害が重くて留まっている知人を見舞いに寄ると言って、廊下の角で別れた。その後姿を見送って病室へ引き返す途中で、万事、生前のことのように話していたな、と柿原は自分で感心した。

その夜はいつもよりむしろ楽に眠りこんだ。それから目覚めかけて、膝を高く立てて寝ていた。それが苦しくて、まっすぐに伸ばそうとしたが、膝は木の節のように硬く、おなじ硬直がみぞおちまで及んでいるようで、さらに力まかせに押し伸ばすと、膝頭が陰気に軋《きし》んでさからい、下から突き返してくる力に、喉が詰まりかけた。思わず腹に気合を入れて、足を踏み抜くようにしたようだった。看護婦の顔がのぞいた時には、勢あまって声に出たな、とあっさり思った。先を制して、「いま、何時ですか」と昼間の声でたずねていた。看護婦は時刻を答えて、こちらの平静な口調に安心したようで、何も言わずに出て行った。三時半なら、眠れなくても、もうじきに明けるな、と柿原は自分に言い聞かせて、汗の滲《にじ》んだ額を風にあずけるようにするうちにまた眠った。それだけのことだった。朝の検温に来た看護婦に、「昨夜《ゆうべ》は呻きましたか」と大まじめな顔でたずねると、「柿原さんは、よく辛抱するので」と相手は妙な返事をして笑った。「三時半でしたね」と確めるとしかし、「いえ、あれは一時前ですよ。自分でたずねていたじゃありませんか」と答えた。

さいわい聞き違いをしたようだが、あれがそんな早い、夜明けに遠い時刻だと知ったら、取り乱していただろうか、と柿原は看護婦の出て行った後で、安堵半分にあやうんだ。まさか、毎夜のように、夜半過ぎあたりに、大きな声で呻いているのではあるまいな、と一抹《いちまつ》の疑念が頭を掠《かす》めた。

弱法師《よろぼし》と聞いて、はるばるやって来たか、この病みあがりが、と柿原は苦笑した。ちょうど橋掛りの取っつきの、三の松に長いこと並んで立って、おぼろに笑うような能面をこちらへ向け、身の因果を切々と謡《うた》っていた盲目の乞食《こつじき》とその妻とがようやく、いたわりいたわられ、歩みを運び出したところだった。ここまで来るのに地下鉄の階段を、降りが三度に、昇りが五度だったか、と数えながら目は橋をたどるシテたちの足もとへ行った。退院してから二ヵ月半ほど経って梅雨の頃になっていた。舞台のほうは春の彼岸の中日だった。

役者の足を運ぶその跡から、病院の夜の廊下の静まりがひろがった。手洗いの行き帰り、病人たちの眠りを乱すまい、深夜に転倒でもして人騒がせになるまいと、床をひたと踏んだ足を、そろりそろりと押し出して進んでいく。顎《あご》から首から胸まで装具によってまっすぐに固定されているので、おのずとあくまでも端正な、幻めいた姿になり、足もとの床も両側の壁の手摺りも遠く感じられ、時間も長くなって静まりかえる。じつは手洗いに立ったのではない。退院前の数日、連夜のように、消灯時間の後から断水になった。暗くした寝床から耳を澄ますと、どこかでドリルを使う音が壁にこもって聞える。それからボイラーか何か、加熱のにおいが鼻を掠める。「皆、焼け死んじまえばいいんだ」と、隠れ煙草を看護婦に咎《とが》められて子供のように目を潤《うる》ませた老人のことが思い出された。するとしばらくしてかならず、廊下をひっそりと遠ざかる音がする。杖《つえ》をついて、片足を長く引きずっている。片松葉杖らしい。これと姿を見たことはないが、長身の男性の足取りと聞えた。背も腰もまっすぐ伸ばされているようで、不自由の限りにおいて、歩行に乱れもなかった。片足を長く引く音も、ぼんやり聞いていれば、重い裾《すそ》を引くほどにしか耳につかない。廊下のはずれの静かさにまた気配が段々に濃く差すようにして、やがて戻ってくる。帰りには沈黙をはさんで断続する感じで近づく。しまいに足音よりも息づかいのほうが間近に、すぐそこにふくらんで、それきり何も聞えなくなる。またどなりの部屋の病人らしい。

そのなごりの消えるのを待つような間合いで柿原も寝床から身を起す。廊下へ出てみれば、いましがた足音が響かせたほどの奥行もない。水の出ない洗面所まで行って、深夜の鏡の中をのぞきこんで、一向に肉の戻らないことを訝《いぶか》り、そして引き返してくる。しかし帰り道には、廊下のすぐつきあたりに見えている自分の部屋の戸口まで、ひと足づつ近づきながら、ひと足ごとにあらためて距離を造り出すような、仔細《しさい》な歩き方になっている。格別に物を感じているわけでもないのに、まるでひと足ごとに万感がこもる。限られた道のりもはてしなくなるとでも言った様子ではないか、と寝床に落着いたあともしばらく足音の影へ耳を澄ます。

連夜二人して交互に廊下を往復してひきもきらず、夜半に及んだように後に思われることもあったが、一夜に一度かぎり、それも消灯時間からあれでだいぶ経った、十時半から十一時の間の、不眠が険しい面相を剝きかける頃のことだった。その後はひきつづき眠れそうになくても、息苦しさになやまされても、際限もなくなることを嫌《きら》って二度と起きあがらない。あちらの病人も同様に戒めているようだった。退院が近づいても、柿原にとって夜の時間がほぐれて楽になることはなかった。退院の前夜にはいよいよ苦しい凌《しの》ぎにくい夜のように切りつめた姿勢で廊下を歩いていた。明日から自分はもうここにいない、とめでたいはずのことを考えると、そらおそろしさにうっすらと伴われる。手術の前夜の自分の心持を思い出しかけていることにやがて気がついた。利《き》くとも思われない導眠剤を渡されて、もっと弱い足取りだったが、やはりこうして一歩づつ時間の停滞を踏んで手術前の最後の眠りのために部屋に戻ってきたものだった。

　退院の日には病棟を去る前にもう一度談話室の窓に寄り、背後では相変らずテレビが騒いでいたが、表の風景がようやく、窒息感をはがれたように目に和んでいることに舌を巻いて、これだけ違って見えるのは、やはり幾分かは死んで帰ることになるのか、とさかさまのようなことを考えた。正午頃に家に着いて昼飯に少々の酒を呑んで、居間の椅子に行儀良く腰をかけてガラス戸の外に咲き盛る桜の花へ睡《ねむ》い目をあずけるうちに、朝には晴れていた空が曇りかかった。暮れ方にはひときわ白く光る花を叩いて驟《しゅう》雨《う》が走り出したのを、入浴の後の衰弱感の中から唖然として眺めていた。取る物も取り敢《あ》えず逃れてきた気がしきりとした。しばらくして雨の中を戻った家の者が、お帰りなさい、と居間の薄暗がりへ訝しげな声をかけた。

　心身のどこかが、もうひとつ覚めきらない、と事につけて感じさせられる日が続いて、それからある朝、重い身体を寝床から起しながら、回復期の恍惚感《こうこつかん》もようやく掠れたかと思った。退院からひと月も過ぎた頃だった。窮屈な装具も半月前に取れていた。その時の通院が初めての外出になり、駅の階段の昇り降りにも、足に力がはっきりとついていた。ときおり膝が揺らぎかかり、足の先まで神経のざわめくことがあったが、それをやり過して足がなめらかに進んでいく。病院の内へ一歩入ると、床を踏む足の弾力に、退院の頃とは格段の差があった。すべてが順調に回復していた。しかし入院中にはそのつどわずかづつ免《まぬが》れていた不眠が、最初の通院の後から、続きがちになった。装具をはずされて自由になったはずなのに、寝る時にはおのずと仰臥《ぎょうが》を守って、身じろぎもしない。そのまま、苦痛もなくて、ただからんとして眠れない。病苦の抜け殻《がら》のような不眠だった。そして衰弱がひくにつれて、手足に後遺症が露呈した。立居や仕事にほとんど差障りもなかったが、何かの折りに手足が不具の表情を見せる。そのたびに数日は、閑《ひま》を見ては歩くよう心掛けた。足ならしのつもりで近所に出て、やがてムキになって歩いている。日の経つのが早くなった。しかし一昨日《おととい》あたりのことが遠く感じられることはまだあった。

停滞感に苦しんで万事にあきる日もあった。二度目の通院の際に、手足の血行障害は一年ほど遺るだろうと医師に言われた時には、それはそうだろうな、長いこと脊髄《せきずい》の神経を圧迫されるままに放っておいたのだから、とすぐに得心するほどには、その間に体力のほうもまたしっかりついてきていた。この一年あまりの自分の写真の中に、首の異様に細った、病人の姿を見つけて驚くこともあった。ようやく厚みの出てきた身体に、馴れぬ方向へちょっと動きを呉《く》れてやると、意外なもろさをあらわして、たわいもなくよろけかかる、とそんな発見にも面白がるようになった。しばらくはそこをすこしづついじめて楽しんだ。我ながらあまりにも情なくて見限りたくなる頃に、ふいに強くなるようだった。ある日、ふとその気になって走り出した。百米《メートル》も行ってから、息切れはきたす、自分のぶざまな恰好にも辟易《へきえき》して歩き出すと、膝がいっとき、病気もなかったように軽くなっていた。それからおいおい、気が向けば、人目をはばかりながら、歩くも同然ののろさで走るようになった。そのつど、信じられぬことだと呆《あき》れていた。

仕事はとうに平常へ戻すことを余儀なくされていた。夜の外出は、退院の際に医師から、おそらく視覚に頼ってバランスを修正しているはずなので暗いところは歩かないほうがよいと言われたのが頭にのこって、まさか夜道がいまだにあぶないとも思われなかったが、方角をひとつぐらい塞《ふさ》がれて生きるのも悪くない気がして、ひきつづき差控えていた。快癒感《かいゆかん》とは禁断と折り合った心地、あるいは穏やかになった禁断症状の謂《いい》か、とそんなことを戯《たわむ》れに考えたが、三月も稼《かせ》ぎを絶やした男にとって、生活は病前におさおさ劣らぬほど忙しくなった。これはもはや病人の一日の始まり方ではない、と日の高くなる時刻に撥《は》ね起きてそそくさと蒲団《ふとん》を畳んではつぶやいていた。

しかし睡気の薄膜が、舞台にシテが立ち静まったとき、柿原の目に降りた。あらためて目をゆるく瞠《みは》り、舞台の空間をつかみなおそうとすると、八分までつかねたところで力が尽きて、今度ははっきり衰弱感が内から染み出した。袖《そで》のわずかな動きにも、茫然《ぼうぜん》と置きのこされる。それでも惹《ひ》きこまれるように見ている。縋《すが》るように見ている。

「あなたは病院に、二度も来てくれたのでしたね」

「二度目は手術の一週間後でした。来週にはもう起きるんだとおっしゃってました」

「大変な恰好をしていたね」

「何にでも馴れるものだと笑っておられました」

「話の間、あなたの顔は見えていなかったのだよ。ソファーに腰をおろされると、ベッドからはもう、首が振れないもので」

「あれでは、天井しか見えませんね」

つい先日の会話だった。声が内にこもって関屋は口をつぐんだ。客のほうからすれば、あの低いソファーに腰をおろせば、仰臥する病人の横顔がまともに目の高さに来るわけだ、と柿原はいまさら思った。

「何か変なことを言ってませんでしたか」

「いいえ、言語明晰《めいせき》なので驚きました。顎のところを締めつけられているのを見て、声が出ないのではないか、と初めにそう思いましたので」

関屋は質問をかわしたが、病室でおおよそ何を話したか、柿原は覚えていた。手の力が弱いので軽い本、目方の軽い文庫本のようなものを読んでいる。普段と格別の読み方をしているわけではないけれど、ただひとつだけ、三日とか十日とか、三月とか三年とか、日数をあらわす言葉に出会うと、どうかして立ち停まってしまう。それが長いのか短かいのか、分からなくなる。どれもひとしく、途轍《とてつ》もない長さに感じられることがある。あるいは言葉そのものが、ほんとうのところは半日と百年の弁別もつけられない無力感の、恣意《しい》か狂躁《きょうそう》に思えてくる。やがては徒労感に捉《とら》えられる。そんなとき、念頭のどこかに、穴倉のようなものがうかんでいる。人を閉じこめようとするでもなくて、ただぽっかり口をひらいている。三日という穴倉、半年という穴倉、三年どこぞへ通ったとかいう穴倉。おかしくなって笑い出すまでには、さすがに陰鬱になっている……。

そんなことを天井へ向って、至極淡白な口調で話していた。客がどんな顔をしているか、これは見えないので分からなかった。関屋としても病人の手前相槌《あいづち》の打ちにくい話題だったに違いない。その迷惑を察して、聞き苦しくならないうちに、早々に切りあげたはずだった。それからまた世間話に戻って、おそらく柿原がたずねたのだろう、関屋は静かな声で近頃の街の様子を話していた。しかし青年が病室を立った時のことは、柿原はよくも覚えていなかった。

「陰気な気分にして帰したみたいだね」

「いえ、そんな。お元気なので安心して帰りました。街まで出たら、ちょうど雨が降り出しましたので、その足で酒を呑みに行きました」

「索漠《さくばく》としたあまり」

「索漠……そんな」と関屋ははにかむようにして、今日は口数がすくなくて声もどこかたどたどしい。病みあがりの前で遠慮しているのか、厄災《やくさい》から逃れて来た者への人見知りというものもあるのか、と柿原が首をかしげていると、何かの痕跡《こんせき》でも探る目で柿原の顔を見つめて、奇妙なことを言い出した。

「天井をじいっと眺めて話しておられました。聞いていても、たしかに、つらい話でした。僕はどういうわけか、半日という時間にこだわっていました。完全に停滞した半日というものが、すぐそこにでも、あるのだろうな、と想像しかけたら、戦慄《せんりつ》のようなものが走りました。生きながら死の中にあるというようなことを思ったようでした。ところがその時、赤ん坊……あの病棟にはいなかったよ」

「赤ん坊のにおいでした」

「赤児《あかご》のにおいでした」

「汗と糞尿《ふんにょう》と、賄《まかな》いと洗濯《せんたく》と、衰弱と退行のにおい。似てはいるな」

「哺乳《ほにゅう》のにおいなんです。それから、外気にさらされた、粘膜のにおいでしょうか」

「それは、死者《ほとけ》さんにも近い場所ですから、人のにおいは濃くなる、甘いようになるけれど。しかし部屋の扉《とびら》は、あの時、閉まっていたよ」

「いや、病院の中だけではなくて。街でももう一度、降り出した雨と一緒に、ひろくにおった気がしました」

「そいつは豪勢だな。若いんだ」

笑って柿原はその話を切りあげることにした。仔細《しさい》に問えば妙なことにもなりかねない。その日の関屋は、いつもの神経のどこかまわりきらぬところがあった。それにまたあの病院の日には、思いのほかの病人の衰弱ぶりに、いささか追いつめられたとも考えられる。衰弱は峠を越しきった頃にかえって、永遠のような陰惨の相をいっとき剝《む》くものだ。すぐそこの天井を、惹きこまれるように見ている。じつは首が振れなくて、客の顔が視野の外へはずれているのだとは、客には見えていても呑みこみにくい。間近にありながら共通の境からなかば彼方《かなた》へ行っているように映ったかもしれない。そんな病人と平常の口調で話をかわすとなれば、いきおい、生者の心は追いつめられる。追いつめられれば、若い者のことだから、乳児や哺乳のにおいは自身の肌からでも立ち昇る。何日も前に触れた女人の肌の香すら燻《くすぶ》り出すこともあるだろう……。

病室ではどうであったか覚えもないが、そのおよそ三ヵ月後になり柿原の家を訪れた日には、青年はたしかに甘いようなにおいを部屋にのこして帰った。あるいはそのにおいの元凶であったのかもしれぬ衰弱の面相を、柿原は観客の間に紛れてもう一度、眉のあたりからほのぼのと剝きながら、病みあがりの愉楽にあらためてひたったた。その時、すでに舞いに入ったシテの、利き足がいきなり内輪に曲がり、それから外をめくれかけた。はっとした柿原が腋《わき》をすくめて自身の膝をこわばらせた時には、足は小さな弧をきれいに描いて、地をひたと摩《す》りながらの、蹌踉《そうろう》の歩みへ移っていた。

蹌踉とは微妙なものだな、神妙なものだな、面白いものだな、と柿原は感歎した。やがて盲目の乞食の、震える杖の先に導かれた、力強いようなよろぼいに、長い地下の階段をゆっくり降りて帰って行く自分の足取りを重ね合わせた。最上段から一瞬の緊張のために奇妙な角度で踏み出された足が、まるで恣意のような、身でも投げるような無造作さで高い重心をのせると、あとは静かに滑らかに段をたどって沈んで行く。しかしひと足ごとに初めの揺らぎは持ち越され、内にこめられ、狂い乱れを内にはらんで運ばれる。ひと足ごとに蹌踉をまっすぐに踏みこんで、踏みしめる。そのうちに膝にのこる麻痺感《まひかん》がくっきりと際立《きわだ》って、そこが歩行の要《かなめ》と感じられ、息を詰めたままかすかな放心の境に入る。背中が、首がまっすぐに伸びて、もっぱら足もとへ注がれていた視線が七分まで宙へ吊《つ》りあげられ、白くなった顔が口もとをゆるめ、いまにも喘《あえ》ぎかかりそうにしながら、皺々《しわしわ》の笑みを甘くひろげている。はてしもない、さしあたり死んでいるのにひとしく、はてしもない。

歩く足の内に荒野はあるのかもしれない、と死んだ奈倉から伝わったのは、この言葉だけだったか。

「いや、子が生まれるのだ。荒涼の気に感じて、女性が妊娠したのに違いない」

唐突としてつぶやいて柿原は我に返った。青年のことを考えていたようだが、またいずこの見当ともつかなくなった。掌《てのひら》を返してみると、病気のなごりの血行障害がまた出たようで、指のつけ根の肉が紫がかった色に浮腫《むく》んで見えた。

表では天気が崩れはじめたかと思われたが、梅雨の晴れ間はまた幾日か続いた。

過去から未来から境目としての今に吹く

解説

町田　康

　そこに大声で叫んでいる人があったとして、人がそれをなんと見るかは、その時と場合によってちがってくると思われる。

　どういうことかというと、例えばそれが舞台上であれば、なにか演劇か歌唱のようなことをしているのだな、と思い、これを奇異に思うことはなく、時に批判的な態度に傾くことはあるにしても概ねはこれを鑑賞するか黙許するかして、いずれにしても受け入れているには違いない。

　だがそれが天下の往来であった場合は、これをそのまま受け入れることは出来ず、なんらかの処理を施してこれを解消しようとするに違いない。

　なぜそんなことをしなければならないかというと、それをそのまま受け入れると、自分を作動させている基本ソフトが潰れて、通常の動作ができなくなってしまうからである。

ではその際、どのような処理を行うかというと、右の例に明らかなように、ある境界を定める。どういうことかと言うと、その境界のこっちは正気、向こう側を狂気と定める。だけどなにによってそれを定めようというのか。もし其れがひとり決めであるならば、なんの根拠もない独善となる。そこでなにか札のようなものが立っていないか、と思い、境界に立ち止まって四囲を見渡すと、そのような標柱が人の口によってあちこちに立てられていて、大凡の境界が知れ、それを基準として正常と異常の境を定め、滑らかな動作を保っている。だけど。

それでも不安に駆られるときがあるのはなぜか。

それはその境界を示す標識が凡そは一定の範囲内にあるとは言うものの、しかし、あちこちに立っているため、健康な時ならいざ知らず、時に病んで、「果たして自分はどの程度の病人なのだろうか。まさか向こう側にいるということはないだろうが、しかしもしかしたら危ういところに居て、風向きや天候によっては吹かれて向こう側によろけこむことになりゃあしまいか」と、その境界のギリギリのところを見定めたくなる、みたいなところが人にはあるからである。

そしてそのうち、「まだこの先に標柱があるはずだ」と思い歩くうち、そんな気は毛頭ないまま境界を踏み越えて向こうの領域にまで踏み込んで、気がつくと叫喚する人を眺めていたはずの自分もまた大声で叫びそうになっている。

そんなことにならないためにも正気と狂気は劃然と別けなければならないし、実際問題として、多くの標柱は概ね近距離に固まってあって、遠くの方にある標柱は無視しても差し支えなく、実際の境の幅は人一人がようやっと立って歩けるか歩けないかくらいの幅しかないから、そこで迷って、どっちが入り口でどっちが出口か判らなくなるというようなことはありはせぬ。

と言いたいところであるが、いや、必ずしもそうではない、普通に生きるということは、その境にあって叫喚と沈黙に両側から押されつつ、辛うじて沈黙していることではないか、とどうしても思ってしまう。

と言うのは、この『楽天記』を読んでしまったからで、これはまさにそのような境にあって、赤々と照らされる人と人の世の境目の危うさが描かれてあって、多くの人が世智から成る言論によって設置した標柱を信じ切って生きてきた自分がグラグラになって、目つきも胡乱になり、だけど外面は奇妙なほど朗らかで、だけど全体的におかしげな奴、になったように思われるからである。

で、そう、喩えればこれはそのような境目がどれほどの広さに亘っているかを実測値で表すために書かれている、ということもできて、そうして、実際に測ってみると、驚くべきことに境目は、それに気がつくか気がつかないかは別として、なんら劇的でない、ありふれた日常を送る者にとって、その日常の全領域にほぼ重なるということが判明し、これはその詳細な報告書ということもできるのである。

と言うと、多くの方が、「えー、そんなアホな」と言い、そして「なんとなれば自分にはそんな感覚、というのはつまりその境目にいる感覚がまったくないから」と言う。だけどそれを言うとき人は生のなかにあって、その永続を信じている。死ぬるということが我が身に起きるのは理窟としては判っていて、粗雑な標柱を頭のなかに立ててはいるけれども、それを実感することがないまま、「いやー、それは実感がないなー」と言うのは当たり前の話である。

だけど時間の中で生きている以上、崩壊はいつも身体のなかで起こっている。と同時に生成も起こっていて、だから普通に生きているといって、実はそれは、自分の内側で生と死が鬩ぎ合い、たまたま均衡を保っている状態に過ぎず、ある時期がくれば次第に崩壊の勢が強まって、いずれは間違いなく死ぬるのであり、そういう意味では私たちの身体そのものが生と死の境目としてこの世に在るのははっきり言って間違いがないのである。

となると。物語がずっと境目を漂うことになるのは必然の成り行きである。

なぜというに、人の一生が生で始まり死で終わり、と境目が明確であれば、また、此の世のことは此の世のこと、彼の世のことは彼の世のこと、死者は死者、生者は生者、晴はお天気、雨は雨、と、あらゆる事に境目を設けて、時間の流れに沿って語ることが出来る。

だけど、人間の身の内に生と死が混じり合って在る、どちらが入り口でどちらが出口とも知れぬ境目であるとすれば。そしてそれがギリギリの実相だとすれば、そしてそれを正確に記述しようとすれば、そのように境目を漂って、叫喚の極みとしての沈黙、のような事が頻繁に起こるは当然のことと言える。

そうするとどうなるかというと、日常的な実感を伴いながら、よく判らない不可解なことが起こる。

それは語り手の突飛な想念であったり、突如、内心に吹く突風であったり、病者の不可解な言動であったり、往来に佇む人の姿や歩行の様子であったり、或いは人が座るときの姿勢であるなどして、ここを境目と心得て目を凝らしていないと通り過ぎてしまいそうなこととして描かれるのだけれども、そうすることによってかえって、それが実相として不気味に際立つようになっている。

そのように境目に際立つ実相には常に反転が伴うのもだから当然である。疫病の最中にあってこれまで息災に暮らしてきた私らはどんな風に考えたであろうか。

いやさ、息災に暮らしてきた訳でもなかった。だけど例えば、ウイルスがはびこって生産や消費に支障をきたすなか、早くこれが勢いを失って旧に復してほしいと願う中に在っては、かつてが普通で今は異常とどうしても思ってしまう。だけど。

「地獄が通り過ぎたばかりなのに、人がごほんごほんと、風邪を養って、せつながっているのも、呑気《のんき》なような光景だね。しかし、是非もないことだ。前も後も最中もひと続きの感冒と見ればよいのではないかな、世の中の感冒と。はやり病いそのものを、《世の中》とは言わなかったかしら」

となり、そして、

「それはそうなんですけど、しかし僕、ひょいと思ったのです。僕らはもしかすると、知らずに、死なずに、凄惨《せいさん》な疫病の厲気《れいき》の中をすでに潜ってきた跡、跡そのものなのではないのか、大量死の影か脱け殻みたいなものではないかと。年ごとに新らたに、知らず死なず……」

と相成るのである。

そしてそう思って見れば、わかりやすく審らかならざるものが、といってなにを言っているのか。いやさ、審らかでないことが明白なので、かえって遠くにあって考えなくて済むことがわかりにくく審らかでなくなるのは例えば。

立山連峯の標高三千米に近い尾根筋で高年者ばかりの一行が吹雪に困憊《こんぱい》して、十人中
八人が凍死した

という遭難事件も、普通に考えればその原因は、「無謀無知無策」と断じて済むところなのだけれども、それを境目の実相として考えれば、吹きさらしの尾根で動けなくなり、凍死していく者の頭の中味は恐怖そのもので、なんとなれば、通常の生存本能があれば、当然、取っていたであろう行動、例えば吹雪になった時点で引き返す、と言うことに始まって、悪天候がきわまり、どうしようもなくなった時点で、せめて岩陰に身を隠す、雪洞を掘って身を寄せ合う、みたいなことをなぜしなかったのか、と考えて境目の不可解に呑み込まれ、わざわざ週刊誌を買い求めて、その時に至る経緯を知るうち、

あの一行はどこから引き返せなくなったのか、どこで引き返す機を失ったか、柿原にはその境目がずるずると後退して、ついには一同集合した時刻も通り抜けて、各人各様の暮しの内まで細く分かれて及ぶのではないか、と途方もない疑いへ惹《ひ》きこまれかけて
雑誌をまるめ

てしまう。それを「途方もない疑い」として雑誌を丸めるのは、その考えが恐怖そのも

のであるからで、なぜ恐怖かというと、先へ進みながら破滅する、と知りながら引き返すことが出来ない境目が雪山という劇的な状況でなく、なにもない各人の日常に既にあった、ということが「途方もない疑い」と否定しなければ平静を保って居られないほど恐ろしいものであるからで、しかもそれは、その考えは、

境というものも、多数の人間によって分有されてやがてひとつに合わされるのかも知れない、とそんなことを考えた。

と発展して、もしそれがひとつに合わさらなければ、各人が引き返すことができると考えれば心温まる考えではあるけれども、もし偶然に合わさった場合、いやさ境においてはなにもかもが偶然であると同時に必然であるから、合わさるべくして合わさった場合、各人が、それが思考であれ、言動であれ、そこから先に進めば滅亡、と知りながら、各人のコントロールが及ばず、滅びに向かって進んで行く、ということになって恐怖がいや増すのである。

それに対して、そんなことをしていたら滅びるぞ。と言うのは神で、だけどその、滅びる、という言い方は人間から見た言い方で、神から見れば、滅ぼすぞ、と言うことにな

る。そして人間はその声を預言者から聞く。

「お前、酒呑《さけの》みのふりをしているうちに……」と雨戸の内からつぶやかれた。ほんとうに酒呑みになってしまうぞ、と言った。いや、そうではなかった。ほんとうに、からだが腐っていくぞ、と言った。

というのは、大酒を飲み、「暗闇へ乗り出していくような心地で女を抱」くような「荒んだ夜遊び」をしている奈倉にその父親が言った言葉。そしてそれから、本当に身体が壊れ、父親もまた病むに至ったとき、「マーゴール・ミッサービーブ」則ち、

マーゴール・ミッサービーブ、周囲至るところに恐怖あり、と預言者が迫害者に向かって叫んだという。汝の名は以後、マーゴール・ミッサービーブと呼ばれるであろう、と。神は汝を、汝自身にとって、また汝の知友にとって、恐怖となすであろう、と。そう弾劾された者たちはやがて、恐れ怒ったか鼻白んだが、預言者を逆にその名で呼んで憎むようになった、と。

という聖書の文言を唐突に呟き、実は至るところにある恐怖に言葉で裏付けて実体化さ

せるのである。

通常の因果に則れば、「なんで？」ということになり、実はこうこういうことがあってとその原因が明かされて読者は各々の日常に引き返していくことが出来る。だけど原因が結果になり結果が原因となるような境に於いては、原因が逆流しては符合、符合してまた新たな結果となるなどして、「事情の要のところは欠けているのに、末端にかけて莫迦《ばか》に仔細な夢」を見ているような心持ちになる。

しかしそんな境にあって季節だけは、そのような境目の実相とは無関係に順々とめぐって、およそ劇的でなく、境目の反転に追いやられた人間の、死と生の均衡によるひとときの安穏を齎し、その思念を文章に綴ることを保証して、それに拠って、境目こそ楽天、ということになるのだろうか。

時に他者のものを含む、あらゆる私的な事柄が過去から未来から境目としての今に吹いてきて奇妙に符合して恐怖と安穏の均衡を齎す、なんておかしげなことがあるのか。あり得るのか。と聞かれたら、前は、そんなことは文芸上の事だろう、と答えたが、この本を読んだ今は言う。「周囲至るところにありえる」と。

年譜

古井由吉

一九三七年（昭和一二年）
一一月一九日、父英吉、母鈴の三男として、東京市荏原区平塚七丁目（現、品川区旗の台六丁目）に生まれる。父母ともに岐阜県出身。本籍地は岐阜県不破郡垂井町。祖父由之は、明治末、地元の大垣共立銀行の経営立直しにもかかわった岐阜県選出の代議士であった。
一九四四年（昭和一九年）　七歳
四月、第二延山国民学校に入学。
一九四五年（昭和二〇年）　八歳
五月二四日未明の山手大空襲により罹災、父の実家、岐阜県大垣市郭町に疎開。七月、同市も罹災し、母の郷里、岐阜県武儀郡美濃町（現、美濃市）に移り、そこで終戦を迎える。一〇月、東京都八王子市子安町二丁目に転居。八王子第四小学校に転入。
一九四八年（昭和二三年）　一一歳
二月、東京都港区白金台町二丁目に転居。
一九五〇年（昭和二五年）　一三歳
三月、東京都港区立白金小学校を卒業。四月、港区立高松中学校に入学。
一九五二年（昭和二七年）　一五歳
九月、東京都品川区北品川四丁目（御殿山）に転居。
一九五三年（昭和二八年）　一六歳

三月、虫垂炎をこじらせて腹膜炎で四〇日入院。同月、高松中学校を卒業。四月、独協高校に入学、ドイツ語を学ぶ。九月、都立日比谷高校に転校。同じ学年に福田章二（庄司薫）、塩野七生、一級上に坂上弘がいた。

一九五四年（昭和二九年）一七歳
日比谷高校の文学同人誌『驚起』に加わり、小説一編を書く。この頃、倒産出版社のゾッキ本により、内外の小説を乱読する。

一九五六年（昭和三一年）一九歳
三月、日比谷高校を卒業。四月、東京大学文科二類に入学。「歴史学研究会」に所属、明治維新研究グループに加わる。アルバイトにデパートの売り子などをした。七月、登山の初心者だったが、いきなり北アルプスの針ノ木雪渓に登らされた。

一九六〇年（昭和三五年）二三歳
三月、東京大学文学部ドイツ文学科を卒業。卒業論文はカフカ、主に「日記」を題材とした。四月、同大学大学院修士課程に進む。

一九六二年（昭和三七年）二五歳
三月、大学院修士課程を修了。修士論文はヘルマン・ブロッホ。四月、助手として金沢大学に赴任、金沢市材木町七丁目（現、橋場町五番）の中村印房に下宿。土地柄、酒に親しむようになった。『金沢大学法文学部論集』に「『死刑判決』に至るまでのカフカ」を載せる。岩手、秋田の国境の山を歩いた。

一九六三年（昭和三八年）二六歳
一月、北陸大豪雪（三八豪雪）に遭う。半日屋根に上がって雪を降ろし、夜は酒を呑んで四膳飯を食うという生活が一週間ほど続いた。銭湯でしばしば学生に試験のことをたずねられて閉口した。ピアノの稽古を始めて、ふた月でやめる。夏、白山に登る。

一九六四年（昭和三九年）二七歳
一一月、岡崎睿子と結婚、金沢市花園町に住む。ロベルト・ムージルについての小論文を学会誌に発表。
一九六五年（昭和四〇年）　二八歳
四月、立教大学に転任、教養課程でドイツ語を教える。ヘルマン・ブロッホ、ノヴァーリス、ニーチェについて、それぞれ小論文を立教大学紀要および論文集に発表。東京都北多摩郡保谷市に住む。
一九六六年（昭和四一年）　二九歳
文学同人「白描の会」に参加。同人に、平岡篤頼・高橋たか子・近藤信行・米村晃多郎らがいた。一二月、エッセイ「実体のない影」を『白描』七号に発表。この年はもっぱら翻訳に励み、また一般向けの自然科学書をよく読んでいた。
一九六七年（昭和四二年）　三〇歳
四月、ヘルマン・ブロッホの長編小説「誘惑者」を翻訳して筑摩書房版『世界文学全集56　ブロッホ』に収めて刊行。／九月、長女麻子生まれる。ギリシャ語の入門文法をひと通りさらったが、後年続かず、この夏から手を染めた競馬のほうは続くことになった。
一九六八年（昭和四三年）　三一歳
一月、処女作「木曜日に」を『白描』八号、一一月「先導獣の話」を同誌九号に発表。／一〇月、ロベルト・ムージルの「愛の完成」「静かなヴェロニカの誘惑」を翻訳、筑摩書房版『世界文学全集49　リルケ　ムージル』に収めて刊行。／九月、世田谷区上用賀二丁目に転居。一二月、虫歯の治療をまとめておこない、初めて医者から、老化ということをほのめかされた。
一九六九年（昭和四四年）　三二歳
七月「菫色の空に」を『早稲田文学』、八月「円陣を組む女たち」を『海』創刊号、一一月「私のエッセイズム」を『新潮』、「子供たちの道」を『群像』、「雪の下の蟹」を『白描』一〇号に発表。『白描』への掲載はこの号でひとまず終了。／四月、八木岡英治の推輓で、学芸書林版『全集・現代文学の発見』別巻『孤独のたたかい』に「先導獣の話」が収められる。／一〇月、次女有子が生まれる。この年、大学紛争盛ん。

一九七〇年（昭和四五年）三三歳

二月「不眠の祭り」を『海』、五月「男たちの円居」を『新潮』、八月「杳子」を『文芸』、一一月「妻隠」を『群像』に発表。／六月、第一作品集『円陣を組む女たち』（中央公論社）、七月『男たちの円居』（講談社）を刊行。／三月、立教大学を助教授で退職。八年続いた教師生活をやめる。この年、『文芸』などの仕事により阿部昭・黒井千次・後藤明生らを知る。作家たちと話した初めての体験であった。一一月、母親の急病の知らせに駆けつけると、ちょうど三島由紀夫死去のニュースが入った。

一九七一年（昭和四六年）三四歳

二月より『文芸』に「行隠れ」の連作を開始（一一月まで全五編で完結）。三月「影」を『文学界』に発表。／一月『杳子・妻隠』（河出書房新社）を刊行。一一月、「新鋭作家叢書」全一八巻の一冊として『古井由吉集』を河出書房新社より刊行。／一月「杳子」により第六四回芥川賞を受賞。二月、母鈴死去。六二歳。親類たちに悔やみと祝いを一緒に言われることになった。五月、平戸から長崎まで、小説の《現場検証》のため旅行。

一九七二年（昭和四七年）三五歳

二月「街道の際」を『新潮』、四月「水」を『季刊芸術』春季号、九月「狐」を『文学界』、一一月「衣」を『文芸』に発表。／三月『行隠れ』（河出書房新社）を刊行。一一月、講談社版『現代の文学36』に李恢成・丸山健二・高井有一とともに作品が収録される。／一月、山陰旅行。八月、金沢再訪。一二月、土佐高知に旅行、雪に降られる。

一九七三年（昭和四八年）三六歳

一月「弟」を『文芸』、「谷」を『新潮』、五月「畑の声」を『新潮』に発表。九月より「櫛の火」を『文芸』に連載（七四年九月完結）。／一一月『筑摩世界文学大系64 ムージル ブロッホ』に「愛の完成」「静かなヴェロニカの誘惑」「誘惑者」の翻訳を収録刊行。四月『水』（河出書房新社）、六月『雪の下の蟹・男たちの円居』（講談社文庫）を刊行。／三月、奈良へ旅行、東大寺二月堂の修二会のお水取りの行を外陣より見学する。八月、佐渡へ旅行。九月、新潟・秋田・盛岡をまわる。

一九七四年（昭和四九年）　三七歳

三月『円陣を組む女たち』（中公文庫）、一二月『櫛の火』（河出書房新社）を刊行。／二月、京都へ。神社仏閣よりも京都競馬場へ急行した。四月、関西のテレビに天皇賞番組のゲストとして登場する。七月、ダービー観戦記「橙色の帽子を追って」を日本中央競馬会発行の雑誌『優駿』に書く。八月、新潟まで競馬を見に行く。

一九七五年（昭和五〇年）　三八歳

一月「雫石」を『季刊芸術』冬季号、「駆ける女」を『新潮』に発表。同月より「聖」を『波』に連載（一二月完結）。／三月『櫛の火』が日活より神代辰巳監督で映画化される。六月『文芸』で、吉行淳之介と対談。

一九七六年（昭和五一年）　三九歳

一月「櫟馬」を『文芸』、三月「夜の香り」を『新潮』、四月「仁摩」を『季刊芸術』春季号に発表。六月「女たちの家」を『婦人公論』に連載（九月完結）。一〇月「哀原」を『文学界』、一一月「人形」を『太陽』に発表。／五月『聖』（新潮社）を刊行。／この頃から高井有一・後藤明生・坂上弘と寄り合う機会が多くなった。三月、『文芸』で武田泰淳と対談（一〇月、武田泰淳死去）。一一月、九州からの帰りに奈良に寄り、東大寺の三月堂の観音と戒壇院の四天王をつくづく眺めた。
一九七七年（昭和五二年）四〇歳
一月「赤牛」を『文学界』、五月「女人」を『プレイボーイ』、六月「安堵」を『すばる』に発表。九月、後藤明生・坂上弘・高井有一と四人でかねて企画準備中だった同人雑誌『文体』を創刊、「栖」を創刊号に発表。一〇月「池沼」を『文学界』、一二月「肌」を『文体』二号に発表する。／二月『女たちの家』（中央公論社）、一一月『哀原』（文芸春秋）を刊行。／四月、京都東本願寺の職員組合に招かれ、若い僧侶たちと呑む。八月、金沢に旅行して金石・大野あたりの、室生犀星も遊んだはずの、渚と葦原が、埋め立てられて臨海石油基地になっているのを見て啞然とさせられる。帰路、新潟に寄る。
一九七八年（昭和五三年）四一歳
三月「湯」を『文体』三号、四月「椋鳥」を『海』、六月「背」を『文体』四号、七月「親坂」を『世界』、九月「首」を『文体』五号、一一月「子安」を『小説現代』、一二月「子」を『文体』六号に発表。／六月『筑摩現代文学大系96』に黒井千次・李恢成・後藤明生とともに作品が収録される。一〇月『夜の香り』（新潮社）を刊行。／四月、若狭の矢代という漁村に「手杵祭」という祭りを見に行く。一二月、大阪での仕事の帰りに京都・奈良に寄る。同月、美濃・近江・若狭をめぐる。さまざまな観音像に出会った。この旅により菊地信義を知る。
一九七九年（昭和五四年）四二歳
一月「咳花」を『文学界』、三月「道」を『文体』七号、六月「葛」を『文体』八号、七月「牛男」を『新潮』、九月「宿」を『文体』九号、一〇月「痩女」を『海』、一二月「雨」を『文体』一〇号に発表。／九月『女たちの家』（中公文庫）、一〇月『行隠れ』

（集英社文庫）、一一月『栖』（平凡社）、一二月『杳子・妻隠』（新潮文庫）を刊行。／この頃から、芭蕉たちの連句、心敬・宗祇らの連歌、さらに八代集へと、逆繰り式に惹かれるようになった。三月、丹波・丹後へ車旅。六月、郡上八幡、九頭竜川、越前大野、白山、白川郷、礪波、金沢、福井まで車旅、大江山を越える。八月、久しぶりの登山、安達太良山に登ったが、小学生たちにずんずん先を行かれた。一〇月、北海道へ車旅、根釧湿原のほとりに立つ。一二月、新宿のさる酒場で文芸編集者たちの歌謡大会の審査員をつとめた。この頃から『文体』の編集責任の番が回ってきたので、自身も素人編集者として忙しく出歩いた。

一九八〇年（昭和五五年）四三歳

一月「あなたのし」を『文学界』に発表。エッセイ「一九八〇年のつぶやき」を『日本経済新聞』に全二四回連載（六月まで）。三月「声」を『文体』一一号、四月「あなおもしろ」を『海』に発表。五月より「無言のうちは」を『青春と読書』に隔月連載（八二年二月完結）。六月「親」を『文体』一二号（終刊号）、一〇月「明けの赤馬」を『新潮』に発表。一一月「槿」を寺田博主幹の『作品』創刊号に連載開始。／一月『水』（集英社文庫）、四月〜六月『全エッセイ』全三巻（作品社）、四月『山に行く心』、五月『言葉の呪術』、六月『日常の〝変身〟』、八月『椋鳥』（中央公論社）、一二月『親』（平凡社）を刊行。／二月、比叡山に登り雪に降られる。帰ってきて山の祟りか高熱をだした。五月、近江の石塔寺、信楽、伊賀上野、室生寺、聖林寺まで旅行した。その四日後のダービーの翌日、一二年来の栖を移り、同じ棟の七階から二階へ下ってきた。半月後に、腰に鈴を付けて大峰山に登る。五月『栖』により第一二回日本文学大賞を受賞。鮎川信夫と対談。六月

『文体』が一二号をもって終刊となる。一〇月、高野山から和歌浦、四国へ渡って讃岐の弥谷山まで旅行。

一九八一年（昭和五六年）　四四歳

一月「家のにおい」を『文学界』、二月「静かさや」を『文芸春秋』、四月「団欒」を『群像』、六月「冬至過ぎ」を『すばる』、一〇月「蛍の里」を『群像』、一一月「芋の月」を『すばる』に発表。一二月「知らぬおきなに」を『新潮』に発表。／六月『新潮現代文学80　聖・妻隠』（新潮社）、一二月『櫛の火』（新潮文庫）を刊行。／一月、成人の日に粟津則雄宅に、吉増剛造・菊地信義と集まり連句を始める。ずぶの初心者が発句を吟《よ》まされる。「越の梅初午近き円居かな」。二月、京都・伏見・鞍馬・小塩・水無瀬・石清水などをまわる。六月、福井から敦賀、色の浜、近江、大垣まで「奥の細道」の最後の道のりをたどる。また、雨の比叡山に時鳥の声を聞きに行き、ついで朽木から小浜まで足をのばし、また峠越えに叡山までもどる。同じく六月、東京のすぐ近辺で蛍の群れるところを見た。七月、父親が入院、病院通いが始まった。

一九八二年（昭和五七年）　四五歳

一月『作品』の休刊により中断していた「槿」の連載を新雑誌『海燕』で再開（八三年四月完結）。同月「囀りながら」を『海』、エッセイ「風雅和歌集」を『読売新聞』（一一～一四、一六日）に発表。二月『青春と読書』に隔月で連載した作品が第一二回「帰る小坂の」で完結（『山躁賦』としてまとめられる）。四月「陽気な夜まわり」を『群像』、七月「飯を喰らう男」を同じく『群像』に発表。同月『図書』に連載エッセイ「私の《東京物語》考」を始める（八三年八月まで）。／四月『山躁賦』（集英社）を刊行。九月、文芸春秋『芥川賞全集』第八巻に「杳子」を収録刊行。同月より『古井由吉 作品』全七巻を河出書房新社より毎月一巻刊行開始（八三年三月完結）。／六月、『優駿』の依頼で、北海道は浦河の奥、杵臼の斎藤牧場まで行き、天皇賞馬モンテプリンス号の育成の苦楽を斎藤氏一家にたずねるうちに、父英吉死去の知らせが入った。八〇歳。

一九八三年（昭和五八年）　四六歳

一月より「一九八三年のぼやき」を共同通信配信の各紙において全一二回連載。四月二五日より八四年三月二七日まで、『朝日新聞』の「文芸時評」を全二四回連載。八月『図書』連載の「私の《東京物語》考」完結。一二月、菊地信義と対談「本が発信する物としての力」を『海』に載せる。／六月『槿』（福武書店）、一〇月『椋鳥』（中公文庫）を刊行。／九月、仲間が作品集完結祝いをしてくれる。同月『槿』で第一九回谷崎潤一郎賞を受賞。

一九八四年（昭和五九年）　四七歳

一月「裸々虫記」を『小説現代』に連載（八五年一二月完結）。九月「新開地より」を『海燕』、一〇月「客あり客あり」を『群像』に発表。一一月、吉本隆明と対談「現在における差異」を『海燕』に掲載。一二月「夜はいま——」を『潭』一号に発表。／三月『東京物語考』（岩波書店）、四月『グリム幻想』（PARCO出版局、東逸子と共著）、一一月、エッセイ集『招魂のささやき』（福武書店）を刊行。／六月、北海道の牧場をめぐる。九月『海燕』新人文学賞選考委員をつとめる（八九年まで）。一〇月、二週間の中国旅行、ウルムチ、トルファンまで行く。一二月、同人誌『潭』創刊。編集同人栗津則雄・入沢康夫・渋沢孝輔・中上健次・古井由吉、デザイナー菊地信義。

一九八五年（昭和六〇年）　四八歳

一月「壁の顔」を『海燕』、二月「邯鄲の」

を『すばる』、四月「叫女」を『潭』二号に発表。『優駿』にエッセイの連載を開始（二〇一九年二月まで）。五月「斧の子」を『三田文学』、六月「眉雨」を『海燕』、八月「道なりに」を『潭』三号、九月「踊り場参り」を『新潮』、一一月「秋の日」を『文学界』、一二月「沼のほとり」を『潭』四号に発表。／三月『明けの赤馬』（福武書店）刊行。／八月、日高牧場めぐり。

一九八六年（昭和六一年）四九歳

一月「中山坂」を『海燕』に発表。二月、『文芸』春季号に「厠の静まり」を連作『仮往生伝試文』の第一作として発表（八九年五月『文芸』夏季号「また明後日ばかりまゐるべきよし」で完結）。四月「朝夕の春」を『潭』五号に発表。九月「卯の花朽たし」を『潭』六号、エッセイ「変身の宿」を『読売新聞』（一九日）、一二月「椎の風」を『潭』七号に発表。／一月『裸々虫記』（講談社）、二月『眉雨』（福武書店）、『聖・栖』（新潮文庫）、三月『「私」という白道』（トレヴィル）を刊行。／一月、芥川賞選考委員となる（二〇〇五年一月まで）。三月、一ヵ月にわたり粟津則雄・菊地信義・吉増剛造らとヨーロッパ旅行。吉増剛造運転の車により六〇〇〇キロほど走る。一〇月岐阜市、一一月船橋市にて、前記の三氏と公開連句を行う。

一九八七年（昭和六二年）五〇歳

一月「来る日も」を『文学界』、「年の道」を『海燕』、二月「正月の風」を『青春と読書』、「大きな家に」を『潭』八号、八月「露地の奥に」を『新潮』、九月「往来」を『潭』九号に発表。一〇月、エッセイ「二十年ぶりの対面」を『読売新聞』（三一日）に掲載。一一月「長い町の眠り」を『石川近代文学全集10』に書き下ろす。／三月『夜はいま』（福武書店）、四月『山躁賦』（集英社文庫）、八月『フェティッシュな時代』（トレヴィル、田中康夫と共著)、九月、吉田健一・福永武彦・丸谷才一・三浦哲郎とともに『昭和文学全集23』(小学館)、一一月『石川近代文学全集10 曾野綾子・五木寛之・古井由吉』(石川近代文学館)、『夜の香り』(福武文庫)、一二月、ムージルの旧訳を改訂した『愛の完成・静かなヴェロニカの誘惑』(岩波文庫)を刊行。/一月、備前、牛窓に旅行。二月、熊野の火祭に参加、ついで木津川、奈良、京都、近江湖北をめぐる。四月「中山坂」で第一四回川端康成文学賞受賞。八月、姉柳沢愛子死去。

一九八八年(昭和六三年) 五一歳

一月「庭の音」を『海燕』、随筆「道路」を『文学界』、四月「閑の頃」を『海燕』に発表。『すばる』臨時増刊《石川淳追悼記念号》に「石川淳の世界 五千年の涯」を載せる。五月「風邪の日」を『新潮』に、七月「畑の縁」を『海燕』に、一〇月「瀬田の先」を『文学界』に発表。/二月『雪の下の蟹・男たちの円居』(講談社文芸文庫)、四月、随想集『日や月や』(福武書店)、七月『ムージル 観念のエロス』(岩波書店)、『槿』(福武文庫)、一一月、古井由吉編『日本の名随筆73 火』(作品社)を刊行。/一〇月、カフカ生誕の地、チェコの首都プラハなどに旅行。

一九八九年(昭和六四年・平成元年) 五二歳

一月「息災」を『海燕』に、三月「髭の子」を『文学界』に発表。四月「旅のフィールド・ノート〈オーストラリア〉」を『中央公論』に連載(七月まで)。七月「わずか十九年」を『海燕』阿部昭追悼特集に、「昭和の記憶 安堵と不逞と」を『太陽』に発表。八月『毎日新聞』に掌編小説「おとなり」(二日)を載せる。一〇月まで「読書ノート」を『文学界』に連載。一一月「影くらべ」を『群像』に発表。『すばる』に「インタビュー

文芸時評　古井由吉と『仮往生伝試文』」（聞き手　富岡幸一郎）が載る。／五月『長い町の眠り』（福武書店）、九月『仮往生伝試文』（河出書房新社）、一〇月『眉雨』（福武文庫）を刊行。／二月、『中央公論』の連載のためオーストラリアに旅行。

一九九〇年（平成二年）　五三歳

一月『新潮』に「楽天記」の連載を開始（九一年九月完結）。五月、随筆「つゆしらず」を『文学界』、八月「夏休みのたそがれ時」を『日本経済新聞』（一九日）、九月「読書日記」を『中央公論』に発表。／三月『東京物語考』を同時代ライブラリーとして岩波書店より刊行。／二月、第四一回読売文学賞小説賞（平成元年度）を『仮往生伝試文』によって受賞。九月末からヨーロッパ旅行。一〇月初め、フランクフルトで開かれた日本文学とヨーロッパに関する国際シンポジウムに大江健三郎、安部公房らと出席。折しも、東西両ドイツ統合の時にいあわせる。その後、ドイツ国内、ウィーン、プラハを訪れる。

一九九一年（平成三年）　五四歳

一月「文明を歩く——統一の秋の風景」を『読売新聞』（二一〜三〇日）に連載。二月「平成紀行」を『文芸春秋』に発表。『青春と読書』に「都市を旅する　プラハ」を連載（八月まで四回）。三月、エッセイ「男の文章」を『文学界』に発表。六月「天井を眺めて」を『日本経済新聞』（三〇日）に掲載。九月「楽天記」（『新潮』）完結。一一月より九二年二月まで『すばる』にエッセイを連載。／三月、新潮古典文学アルバム21『与謝蕪村・小林一茶』（新潮社、藤田真一と共著）を刊行。／二月、頸椎間板ヘルニアにより約五〇日間の入院手術を余儀なくされる。四月退院。一〇月、長兄死去。

一九九二年（平成四年）　五五歳

一月『海燕』に連載を開始（第一回「寝床の

上から」)。二月「蝙蝠ではないけれど」を『文学界』に発表。三月、養老孟司との対談「身体を言語化すると……」を『波』、四月、江藤淳と対談「病気について」を『海燕』、松浦寿輝と対談「『私』と『言語』の間で」を『ルプレザンタシオン』春号に載せる。『朝日新聞』(六～一〇日)に「出あいの風景」を執筆。五月、平出隆と対談「『楽天』を生きる」を『新潮』、六月、エッセイ「だから競馬は面白い」を『文芸春秋』、七月「昭和二十一年八月一日」を『中央公論』、九月、吉本隆明と対談「漱石的時間の生命力」を『新潮』に掲載。／一月『招魂としての表現』(福武文庫)、三月『楽天記』(新潮社)を刊行。

一九九三年(平成五年) 五六歳

一月、大江健三郎と対談「小説・死と再生」を『群像』、随筆「この八年」を『新潮』、「無知は無垢」を『青春と読書』に載せる。『文芸春秋』に美術随想「聖なるものを訪ねて」を一二月まで連載。五月、「魂の日」(連載最終回)を『海燕』に発表。七月、創作「木犀の日」と評論「凝滞する時間」を『文学界』に発表。同月四日から一二月二六日までの各日曜日に『日本経済新聞』に「ここ」と題して随想を連載。八月「初めの言葉として《わたくし》」を『群像』に、「鏡を避けて」を『文芸』秋季号に発表。九月、吉本隆明と対談「心の病いの時代」を『中央公論文芸特集』に載せる。／八月『魂の日』(福武書店)、一二月『小説家の帰還 古井由吉対談集』(講談社)を刊行。／夏、柏原兵三の遺児光太郎君とベルリンを歩く。

一九九四年(平成六年) 五七歳

一月「鳥の眠り」を『群像』、江藤淳と対談「文学=隠蔽から告白へ――『漱石とその時代 第三部』について」を『新潮』、二月「追悼野口冨士男 四月一日晴れ」を『文芸』春季号、随筆「赤い門」を『文学界』、「ボケへの恐怖」を『新潮45』、三月「背中ばかりが暮れ残る」を『群像』、奥泉光と対談「超越への回路」を『文学界』に掲載。七月『新潮』に「白髪の唄」の連載を始める（九六年五月まで）。七月四日より一二月一九日まで『読売新聞』の「森の散策」にエッセイを寄稿。九月「陰気でもない十二年」を『本』に、一〇月『世界』に「日暮れて道草」の連載を開始（九六年一月まで）。／四月、随想集『半日寂寞』（講談社）、『水』（講談社文芸文庫）、八月『陽気な夜まわり』（講談社）、一二月、古井由吉編『馬の文化叢書9 文学　馬と近代文学』（馬事文化財団）を刊行。

一九九五年（平成七年）　五八歳

一月「地震のあとさき」を『すばる』、「新宿から山登り」を『青春と読書』、二月、柳瀬尚紀と対談「ポエジーの『形』がない時代の表現」を『海燕』、「震災で心に抱えこむいらだちと静まり」を『朝日新聞』（一六日）、四月、高橋源一郎と対談「表現の日本語」を『群像』、八月「『内向の世代』のひとたち」（講演記録）を『三田文学』に掲載。／五月『ムージル著作集』（松籟社刊）第七巻に「静かなヴェロニカの誘惑」「愛の完成」を収録。一〇月、競馬随想『折々の馬たち』（角川春樹事務所）、一一月『楽天記』（新潮文庫）を刊行。

一九九六年（平成八年）　五九歳

一月「日暮れて道草」（『世界』）の連載完結。五月「白髪の唄」（『新潮』）の連載完結。六月、福田和也と対談「言語欺瞞に満ちた時代に小説を書くということ」を『海燕』、同月「信仰の外から」を『東京新聞』（七日）、七月、大江健三郎と対談「百年の短編小説を読む」を『新潮』臨時増刊、八月『早稲田文学』に小島信夫・後藤明生・平岡篤頼らと座談会「われらの世紀の文学は」を掲載。一一月『群像』に連作「死者たちの言葉」の連載を開始。一二月、「クレーンクレーン」（連作　その二）を『群像』に、江藤淳との対談「小説記者夏目漱石――『漱石とその時代　第四部』をめぐって」を『新潮』に掲載。／六月『神秘の人びと』（岩波書店、「日暮れて道草」の改題）、八月『白髪の唄』（新潮社）、『山に彷徨う心』（アリアドネ企画）を刊行。

一九九七年（平成九年）　六〇歳

一月『群像』に、連作「島の日（死者たちの言葉　その三）」（以下、三月「火男」、四月「不軽」、五月「山の日」、七月「草原」、八月「百鬼」、九月「ホトトギス」、一一月「通夜坂」、一二月「夜明けの家」、九八年二月「死者のように」で完結）を発表。同月、中村真一郎との対談「日本語の連続と非連続」を『新潮』、随筆「姉の本棚　謎の書き込み」を『文学界』に掲載。二月「午の春に」（随筆）を『文芸』春季号に発表。六月「詩への小路」を『るしおる』（書肆山田）に連載開始（二〇〇五年三月まで）。七月「《追悼石和鷹》気をつけてお帰りください　石和鷹の声」を『すばる』に発表。一二月、西谷修と対談「全面内部状況からの出発」を『新潮』に掲載。／一月『白髪の唄』により第三七回毎日芸術賞受賞。

一九九八年（平成一〇年）　六一歳

二月「死者のように」を『群像』に掲載。八月、津島佑子と対談「生と死の往還」を『群像』に掲載。八月より、佐伯一麦との往復書簡を『波』に連載（翌年五月まで）。一〇月、藤沢周と対談「言葉を響かせる」を『文学界』に掲載。／二月『木犀の日　古井由吉自選短篇集』（講談社文芸文庫）、四月、短篇集『夜明けの家』（講談社）を刊行。／三月五日から一七日、右眼の黄斑円孔（網膜の黄斑部に微小の孔があく）の手術のため東大病院に入院。四月、河内長野の観心寺を再訪、如意輪観音の開帳に会う。同行、菊地信義。五月一四日から二五日、再入院再手術。七月、国東半島および臼杵《うすき》に、九月、韓国全羅南道の雲住寺に、石仏を訪ねる。一一月五日から一一日、右眼の網膜治療に伴う白内障の手術のため東大病院に入院。

一九九九年（平成一一年）六二歳

一月、花村萬月と対談「宗教発生域」を『新潮』に掲載。二月より「夜明けまで」に始まる連作を『群像』に発表（以下、三月「晴れた眼」、五月「白い糸杉」、六月「犬の道」、八月「朝の客」、九月「日や月や」、一一月「苺」、二〇〇〇年二月「初時雨」、同三月「年末」、同四月「火の手」、同六月「知らぬ唄」、同七月「聖耳」で完結）。／一〇月、佐伯一麦との往復書簡集『遠くからの声』（新潮社）、『白髪の唄』（新潮文庫）を刊行。／

二月一五日から二三日、左眼に黄斑円孔発症、前年の執刀医の転勤を追って、東京医科歯科大病院に入院。同じ手術を受ける。五月六日から一一日、左眼網膜治療に伴う白内障手術のため東大病院に入院。以後、右眼左眼ともに健全。八月五、六日、大阪に行き、後藤明生の通夜告別式に参列、弔辞を読む。一〇月一〇日から三〇日、野間国際文芸翻訳賞の授賞式に選考委員として出席のためにフランクフルトに行き、ついでに南ドイツからコルマール、ストラスブールをまわる。

二〇〇〇年（平成一二年）六三歳

九月、松浦寿輝と対談「いま文学の美は何処にあるか」を『文学界』に、一〇月、山城むつみと対談「静まりと煽動の言語」を『群像』に、一一月、島田雅彦、平野啓一郎と鼎談「三島由紀夫不在の三十年」を『新潮』臨時増刊に掲載。／九月、連作短篇集『聖耳』（講談社）を刊行。一〇月、『二〇世紀の定義

1「二〇世紀への問い」（岩波書店）のなかに、「二〇世紀の岬を回り」を書く。／一〇月、長女麻子結婚。一一月、新宿の酒場「風花」で朗読会。以後、三ヵ月ほどの間隔で定期的に、毎回ホスト役をつとめ、ゲストを一人ずつ招いて続ける（二〇一〇年四月終了）。

二〇〇一年（平成一三年）　六四歳

一月より、「八人目の老人」に始まる連作を『新潮』に発表（以下、二月「槌の音」、三月「白湯」、四月「巫女さん」、五月「枯れし林に」、六月「春の日」、八月「或る朝」、九月「天躁」、一〇月「峯の嵐か」、一一月「この日警報を聞かず」、一二月「坂の子」、二〇〇二年一月「忿翁」で完結）。一〇月から『毎日新聞』で松浦寿輝と往復書簡「時代のあわいにて」を交互隔月に翌年一一月まで連載。／五月、『二〇世紀の定義7　生きること／死ぬこと』（岩波書店）に「『時』の沈黙」を書く。／三月三日、風花朗読会が旧知の河出書房新社編集者、飯田貴司の通夜にあたり、焼香の後風花に駆けつけ、ネクタイを換えて朗読に臨む。一一月、次女有子結婚。

二〇〇二年（平成一四年）　六五歳

三月、齋藤孝と対談「声と身体に日本語が宿る」を『文学界』に、四月、養老孟司と対談「日本語と自我」を『群像』に、同月、奥山民枝と対談「怒れる翁とめでたい翁」を『波』に掲載。六月、連作「青い眼薬」を『群像』に連載開始（六月「1・埴輪の馬」、七月「2・石の地蔵さん」、八月「3・野川」、九月「4・背中から」、一〇月「5・忘れ水」、一一月「6・睡蓮」、一二月「7・彼岸」）。一〇月、中沢新一、平出隆と鼎談「正岡子規没後百年」を『新潮』に掲載。／三月、短篇集『忿翁』（新潮社）を刊行。／九月、長女麻子に長男生まれる。一一月四日から二〇日、朗読とシンポジウムのため、ナント、パリ、ウィーン、インスブルック、メラノに行く。二一日から二九日、ウィーンで休暇。

二〇〇三年（平成一五年）六六歳

一月、小田実、井上ひさし、小森陽一と座談会「戦後の日米関係と日本文学」を『すばる』に掲載。一月五日から日曜毎に、随筆「東京の声・東京の音」を『日本経済新聞』に連載（一二月まで）。三月、連作「青い眼薬」を『群像』に掲載（三月「8・旅のうち」、四月「9・紫の蔓」、五月「10・子守り」、六月「11・花見」、七月「12・徴《しるし》」、九月「13・森の中」、一〇月「14・蟬の道」、一二月「15・夜の髭」）。四月、高橋源一郎と対談「文学の成熟曲線」を『新潮』に掲載。／五月『槿』（講談社文芸文庫）を刊行。／一月二三日から三〇日、NHK・BS「わが心の旅」の取材のため、リーメンシュナイダーの祭壇彫刻を求め、かたわら中世末の《聖女》マルガレータ・フォン・エブナーの跡をたずね、ヴュルツブルク、ローテンブルク、メディンゲンなどを歩く。九月、南フランスでシンポジウム。

二〇〇四年（平成一六年）六七歳

一月、『群像』に連作「青い眼薬」の完結篇「16・一滴の水」を発表。六月、高橋源一郎、島田雅彦と座談会「罰当たりな文士の懺悔」を『新潮』に掲載。七月、「辻」に始まる連作を『新潮』に発表（以下、八月「風」、九月「役」、一一月「割符」、一二月「受胎」）。八月、平出隆と対談「小説の深淵に流れるもの」を『群像』に掲載。／五月『野川』（講談社）、一〇月、随筆集『ひととせの東京の声と音』（日本経済新聞社）、一二月、新装新版『仮往生伝試文』（河出書房新社）を刊行。

二〇〇五年（平成一七年）六八歳

一月、連作「辻」を『新潮』に不定期連載（一月「草原」、三月「暖かい髭」、四月「林の声」、五月「雪明かり」、七月「半日の花」、八月「白い軒」、九月「始まり」で完結）。五月、寺田博と対談「「かろうじて」の文学」を『早稲田文学』に掲載。／一月『聖なるものを訪ねて』（ホーム社・集英社発売）刊行。一二月、一九九七年六月から二〇〇五年三月まで『るしおる』に二五回にわたって連載した『詩への小路』（書肆山田）を刊行（ライナー・マリア・リルケ「ドゥイノの悲歌」の試訳をふくむ）。／一〇月、長女麻子に長女生まれる。

二〇〇六年（平成一八年）六九歳

一月「休暇中」を『新潮』に発表。三月、蓮實重彥と対談「終わらない世界へ」を『新潮』に掲載。四月、連作「黙躁」を『群像』に連載開始（四月「1・白い男（『白暗淵』収録にあたって「朝の男」と改題）」、五月「2・地に伏す女」、六月「3・繰越坂」、八月「4・雨宿り」、九月「5・白暗淵」、一〇月「6・野晒し」、一二月「7・無音のおとずれ」）。七月、高橋源一郎、山田詠美との座談会「権威には生贄が必要」を『群像』に掲載。一二月「年越し」を『日本経済新聞』（三一日）に掲載。／一月、連作短篇集『辻』（新潮社）、九月『山躁賦』（講談社文芸文庫）を刊行。／四月、次女有子に長男生まれる。

二〇〇七年（平成一九年）七〇歳

一月、連作「黙躁」を『群像』に掲載（一月「8・餓鬼の道」、二月「9・撫子遊ぶ」、四月「10・潮の変わり目」、五月「11・糸遊」、六月「12・鳥の声」で一二篇完結）。三月、『群像』誌上で松浦寿輝と対談。／八月、松浦寿輝との往復書簡集『色と空のあわいで』（講談社）、『野川』（講談社文庫）、九月、エッセイ集『始まりの言葉』（岩波書店）、一二月、連作短篇集『白暗淵』（講談社）を刊行。／七月、関東中央病院に検査入院。八月六日、日赤医療センターに入院。八日、頸椎を手術、一六年前と同じ主治医による。二三日、退院。

二〇〇八年（平成二〇年）　七一歳

一月、福田和也との対談「平成の文学について」を『新潮』に掲載。二月、岩波書店の連続講演「漱石の漢詩を読む」を行う（週一回で計四回）。同月、『毎日新聞』に月一回のエッセイを連載開始。講演録「書く　生きる」を『すばる』に、三月「小説の言葉」を『言語文化』（同志社大学）に掲載。四月、『新潮』に連作を始める（四月「やすみしほど」を、六月「生垣の女たち」、八月「朝の虹」、一一月「涼風」）。／二月、講演録『ロベルト・ムージル』（岩波書店）を刊行。六月、『不機嫌の椅子　ベスト・エッセイ2008』（光村図書出版）に「人は往来」を収録。九月『夜明けの家』（講談社文芸文庫）、一二月『漱石の漢詩を読む』（岩波書店）を刊行。／この年、七〇代に入ってから二度目の連作にかかり、終わるものだろうかと心細くもなったが、心身好調だった。

二〇〇九年（平成二一年）　七二歳

一月、前年からの連作を『新潮』に発表（一月「瓦礫の陰に」、四月「牛の眼」、六月「掌中の針」、八月「やすらい花」）。二月、随筆「招魂としての読書」を『すばる』に掲載。六月「ティベリウス帝『権力者の修辞』「タキトゥス『年代記』」」を『文芸春秋』に掲載。七月から『日本経済新聞』に週一度のエッセイ連載を始める。同月、島田雅彦と対談「恐慌と疫病下の文学」を『文学界』に掲載。／八月、坂本忠雄著『文学の器』（扶桑社）に福田和也との対談「川端康成『雪国』」を収録。一一月、口述をまとめた『人生の色気』（新潮社）を刊行。／この年、新聞のエッセイ連載がふたつ重なり、忙しくなったが、小説のほうにはよい影響を及ぼしたようだった。五月、次女有子に次男生まれる。

二〇一〇年（平成二二年）　七三歳

一月、大江健三郎との対談「詩を読む、時を眺める」を『新潮』に、二月、佐伯一麦との対談「変わりゆく時代の『私』」を『すばる』に、三月、「小説家52人の2009年日記リレー」の二〇〇九年一二月二四日〜三一日を担当し『新潮』に掲載する。同月、往年の『文芸』および『海燕』の編集長寺田博氏亡くなる。四月、一〇年ほども新宿の酒場で続けた朗読会を第二九回目で終了。五月より「除夜」に始まる連作を『群像』に発表（以下、七月「明後日になれば」、一〇月「蜩の声」、一二月「尋ね人」）。一二月、佐々木中との対談「ところがどっこい旺盛だ。」を『早稲田文学　増刊π』に掲載。／三月『やすらい花』（新潮社）を刊行。この年、ビデオディスク『私の1冊　人と本との出会い』（アジア・コンテンツ・センター）に『山躁賦』を収録。／この年、初夏から秋にかけて長年の住まいの、築四二年目のマンションが三回目の改修工事に入り、騒音に苦しんで暮らすうちに、住まいというものの年齢を考えさせられた。

二〇一一年（平成二三年）　七四歳

一月、随筆「『が』地獄」を『新潮』に掲載。二月、前年からの連作を『群像』に掲載（二月「時雨のように」、四月「年の舞い」、六月「枯木の林」、八月「子供の行方」で完結）。三月「草食系と言うなかれ」を『文芸春秋』に掲載。四月から翌年三月まで、『読売新聞』「にほんご」欄に月一度、随筆（「時字随想」）を連載。六月「ここはひとつ腹を据えて」を『新潮45』に、一〇月、平野啓一郎との対談「震災後の文学の言葉」を『新潮』に、一二月、松浦寿輝との対談「小説家が老いるということ」を『群像』に掲載。／

一〇月『蜩の声』（講談社）刊行。／三月一一日の大震災の時刻は、自宅で「枯木の林」を書いている最中だった。

二〇一二年（平成二四年）　七五歳

一月、随筆「埋もれた歳月」を『文学界』に、片山杜秀との対談「ペシミズムを力に」を『新潮45』に、又吉直樹との対談「災いの後に笑う」を『新潮』に掲載。三月、随筆「紙の子」を『群像』に掲載。五月、「窓の内」に始まる連作を『新潮』に掲載（以下、八月「地蔵丸」、一〇月「明日の空」、一二月「方違え」）。同月『古井由吉自撰作品』刊行記念連続インタヴュー『40年の試行と思考古井由吉を、今読むということ』（聞き手佐々木中）、『文学は「辻」で生まれる』（聞き手　堀江敏幸）」を『文芸』夏季号に掲載。七月、神奈川県川崎市の桐光学園中学校・高等学校にて、「言葉について」の特別講座を行う（二〇一三年八月、水曜社より刊行の『問いかける教室　13歳からの大学授業』に収録）。八月、中村文則との対談「予兆を描く文学」を『新潮』に掲載。一二月、一〇月二〇日に東京大学ホームカミングデイの文学部企画講演「翻訳と創作と」を加筆・修正して『群像』に掲載。／三月『古井由吉自撰作品』刊行開始（一〇月、全八巻完結）。『戦時下の青春』（『コレクション　戦争×文学15』）に「赤牛」が収録、集英社から刊行。七月、前年四月一八日からこの年三月二〇日まで『朝日新聞』に連載した佐伯一麦との震災をめぐる往復書簡を『言葉の兆し』として朝日新聞出版から刊行。／思いがけず河出書房新社から作品集を出すことになった。

二〇一三年（平成二五年）　七六歳

三月、前年からの連作を『新潮』に掲載（三月「鐘の渡り」、五月「水こほる聲」、七月「八ッ山」、九月「机の四隅」で完結）。／六月『聖耳』(講談社文芸文庫)を刊行。/一月、又吉直樹がパーソナリティーを務めるニッポン放送のラジオ番組「ピース又吉の活字の世界」に出演(一月一六、二三日放送)。

二〇一四年(平成二六年) 七七歳

一月より、「躁がしい徒然」に始まる連作を『群像』に発表(以下、三月「死者の眠りに」、五月「踏切り」、七月「春の坂道」、九月「夜明けの枕」、一一月「雨の裾」)。一月、随筆「病みあがりのおさらい」を『新潮』に、五月、随筆「顎の形」を『文芸春秋』に掲載。六月、大江健三郎との対談「言葉の宙に迷い、カオスを渡る」を『新潮』に掲載。/二月、『新潮』の連作をまとめた『鐘の渡り』(新潮社)、三月、『古井由吉自撰作品』の月報の連載をまとめた『半自叙伝』(河出書房新社)、六月『辻』(新潮文庫)を刊行。

二〇一五年(平成二七年) 七八歳

前年からの連作を『群像』に掲載(一月「虫の音寒き」、三月「冬至まで」で完結)。一月、随筆「夜の楽しみ」を『新潮』に、随筆「達意ということ」を『文学界』に掲載。三月、大江健三郎との対談「文学の伝承」を『新潮』に、七月、堀江敏幸との対談「連れに文学を思う」を『群像』に掲載。八月より、「後の花」に始まる連作を『新潮』に発表(以下、一〇月「道に鳴きつと」、一二月「人違い」)。一〇月、六月二九日に紀伊國屋サザンシアターにて行われた大江健三郎とのトークイベントを「漱石100年後の小説家」のタイトルで『新潮』に掲載。一二月、九月二日に八重洲ブックセンターで行われた又吉直樹とのトークイベントを「小説も舞台も、破綻があるから面白い」のタイトルで『群像』に掲載。/三月、TOKYO MXの「西部邁ゼミナール」に富岡幸一郎と出演(三月一五、二二、二九日放送)。五月、「東京大学新図書館トークイベントEXTRA」(飯田橋文学会、東京大学大学院総合文化研究科・教養学部附属共生のための国際哲学研究センター、東京大学附属図書館共催)における阿部公彦とのトークショーで、『辻』『白暗淵』『やすらい花』について語る(二〇一七年一一月、東京大学出版会より刊行の『現代作家アーカイヴ1 自身の創作活動を語る』に収録)。一一月、SMAPの稲垣吾郎がホストを務めるTBSテレビ「ゴロウ・デラックス」に出演、「課題図書」は『雨の裾』(一一月一二日放送)。/四月、大江健三郎との対談集『文学の淵を渡る』(新潮社)、六月、『群像』の連作をまとめた『雨の裾』(講談社)を刊行。同月、『現代小説クロニクル1995〜1999』(日本文藝家協会編)に「不軽」が収録、講談社文芸文庫から刊行。七月、『仮往生伝試文』を講談社文芸文庫より初めて文庫本として刊行。

二〇一六年(平成二八年) 七九歳
前年からの連作を『新潮』に掲載(二月「時の刻み」、四月「年寄りの行方」、六月「ゆらぐ玉の緒」、八月「孤帆一片」、一〇月「その日暮らし」)。/一月、『「内向の世代」初期作品アンソロジー』(黒井千次選)に「円陣を組む女たち」が収録、講談社文芸文庫から刊行。六月『白暗淵』(講談社文芸文庫)を刊行。

二〇一七年(平成二九年) 八〇歳
六月、又吉直樹との対談「暗闇の中の手さぐり」を『新潮』に掲載。八月より、「たなごころ」に始まる連作を『群像』に発表(以下、一〇月「梅雨のおとずれ」、一二月「その日のうちに」)。/二月、『新潮』の連作をまとめた『ゆらぐ玉の緒』(新潮社)、『半自叙伝』(河出文庫)、五月『蜩の声』(講談社文芸文庫)、七月、エッセイ集『楽天の日々』(キノブックス)を刊行。

二〇一八年（平成三〇年）八一歳
前年からの連作を『群像』に掲載（二月「野の末」、四月「この道」、六月「花の咲く頃には」、八月「雨の果てから」、一〇月「行方知れず」で完結）。三月、「創る人52人の『激動2017』日記リレー」の二〇一七年一一月一九日～二五日を担当し『新潮』に掲載する。／五月、『群像短篇名作選 2000～2014』（群像編集部編）に「白暗淵」が収録、講談社文芸文庫から刊行。

二〇一九年（平成三一年・令和元年）八二歳
一月、インタヴュー「読むことと書くことの共振《ともぶ》れ」（聞き手・構成 すんみ）を『すばる』に掲載。二月、三四年続けた『優駿』のエッセイ連載を終了。四月、インタヴュー「生と死の境、『この道』を歩く」（聞き手 蜂飼耳）を『群像』に掲載。七月より、「雛の春」に始まる連作を『新潮』に発表（以下、九月「われもまた天に」、一一月「雨あがりの出立」）。／一月、『群像』の連作をまとめた『この道』（講談社）を刊行。一二月、『深淵と浮遊 現代作家自己ベストセレクション』（高原英理編）に「瓦礫の陰に」が収録、講談社文芸文庫から刊行。／七月、次兄死去。この年、肝細胞がんなどの治療のため、関東中央病院に四回入退院。

二〇二〇年（令和二年）
一月、『詩への小路 ドゥイノの悲歌』（講談社文芸文庫）を刊行。同月、『戦時下の青春』（「セレクション戦争と文学7」集英社文庫）に「赤牛」が収録される。
二月一八日、肝細胞がん骨転移のため死去。享年八二。
四月「遺稿」を『新潮』五月号に掲載。また文芸各誌に追悼特集が掲載される。『群像』五月号に「追悼 古井由吉」（奥泉光「感謝と追悼」、角田光代「ありがとうございました」、黒井千次「遠いもの近いもの」、中村文則「生死を越え」、蓮實重彥「古井由吉とは親しい友人関係になかった」、蜂飼耳「一度だけの記憶」、保坂和志「身内に鼓動する思念」、堀江敏幸「往生を済ませていた人」、町田康「渡ってきたウイスキーの味」、松浦寿輝「静かな暮らし」、見田宗介「邯鄲の夢蝶の夢」、山城むつみ「いままた遂げた」、吉増剛造「小さな羽虫が一匹、ゆっくりと飛んだ」、富岡幸一郎「古井由吉と現代世界――文学の衝撃力」)、『新潮』五月号に「追悼・古井由吉」(蓮實重彥「三篇の傑作について――古井由吉をみだりに追悼せずにおくために」、島田雅彦「生死不明」、佐伯一麦「枯木の花の林」、平野啓一郎「「踏まえるべきもの」の絶えた時代に」、又吉直樹「ここにあるもの」)、『文学界』五月号に「追悼・古井由吉」(柄谷行人「古井由吉の永遠性」、蓮實重彥「学生服姿の古井由吉――その駒場時代の追憶」、三浦雅士「知覚の現象学の華やぎ――古井由吉を悼む」、中地義和「音律の探求者」、大井浩一「奇跡のありか――後期連作群をめぐって」、安藤礼二「境界を生き抜いた人――古井由吉試論」、島田雅彦×松浦寿輝対談「他界より眺めてあらば」、随想再録「達意ということ」)、『すばる』五月号に「追悼　古井由吉」(モブ・ノリオ「古井ゼミのこと」、すんみ「「わからない」という感覚から始まる」)、『文芸』夏季号に「追悼　古井由吉」(堀江敏幸「古井語の聴き取れる場所」、佐々木中「クラクフ、ビルケナウ、ウィーン中央駅十一時十分発」、朝吹真理子「冥界の門前」)。六月、『野川』(講談社文芸文庫)、九月、遺稿を含む『新潮』の連作をまとめた『われもまた天に』(新潮社)、一二月、講演録と未収録エッセイ、芥川賞選評をまとめた『書く、読む、生きる』(草思社)を刊行。

二〇二一年(令和三年)

一月、『私のエッセイズム　古井由吉エッセイ撰』（河出書房新社）、二月、『こんな日もある　競馬徒然草』（講談社）、五月、『東京物語考』（講談社文芸文庫）、一二月、佐伯一麦との共著『往復書簡』（講談社文芸文庫）を刊行。

二〇二二年（令和四年）

二月、『この道』（講談社文庫）、『連れ連れに文学を語る　古井由吉対談集成』（草思社）を刊行。

（著者編・編集部補足）

【底本】
『楽天記』　新潮文庫　一九九五年一一月刊

楽天《らくてん》記《き》

古井《ふるい》由吉《よしきち》

二〇二二年一〇月七日第一刷発行

発行者——鈴木章一
発行所——株式会社　講談社
東京都文京区音羽2・12・21　〒112-8001
電話　編集（03）5395・3513
　　　販売（03）5395・5817
　　　業務（03）5395・3615

デザイン——菊地信義
印刷——株式会社KPSプロダクツ
製本——株式会社国宝社
本文データ制作——講談社デジタル製作

講談社
文芸文庫

ISBN978-4-06-529756-8

講談社文芸文庫

古井由吉
楽天記
解説＝町田 康　年譜＝著者、編集部

ふA15

978-4-06-529756-8

夢と現実、生と死の間に浮遊する静謐で穏やかなうたかたの日々。「天ヲ楽シミテ、命ヲ知ル、故ニ憂ヘズ」虚無の果て、ただ暮らしていくなか到達した楽天の境地。

古井由吉／佐伯一麦
往復書簡
『遠くからの声』『言葉の兆し』

解説＝富岡幸一郎

ふA14

978-4-06-526358-7

二十世紀末、時代の相について語り合った二人の作家が、東日本大震災後にふたたび歴史、自然、記憶をめぐって言葉を交わす。魔術的とさえいえる書簡のやりとり。